CORPSE HUNT

시체 찾는
아이들

CORPSE HUNT

©Atsushi Simomura 2020

First published in Japan in 2020 by KADOKAWA CORPORATION, Tokyo.

Korean translation rights arranged with KADOKAWA CORPORATION, Tokyo

through JM Contents Agency Co.

CORPSE HUNT

시체 찾는 아이들

시모무라 아쓰시 지음 | 최재호 옮김

BOOK PLAZA

CONTENT

프롤로그

그녀의 하루는 아침 식사 준비부터 시작된다.

서양식을 좋아하는 남편을 위해 스크램블 에그를 만들고 비엔나 소시지를 구운 다음 커피를 끓인다. 결혼 2년 차. 남편을 배웅하고 나서는 청소, 세탁에 돌입한다.

그날도 평소와 다를 바 없는 하루가 될 줄 알았다.

갑작스레 빗소리가 집 안에 울려 퍼졌다. 창문에 쳐놓은 짙은 색 커튼이 번쩍이더니 몇 초 후에 천둥소리가 났다.

오후 10시, 스마트폰이 울렸다. 남편이었다.

"우산을 안 가져왔는데, 55분에 출발하는 지하철을 탈 거니까 역까지 와줄래?"

현관을 보니 우산꽂이에 남편의 우산이 꽂혀 있었다. 일기예보상 비 올 확률이 50퍼센트가 넘었는데 아침에 정신이 없었던 모양이다.

"알았어. 내가 나갈게."

대답을 하고 전화를 끊었다.

시스템 엔지니어로 일하는 남편은 기념일을 잊은 적이 없다. 그날이 회사에 출근하는 평일이라도 항상 선물을 사서 집에 돌아왔다.

지금으로부터 딱 2년 전 오늘, 남편으로부터 프로포즈를 받왔다. 오늘 밤도 무슨 선물을 준비했을 것이다. 따라서 아내로서 무언가를 조르거나 재촉하는, 그런 흥을 깨는 언행은 필요 없다.

그녀는 대낮부터 남편의 험담을 늘어놓는 주부들과 달리 사랑받고 있다는 자부심이 있었다. 결혼 후에도 대학 시절 미인 대회에서 1위를 했던 미모가 전혀 변하지 않았다. 만기 30년짜리 주택담보대출을 이용하기는 했지만 결혼 직후 치바현 교외에 있는 단독주택을 구입해 생활에도 문제가 없었다.

그녀는 남편이 기다리지 않도록 빠르게 화장을 한 다음 곧바로 집을 나섰다. 빗방울이 비닐 우산을 세차게 두들겼다.

남편의 우산은 가져가지 않았다. 우산은 하나면 충분했다. 갓 사귄 커플처럼 함께 우산을 쓰고 올 생각에 마음이 두근거렸다.

비가 내리는 가운데 일정한 간격으로 설치된 가로등이 빛나고 있었다. 그녀는 고개를 숙인 채 빗방울이 아스팔트 바닥에 생긴 검은 물웅덩이 위로 튀는 모습을 보면서 걸어 나갔다.

그때 문득 앞쪽에서 흔들리는 그림자를 발견하고 고개를 들었다. 옆에 있는 공원 담장 위로 튀어나온 나뭇가지가 비바람에 흔들리고 있었다.

그녀는 자기도 모르게 오른쪽으로 발길을 돌려 빠르게 걷기 시작했다. 공원 입구에 접어들자 입구 옆에 있는 나무 그림자가 보였다. 그 위로 무언가가 움직인 듯한 기분이 들었다.

그쪽으로 시선을 돌린 순간, 누군가가 튀어나와 검은 장갑으로 그녀의 입을 틀어막으며 공원 담벼락으로 그녀를 밀쳤다. 등에 충격이 가해지면서 우산이 튕겨나가 바닥에 떨어졌다.

그녀는 고통으로 신음하면서도 본능적으로 발버둥쳤다. 팔을 허우적대자 목에 차가운 감촉이 느껴졌다. 마치 심장 근처를 얼음송곳에 찔린 느낌이었다. 흠뻑 젖은 몸에 식은땀이 흘러내렸다. 허우적거리던 몸을 멈출 수밖에 없었다.

그녀는 남자의 손바닥으로 가려진 자신의 윗니와 아랫니가 부딪칠 정도로 온몸을 덜덜 떨었다. 코에서는 계속 거친 숨소리가 흘러나왔다. 심장은 터질 듯이 뛰었다.

남자의 시선이 그녀의 팔로 향했다. 무언의 압력이었다.

그녀는 남자의 지시에 따라 팔을 아래로 내렸다. 저항하다가는 목을 찔릴지도 몰랐다.

"얌전히 따르면 죽이지는 않겠어."

떨어지는 빗방울보다도 차갑고 섬뜩한 목소리였다.

그녀는 몇 번이고 고개를 끄덕였다.

"지금부터는 입을 풀어주지. 하지만 소란 피우면, 바로 죽일 거야."

다시 고개를 끄덕이자 남자는 틀어막았던 입에서 천천히 손을 내려놓았다. 그녀는 목구멍까지 올라온 비명을 안간힘을 다해 참았다. 그러고는 입을 벌려 공기를 들이마셨다. 빗방울이 입 안으로 들어왔다.

"돈이라면 다 드릴 테니까…"

작은 소리로 애원했다. 가까스로 꺼낸 말이 고작 그것뿐이었다.

대답은 행동으로 돌아왔다. 목에 닿은 칼을 꾸욱 누른 것이다. 목 근육이 긴장되어 숨이 막혔다. 목을 위아래로 움직이자, 칼날의 감촉이 생생히 느껴졌다. 이대로 목을 잘리는 것이 아닐까 하는 두려움에 눈앞이 캄캄해졌다.

'만약 이 남자가 나를 옆으로 밀어버리면?'

목에서 피를 뿜으며 고통스러워하는 자신의 모습이 뇌리를 스쳤다. 단말마의 비명을 지르며 피 웅덩이에서 비참하게 죽는 모습이었다.

그런 상상에 무릎이 흔들리며 다리가 풀렸다. 벽에 등을 대지 못했다면 그대로 주저앉았을 것이다.

"양손 내리고 뒤로 돌아."

공포심에 몸이 움직이지 않았다.

"어서."

그녀는 머뭇거리면서도 그 말을 따랐다. 등을 돌려도 칼은 목에서 떨어지지 않았다. 뒤로 돌아 공원 담벼락이 눈앞을 가로막자, 시야조차 빼앗긴 것 같아 더 큰 불안감이 몰려왔다.

남자가 칼을 고쳐 잡았다.

"자, 이동한다."

남자는 허리까지 내려오는 그녀의 긴 머리카락을 마치 말고 뼈처럼 휘어잡았다. 절대 놓치지 않겠다는 의지를 표하는 것 같았다.

그녀는 농장터를 개조해서 만든 공원 안으로 끌려 들어갔다. 공원임에도 놀이 기구 같은 것은 눈에 띄지 않았고, 경사면에 풀만 무성하게 자라 있었다.

주택이 드문드문 있는 교외, 그것도 비가 오는 상황이라 주변에는 인적이 없었다. 공원 뒷산에 펼쳐진 숲도 어둠에 휩싸여 있었다.

'죽일 생각이 없다면, 목적은…?'

생각에 거기에 이르자 더 암담한 기분이 들었다. 돈이 목적이라면 공원으로 끌고 들어올 필요가 없었다. 그냥 가방을 빼앗으면 그만일 것이다.

그녀는 목에 닿는 칼날과 붙잡힌 머리칼을 의식하며 걷기 시작했다. 물웅덩이를 밟고 지나가자 뒤에서 남자가 말했다.

"도망쳐도 소용없어. 입구에서 동료들이 감시하고 있거든. 봐."

고개를 돌리자, 북쪽 입구에 정말로 사람 그림자 셋이 보였다.

지금까지는 남자의 말투와 행동 때문에 단독범이라고 생각했다. 동료가 있을 줄은 몰랐다. 이래서는 도망칠 방법이 전혀 없다. 마음이 더욱더 절망의 나락으로 떨어졌다.

숲으로 들어서자 갑자기 어둠이 짙어졌다. 나뭇가지가 흔들리는 소리가 지옥에서 온 새들의 날갯짓 소리처럼 들렸다. 그 와중에도 젖은 부엽토 냄새가 코를 찔렀다. 빗줄기가 약해진 것처럼 느껴진 이유는 나뭇가지들이 빗방울을 막아주고 있어서인 것 같았다.

계속 숲 안쪽으로 걸어 들어갔다.

'어떻게든 도망쳐야 해…'

떨리는 마음을 진정시키면서 필사적으로 생각해보았다.

남자가 의심하지 않도록 고개를 정면에 고정한 채 눈알만 좌우로 굴려보니, 주변에는 나무와 잡초가 무성했다. 왼편에 있는 숲속에 울타리가 쳐진 시냇가가 보였다. 왼쪽으로 가서는 막다른 길에 다다른다는 뜻이다. 도망친다면 몸을 숨길 수 있는 오른쪽 숲으로 가야 할 것 같았다. 그러면 남자의 눈을 피해 숲을 빠져나올 수 있을 지도 모른다.

'먼저, 목에 있는 칼을 피해야 해.'

반격을 가함과 동시에 도망치기로 결심하자 심장이 쿵쾅쿵쾅 요동쳤다. 온 신경을 집중하자 주먹을 쥔 손에서 식은땀이 났다.

남자에게 들키지 않도록 하면서 심호흡을 했다. 목에서 느껴지는 차가운 감촉이 도망치려는 의지를 꺾으려고 할 때마다 가슴속에 흩어져 있는 용기의 파편을 최대한 끌어모았다.

'기회는 단 한 번뿐이야. 절대로 실패해서는 안 돼.'

그녀는 의식적으로 오른쪽 어깨를 아래로 떨어트렸다. 그러자 어깨에 메고 있던 가방이 미끄러져 땅에 떨어졌다.

"앗…."

그녀는 발걸음을 멈추고 진흙이 묻은 가방을 쳐다보았다. 일종의 도박이었다. 남자도 증거가 남는 것을 원치 않을 것이다. 이런 곳에 가방이 떨어져 있으면 나중에 우연히 지나가던 사람이 수상히 여길 가능성도 있다.

"…주워."

남자의 목소리는 묘하게 부드럽고 관능적이었다.

그녀는 조용히 숨을 내쉬었다. 남자도 바보는 아니었다. 자신이 직접 주우려면 사냥감으로부터 칼과 눈을 떼야 했다. 그런 바보짓은 하지 않았다.

남자의 반응은 아직까지 예상대로였다.

"이런 상태로는…."

그녀가 당혹스러운 목소리로 말했다.

남자는 뜸을 들이다가 목에서 칼을 치웠다. 위기에서 완전히 벗어나지는 않았지만 흉기의 감촉이 사라진 것만으로도 안도의 한숨이 흘러나왔다.

중요한 것은 다음 순간이었다. 긴장을 풀어서는 안 되었다.

그녀는 천천히 허리를 숙였다. 남자가 뒷머리를 쥐고 있는 바람에 두피가 당겨져 고통이 느껴졌다. 그녀가 주저앉으려는 동작을 취했지만 그는 머리칼을 놓지 않았다. 아마도 도망칠 수 없다는 것을 인식시키려는 의도일 것이다. 그가 머리카락을 잡고 있는 한 언제든지 칼로 찌를 수 있다는 뜻이다.

그녀는 가방끈을 쥐고 일어나면서 몸을 왼쪽으로 틀었다. 그러고는 남자를 향해 가방을 가열차게 휘둘렀다. 남자는 반사적으로 왼팔로 얼굴을 감쌌다. 그녀의 머리칼을 놓친 것이다. 그리고 가방이 남자의 코에 명중했다.

'지금이야!'

그녀는 앞을 향해 내달리려 했다. 하지만 왼팔이 뒤로 당겨졌다. 그 때문에 자세가 흐트러졌고 뒤를 돌아보지 않을 수 없게 되었다. 남자가 그녀가 휘두른 가방을 붙잡고 있었다.

"누가 좀 살려주세요!"

그녀는 가방을 내던져 버린 다음 목청이 터져라 외치며 전력 질주를 시작했다. 어둠에 둘러싸인 숲속을 계속해서 달렸다. 무성한 잡초를 헤치고, 젖은 낙엽을 발로 걷어차면서.

나무뿌리에 발이 걸려 넘어졌다. 하지만 곧바로 손으로 땅을 짚고 일어나 다시 달렸다.

숲에서 빠져나왔을 때 조금 전 북쪽에 있던 세 명의 남자가 눈에 들어왔다.

'남자의 동료들이야!'

그녀는 비명이 터져 나오려는 입을 손으로 막았다. 소리를 내서는 안 되었다. 그러면 위치를 들키게 된다. 세 명에게 잡히면 정말로 도망칠 길이 없다.

나무 뒤에 몸을 숨기자 가슴이 위아래로 오르락내리락할 만큼 숨이 헐떡거렸다. 심장이 터질 것만 같았다.

'조금 전 비명소리를 듣고 누군가 달려와 주지 않았을까?'

물론 가능성은 희박했다. 숲에서 지른 비명소리는 빗소리에 가려졌을 것이다. 가장 가까운 주택가도 꽤 멀었다.

잡초와 나뭇가지가 비바람에 흔들리는 소리가 사방에서 들려와 마치 악마의 속삭임처럼 느껴졌다. 한편, 뒤쪽 숲속에서 누군가가 나뭇가지를 밟고 달려오는 소리가 들려왔다.

심장이 더 격하게 뛰고 입술이 덜덜 떨리면서 입에서는 입김이 흘러나왔다.

조심스레 나무 뒤에 숨어서 고개를 내밀고 숲 안쪽을 응시했다. 검은 그림자가 잡초를 밟으며 주위를 살피고 있었다.

공포심에 눌려 공원 북쪽 입구를 다시 쳐다보았다. 한 명이 이쪽을 가리키자, 동료 두 명이 고개를 끄덕였다.

'틀렸어. 도망칠 수 없어. 숲에서 나가면 바로 잡힐 거야.'

절망감에 사로잡힌 채 문득 오른쪽을 보았다.

뒤에서 쫓아오던 남자가 혀를 끌끌 차는 소리가 들렸다.

'여기는 위험해. 다른 장소로 이동하지 않으면 들킬 거야.'

앞에서도 남자들이 다가오고 있었다.

그녀는 나무 뒤에 숨어 고개를 내밀고 뒤쫓아오던 남자의 위치를 확인했다. 남자는 그녀가 있는 곳을 지나쳐 몇 미터 너머에서 등을 보이고 있었다.

'지금뿐이야!'

그녀는 몸을 낮춰 풀숲을 내달렸다. 물웅덩이를 밟을 때마다 나는 첨벙거리는 소리가 빗소리에 가려지기만을 바라며.

그때 어둠 속에서 비를 맞고 있는 공중화장실이 눈에 들어왔다. 상아색의 편평한 콘크리트 지붕에는 나뭇가지와 낙엽이 수북이 쌓여 있었다. 그 몇 미터 옆에는 자동판매기와 벤치가 있었고, 공원 가로등도 보였다.

그녀는 화장실을 향해 냅다 달리기 시작했다. 그리고 좌우를 잠시 살핀 다음 남자 화장실로 들어갔다. 여자 화장실에 숨는 것보다는 시간을 끌 수 있을 것이다.

타일로 된 어두운 화장실 안에 들어가자마자 악취 때문에 코를 틀어막았다. 세면대의 거울은 깨져 있었고, 변기에서는 코를 찌르는 암모니아 냄새가 났다. 이용자가 적은 화장실이라 제대로 관리가 되지 못한 모양이다.

안쪽에 들어가자 칸이 세 개 있었다. 작은 창문으로 들어온 빛을 통해 목제로 된 화장실 칸막이 문을 볼 수 있었다. 화장실 문에는 빨간 스프레이로 쓰인 낙서도 있었다.

세 개의 칸은 전부 문이 닫혀 있었다. 숨기에는 좋은 상황이었다. 문이 하나 닫혀 있는 것보다는 전부 닫혀 있는 편이 속이기 쉽다. 몇 분만 시간을 벌면 되기 때문이다. 경찰에 신고하고 그들이 오기 전까지 단지 몇 분만.

가장 안쪽 칸에 들어가 오른쪽 허리춤을 살피다 깜짝 놀랐다.

가방이 없었다!

아까 도망치기 시작할 때 가방을 던져버렸다. 멍청한 짓을
한 것이다. 스마트폰을 당연히 가지고 있다고 생각했는데 아니
었다.

초조함이 밀려왔다. 이렇게 된 이상 여기에 있는 것은 위험했
다. 어차피 경찰에 신고할 수 없다면 공중화장실에 숨어 있을
이유가 없었다. 오히려 이곳은 막다른 골목인 셈이다.

그렇다면 지금이라도 남자들에게 들킬 위험을 무릅쓰고 밖
으로 나가 비명을 지르며 도망칠 수밖에 없다. 쉴 새 없이 달리
면 남자들에게 잡히기 전에 누군가 구해줄지도 모른다. 비명소
리에 당황한 남자들이 그냥 도망칠 가능성도 있다.

각오를 단단히 하고 화장실에서 나가려던 순간이었다. 빗발
치는 빗소리 속에서 저벅저벅 발걸음 소리가 들렸다.

숨이 막히고 온몸이 굳어버리는 것 같았다.

남자가 화장실 안으로 들어온 것이다!

'틀렸어. 이젠 도망칠 수 없어. 남자가 다른 곳으로 가거나 먼
저 여자 화장실로 들어간다면 그 틈을 타 도망칠 수 있을 텐
데…'

하지만 남자 화장실에 먼저 들어온다면? 완전히 독 안에 든
쥐 꼴이다.

남자의 발소리가 공중화장실 앞에서 멈추었다.

남자가 왔다! 숨을 수밖에 없다. 그녀는 다시 가장 안쪽 칸

에 들어가 소리 없이 문을 닫았다. 숨이 가빠왔다. 가슴에 양 손을 얹고 호흡을 진정시켰다.

이곳은 수세식 화장실이다. 칸막이 위아래 틈으로 빛이 들어 와 칸막이 안이 완전한 어둠으로 휩싸이지는 않았다.

화장실 안에 숨은 것은 패착일까. 정말로 궁지에 몰린 것일 까. 아니, 아직 괜찮다. 남자들은 넓은 숲을 찾아다니다가 결국 그녀가 공원 밖으로 도망쳤다고 생각할 것이다. 그들이 계속해 서 공원에 있을 리 없다.

그때 문득 한 가지 의문이 들었다.

남자들의 목적은 대체 무엇일까? 밤길에 우연히 여성을 발견 해서 충동적으로 덮치려고 한 것일까? 하지만 공원 반대편에 동료를 배치해놓은 것으로 보아 이것은 계획된 범죄이다. 처음 부터 네 명이서 그녀를 노린 것인가?

그렇게 보기에는 무언가 이상했다. 만약 계획적인 범죄라면 공원 반대편에 동료를 배치하기보다는 차라리 넷이서 동시에 덮치는 편이 확실하지 않을까.

'허세였나…?'

우연히 지나가는 세 명의 남자를 보고 그녀가 그들에게 도 움을 요청하지 못하도록, 아니면 도주를 포기시키기 위해 거짓 말을 했을지도 모른다.

'그때 그들에게 도움을 청했다면 이 위기를 벗어나지 않았을 까.'

어느새 눈이 어둠에 익숙해졌다. 변기 옆에는 주름진 화장지가 널브러져 있었다. 좌우 벽에는 더러운 손잡이가 있었다.

냄새와 불결함에 그녀의 얼굴이 찡그려졌다. 그때 바닥으로 시선을 돌리자 무언가가 움직이고 있었다. 반사적으로 허리를 숙였다. 거미줄에 걸린 나비가 바둥거리고 있었다.

그녀는 다시 초조함을 느끼며 문을 쳐다보았다. 거미줄에 걸린 나비가 마치 자신의 미래를 암시하는 것 같았다. 언제부터 잡혀 있었는지 몰라도 그 나비는 다시 빛을 볼 기회가 없을 것이다. 계속 나비를 보고 있다가는 망상에 사로잡혀 미쳐버릴 것 같았다.

손목시계를 보니 11시였다. 그녀는 초침이 움직이는 것을 보면서 다시 숨을 죽였다.

1분, 2분, 3분….

언제까지고 여기에 숨어 있을 수는 없었다. 이 정도 시간이 흘렀으면 남자들도 도망갔을지 모른다. 몇 분 동안이나 아무 소리도 나지 않는 것이 그 증거이다. 그녀가 공원 밖으로 도망쳐 경찰에 신고했을 거라고 생각한 남자들도 지금쯤은 공원 밖으로 도망쳤을 것이다.

그러다가 그녀는 다시 고개를 가로저었다.

아직 남자들이 근처에 남아있을 가능성도 있다. 섣부른 판단은 금물이었다. 5분만 더 기다렸다가 행동하자. 고작 몇십 초, 몇백 초의 참을성이 운명을 결정할지도 모른다.

그녀는 숨을 내쉬고 문득 천장을 올려다보았다.

그리고 바로 그 순간, 그녀는 한 남자와 눈이 마주쳤다. 남자가 그녀를 엿보고 있었다. 남자는 칸막이 벽 위에 올라타 그 위로 얼굴을 내밀고 있었다.

그녀는 비명을 지르며 뒷걸음질 쳤다. 등이 벽에 부딪쳤다.

심장이 터질 듯이 요동쳤다.

'도망쳐야 해.'

그녀는 문으로 달려들어 손잡이를 당겼다. 하지만 손잡이는 마치 잠겨 있는 것처럼 움직이지 않았다. 놀라서 위를 보니 남자가 한쪽 손으로 문을 꽉 움켜쥐고 있었다.

"누가 좀 살려주세요!"

그녀는 주먹으로 문을 두들겼다. 충격으로 인한 진동에 팔이 저렸다.

남자는 몸을 더 내밀고 오른쪽 다리를 화장실 칸막이 위에 걸쳤다. 그녀는 문을 두들기면서 다리에 힘을 주어 손잡이를 발로 찼다. 하지만 남자의 한쪽 팔이 문을 완전히 고정시키고 있었다.

남자가 칸막이와 천장 틈새로 상체를 들이밀었다.

그녀는 죽을 힘을 다해 손잡이를 잡아당겨 보았다. 하지만 손잡이가 쑥 빠져 땀범벅인 손에 들어왔다. 그 때문에 뒤로 나자빠져 등을 벽에 쿵 하고 부딪쳤다. 순간적으로 숨이 막혀 기침이 나왔다.

그때 시야 한쪽 끝에 그림자가 나타났다.

고개를 들자 눈앞에 남자가 서 있었다. 문을 가로막듯이.

남자가 천천히 팔을 들었다. 정신을 차렸을 때는 목에 열 개의 손가락이 닿아 있었다. 다음 순간 그 손가락에 엄청난 힘이 들어갔다. 목에서 컥컥 소리가 새어 나왔다.

그녀는 남자의 양 손목을 잡고 바둥거렸다. 하지만 힘 차이는 너무나 컸고, 남자의 손가락에서는 전혀 힘이 빠지지 않았다.

'이대로 죽는다…'

생각이 거기에 이르자, '내가 왜 이런 상황에 놓인 거지…?'라는 의문이 머릿속을 가득 채웠다.

남자의 눈동자에는 증오나 분노의 감정이 전혀 없었다. 그저 공허한 눈빛이었다.

그때 남자가 살의에 찬 목소리로 말했다.

"난 네 남편한테서 살해를 의뢰받았다."

그녀는 고통에 몸부림치면서도 놀랐다. 충격적인 말에 그 의미를 제대로 이해하기 힘들었다.

"원망할 거면 남편을 원망해."

'남편이 왜? 내 살해를 의뢰?'

아연실색하지 않을 수 없었다. 절망감에 빠져 저항할 힘도 사라졌다. 남자의 팔은 가차 없이 그녀의 목을 졸랐다.

숨이 막히고 누군가 심장을 누르는 것 같았다. 뇌에도 피가 돌지 않아 의식도 몽롱해졌다.

　남편이.

　남편이.

　남편이.

　왜?

　'왜 내가 남편에게 살해당해야 하는 거지?'

　의식이 어둠에 빠지기 직전, 화장실 문을 격하게 노크하는 소리와 함께 누군가의 목소리가 들렸다.

　하지만 그녀는 도움을 청할 수 없었다. 그저 신음만 날 뿐이었다.

　'죽고 싶지 않아…'

　그녀는 마지막 젖 먹던 힘을 쥐어짜 신발 끝으로 화장실 문을 걷어찼다.

1

법정 안에는 살얼음을 걷는 듯한 긴박함이 흘렀다. 법단에 앉은 재판관 세 명 아래에는 긴장감을 감추지 못한 법원 사서들이 앉아있었다.

오리카사 노조미는 방청석 마지막 줄에 앉아 재판을 지켜보고 있었다. 갈색 머리를 단정하게 묶고, 흰색 블라우스에 짙은 회색 재킷과 스커트를 입고 있다.

사건에 다소나마 관여한 자로서 판결 선고기일을 놓칠 순 없었다. 몇십 대 일의 경쟁을 뚫고 당첨되어 방청권을 얻은 것은 행운이었다.

오늘, 1개월에 걸친 변론이 종결된다. 판결이 나오는 것이다.

법원에 왔을 때 카메라나 마이크를 든 수많은 언론사 관계자들이 자리를 차지하고 있었다.

엽기적인 연쇄살인, 신비롭고 화면발 잘 받는 범인….

매스컴이 몰려든 이유는 이해할 수 있다.

노조미는 법정 안을 둘러보았다.

대각선 자리에는 피해자의 유족인 사카타 시즈에가 자리를 잡고 앉아서 무릎 위에 딸의 영정사진을 세워놓고 있다. 뒷모습만 봐도 1년 전 만났을 때보다 야위었음을 알 수 있었다. 긴장한 어깨가 떨리고 있었다.

"…무슨 일이 있어도 반드시 범인을 잡아주세요!"

시즈에의 비통한 목소리가 노조미의 귓가에 메아리쳤다.

변론기일에 시즈에는 판사에게 애원하기보다 멱살이라도 잡을 기세로 호소했다. 딸의 죽음에 이어 뇌경색으로 남편을 잃은 그녀는 오직 범인에 대한 증오로 삶을 지탱하고 있었다.

노조미는 그녀에게도, 피해자의 무덤 앞에서도 맹세했다.

"…반드시 제가 범인을 잡아 죗값을 치르게 하겠습니다." 노조미가 그녀에게 말했었다.

시즈에의 양옆에는 노조미와 직접 이야기해 본 적은 없는 다른 유족들이 나란히 앉아있었다.

노조미는 피고인석을 보았다.

의자에 앉아있는 사람은 아사누마 쇼고. 22세.

체포되었을 때 그 '미모'(사실 남성에게 자주 쓰이는 표현은 아니지만 그 표현이 가장 어울리는)가 인터넷에서 화제가 되었다. 삼류 잡지에서는 마치 그를 모델 같은 미소년으로 다루었다. 하지만 모델치고는 너무나 차가운 인상에 암흑처럼 감정도 없는 눈동자가 그의 잔혹함을 드러냈다.

아사누마 쇼고는 8명의 여성을 살해했다. 피해자는 전부 기혼자로 시신을 유기 현장에 예술작품처럼 장식해두었다.

체포된 아사누마 쇼고는 침묵으로 일관했다. 아무 말도 하지 않았기에 결국 경찰은 자백 없이 증거를 모아서 기소했다.

일관되게 묵비권을 행사한 피고인이라도 사형이 선고된 사건이 과거에도 몇 건 있었다. 변호사들은 무죄를 주장했었던 사건들이다.

아사누마 쇼고의 사건은 더 이례적이었다. 아무래도 쇼고는 변호사에게조차 아무 말도 하지 않은 모양이다. 변호사의 의도적 전략인지는 모르겠지만, 언론 보도상으로는 변호할 만한 거리가 없어서 변호사도 고생이 이만저만이 아니었다고 한다.

'…차라리 체포당하지 않았으면 좋았을 텐데.'

체포 이후 범행은 멈추었고 살해된 피해자들이나 유족들을 생각하면 결코 해서는 안 될 생각이란 것은 노조미도 알고 있다. 하지만 어쩔 수 없이 그런 생각마저 들었다. 적어도 체포될 때까지 약간의 시간만 더 있었더라도 결과는 달랐을 수도 있기 때문이다.

노조미는 후회를 곱씹었다.

비록 납득할 수 없는 결과가 나온다고 해도 이 재판의 판결은 끝까지 지켜봐야 한다. 아니, 보지 않고는 견딜 수 없다.

시즈에게 범인이 체포된 것을 전했을 때 그녀는 "반드시 사형으로 죗값을 치르게 해주세요. 그러면 딸도 편히 보낼 수 있을 겁니다."라고 호소했다.

노조미는 무릎 위에 올려둔 주먹을 불끈 쥐었다.

시즈에게 있어 아사누마 쇼고의 사형은 '사건의 종결'을 의미하는 것 같았다. 그렇게 스스로를 설득할 수밖에 없었다. 격해진 감정을 억누르면서.

판결을 목전에 둔 상황에도 아사누마 쇼고는 초연했다. 어쩌면 뻔뻔한 것이 아니라 그저 사실을 있는 그대로 받아들이려는 것 같기도 했다.

오히려 일반시민으로 구성된 배심원들이 긴장을 감추지 못한 채 경직되어 있었다.

판사들의 생각은 어떻게 모아졌을까. 피의자가 자백하지는 않았지만 경찰과 검찰이 모아온 증거를 고려하면 무죄는 아닐 것이다. 그리고 유죄라면 십중팔구 사형이 될 것이다.

이윽고 판결문 낭독이 시작되었다. 분위기가 무거워지고 숨 막힐 듯한 답답함이 느껴졌다.

"먼저 판결 이유를 낭독하겠습니다."

머리숱이 없는 재판장이 근엄한 표정으로 입을 연 순간, 예정된 수순임에도 불구하고 방청석에 있던 기자들이 술렁거렸다.

주문을 나중에 낭독한다…!

원래는 판결문의 주문을 먼저 말하고, 그 다음에 판결 이유를 낭독한다. 하지만 사형판결의 경우에만 예외적으로 주문을 나중에 낭독한다. 처음부터 사형을 선고하면 피고인이 동요하여 판결 이유를 제정신으로 듣기 어렵다는 이유에서이다. 그것이 오랜 관습이다.

하지만 최근에는 주문을 나중에 낭독한다고 말한 시점에 이미 다들 사형임을 알아버리기 때문에 무기징역의 경우에도 주문을 나중에 낭독하는 경우가 늘었다. 어떨 때는 그런 사실을 모르고 사형 속보를 낸 방송국이 사과문을 발표하기도 했다.

재판장의 목소리에는 약간의 긴장감이 묻어났다. 그는 피해자 8인의 이름과 아사누마 쇼고의 범행을 읊었다. 법정 안에는 비통한 분위기가 충만했다. 오열을 참는 유족도 있었다.

역시 8명 전원에 대한 살해가 인정된 것인가. 법원에서 판결이 확정되면 모든 것이 끝난다.

노조미는 입술을 깨물었다.

"…행복한 가정을 갑자기 잃게 된 피해자들의 고통과 원통함은 실로 헤아리기 어렵다. 불합리한 범행에 의해 가족을 잃은 유족들의 절망감과 비통함은 너무나 깊고, 그들의 피고인에 대한 처벌 감정이 강한 것은 당연하다. 관동 각지의 기혼 여성을 대상으로 한 연쇄살인인 이 사건이 사회에 끼친 충격과 공포는 상상하기 어려우며 그 사회적 파장도 묵과할 수 없다."

소름끼칠 정도의 정적으로 휩싸인 법정에 감정을 최대한 배제한 재판장의 목소리만 울려퍼졌다.

아사누마 쇼고는 표정 하나 변하지 않았다. 마치 감정 자체가 없는 것 같았다.

"…죄 없는 피해자들을 무자비하게 살해한 행위는 결코 용서받을 수 없으며 죄질이 매우 나쁘다. 피고인은 반성의 기색이 전혀 없으며 참작할 만한 사정도 없다. 이상과 같이 이 사건은 극악무도한 사건이며, 유족의 비통함과 처벌 의지가 강한 사건이고, 범행의 결과 또한 중대하다. 이 모든 것을 고려하여 피고인이 져야 할 형사 책임은 막중하다고 할 수 있다."

재판장은 잠시 뜸을 들였다. 방청석의 모두가 숨을 죽였다.

"그리하여 피고인에게 사형을 선고한다."

가장 앞에 앉아있던 기자 2명이 일어나서 서둘러 법정을 빠져나갔다. 속보를 전하기 위해서일 것이다.

당사자인 아사누마 쇼고는 마지막까지 움직이지 않았다.

아사누마 쇼고. 그는 무슨 생각을 하고 있을까. 8명의 여성을 살해하고 체포되어 사형판결을 받아도 전혀 흔들림이 없다. 인간으로서의 감정이 결여된 것인가.

그때 갑자기 아사누마 쇼고가 조용히 자리에서 일어났다. 의자가 바닥을 끄는 소리가 났다.

방청객들이 흠칫 놀랐다. 모두가 쇼고를 쳐다보았다.

이제껏 얌전했던 아사누마 쇼고의 행동 때문에 허를 찔렸는지 아무도 그를 제지하지 못했다. 그는 의연히 법정 한가운데로 나왔다. 무대에 선 배우처럼 방청석을 둘러보았다.

그제서야 법정 경위들이 달려들었다.

"자리로 돌아가, 아사누마!"

법정 경위가 그의 어깨를 잡았다. 하지만 아사누마 쇼고는 개의치 않고 청중에게 연설을 하듯 팔을 벌린 채 입을 열었다.

"나는 사형선고를 받았다. 8명의 여자를 죽였다고 말이야. 하지만 그중 한 건은 내가 한 게 아니야."

극악무도한 연쇄살인범에게 어울리지 않는 아름다운 목소리였다. 아마도 이 법정에 있는 사람들 모두가 처음 듣는 목소리였을 것이다.

아사누마 쇼고는 시즈에를 가리켰다. 마치 단검으로 찌르는 것 같았다.

"당신은 날 원망해선 안 돼. 당신이 원망해야 할 상대는 따로 있어."

"피고인!" 재판장이 소리쳤다.

"내 범행이라고 믿고 싶으면 마음대로 해. 하지만 그래서는 딸의 원통함은 영원히 풀어줄 수 없을 것야. 그래도 괜찮은가?"

다른 법정 경위도 달려들어 둘이서 아사누마 쇼고의 양팔을 잡았다. 하지만 그는 개의치 않고 계속 말했다.

"난 진범들을 알고 있다. 진범들 중 한 명은…."

아사누마 쇼고가 연극을 하듯 크게 웃으며 말했다.

"이미 내가 죽였다!"

법정 경위가 그를 끌고 나가려고 했다. 하지만 아사누마 쇼고는 팔을 뿌리치며 도발하듯 기자들을 쏘아보았다.

"내 말을 전국에 전해. 스피커가 되어, 간판이 되어 모든 사람에게 알리란 말이야."

"이제 그만해, 아사누마!"

법정 경위 둘은 쇼고를 바닥에 눌러 제압했다. 아사누마 쇼고는 핀에 꽂힌 곤충처럼 바닥에 깔려 있으면서도 고개를 빳빳이 들었다.

노조미는 그에게서 눈을 뗄 수 없었다. 전혀 면식이 없었지만 자신을 향해 말하는 것 같았다.

아사누마 쇼고가 방청석을 향해 다시 외쳤다.

"나는 '추억의 장소'에 진범의 시신을 숨겼다. 진범의 시신을 원하면 찾아봐. 자, 시체 찾기의 시작이다!"

2

지방법원을 나오자마자 노조미는 눈부신 태양 아래에서 더 눈부신 플래쉬 세례를 받았다.

기자들이 둘러싸고 있는 사람은 사카타 시즈에였다. 조금 전까지만 해도 야윈 모습으로도 아사누마 쇼고를 죽일 듯이 노려보던 눈이 지금은 혼란스러움에 흔들리고 있다. 안 그래도 왜소한 체구가 더 작아 보였다. 기자들에게 압사당할 것 같았다.

"아사누마 쇼고의 발언을 어떻게 생각하시나요?"

"지금 심정은?"

"발언의 의도를 어떻게 보십니까?"

"어째서 따님의 살해만 부정했을까요?"

"짐작 가는 부분이 있으신가요?"

시즈에의 눈빛은 흐릿했다. 장마처럼 쏟아지는 질문 때문에 당혹스러워하고 있는 것만은 아니었다. 법정에서 아사누마 쇼고가 말한 내용 자체를 받아들이지 못하고 있는 것이었다.

묘하게 요염하면서도 우렁찬 아사누마 쇼고의 미성이 귀에 울린다.

체포되어 판결이 나올 때까지 침묵하던 아사누마 쇼고의 첫마디가 범행의 부정. 게다가 시즈에 딸의 살해만을 부정했다.

그의 발언은 신빙성이 있는 것일까?

있다….

노조미는 확신했다.

시즈에가 가느단 목소리로 기자들에게 대답했다.

"감형을 노린 발버둥이라고 생각합니다."

"하지만 한 건의 범행을 부정해도 사형판결은 바뀌지 않습니다. 그것을 빼더라도 7명이니까요."

기자들의 거친 말투는 마치 유족인 그녀를 비난하는 것처럼 들렸다.

죄의 무게가 바뀌지 않기 때문에 아사누마 쇼고가 거짓말을 할 이유가 없다. 아무 득이 없기 때문이다. 따라서 단순한 헛소리라고 치부하기 힘들다. 아마도 아사누마 쇼고는 진실을 이야기했을 것이다.

미즈모토 유카 살해의 진범은 따로 있다.

그것은 노조미가 아사누마 쇼고가 체포되기 전부터 수사본부에 계속 주장하던 것이다.

"…아사누마의 저의를 제가 알 수는 없습니다."

시즈에가 기자들에게 대답했다.

"저는 아사누마의 사형판결을 원했고, 그것만이 삶의 원동력이었습니다. 이대로 판결이 확정되어 사형이 집행된다면 저는 더 이상 바랄 것이 없습니다."

외동딸을 살해당한 시즈에의 처벌 의지는 강력했다. 아사누마 쇼고가 체포된 이후 언론에 몇 번이나 나와 분노를 토로하며 재판에서도 유족 대표로 의견을 냈다. 처음부터 끝까지 아사누마 쇼고의 사형을 호소했다.

노조미가 지금 시즈에에게 다가가 말을 거는 것은 불가능했다. 만약 다가간다고 해도 기자들에게 둘러싸일 뿐이다. 미즈모토 유카 살해의 범인을 쫓던 여형사라고 알려지면 귀찮아진다.

노조미는 눈에 띄지 않게 조용히 기자들 옆을 지나쳤다. 그리고 카스미가세키역에서 지하철을 타고 치바현의 어느 역에서 내렸다. 걸어서 10분 거리에 시즈에가 사는 아파트가 있다.

한산한 주택가로서 인적은 거의 없었다. 골목에는 공을 차는 소년과 세발자전거를 타는 여자아이뿐이었다. 시간을 보낼 만한 카페도 없었다.

노조미는 공원에 들어갔다. 오래된 미끄럼틀이 있었고 그네가 작게 흔들리고 있었다. 북쪽에는 나무로 된 벤치가 있었다.

노조미는 거기에 앉아 발밑을 보았다. 갑자기 바람이 불어 모래와 함께 전단지가 날렸다.

아사누마 쇼고는 '진범들을 알고 있다'고 외쳤다. '들'이었다. 매우 중요한 표현이었다. 노조미는 그래서 그 말이 그냥 헛소리가 아니라고 확신했다.

그는 진범들 중 한 명을 죽이고 '추억의 장소'라는 곳에 시신을 숨겼다고 했다. 그건 대체 어딜까?

시끄러울 정도로 울려 퍼지는 매미들의 향연….

나무 그늘이라 직사광선은 피할 수 있었지만 열기는 여전하여 블라우스가 땀으로 얼룩졌다. 더위를 참지 못하고 재킷을 벗어 무릎에 올려두었다.

교살된 미즈모토 유카는 숲에 버려졌다. 목 부분인 파란 셔츠의 깃 주위에는 붉은 장미 열 몇 송이가 장식되어 있었고, 양손은 마치 관에 놓인 시체처럼 배 위에서 깍지를 끼고 있었다.

남편의 증언에 따르면, 회사에서 퇴근할 때 비가 내리기 시작하여, 아내인 미즈모토 유카에게 역까지 마중을 나와 달라고 부탁했다. 하지만 아무리 기다려도 그녀는 나타나지 않았고 핸드폰에 전화해도 응답이 없었다. 50분 정도 기다렸다가 그냥 귀가했는데 집에도 없었다.

"왜 바로 신고하지 않으셨죠?"

당시 형사의 질문에 남편은 우물쭈물하며 대답했다.

"그냥 서로 엇갈렸을 뿐일지도 모르는데 일을 크게 만드는 것 같아서 그랬습니다."

집에 와서 1시간이 지났을 때 문자 메시지가 왔다. 아내의 번호였다.

'급한 일이 생겨서 잠시 집에 못 가요.'

남편은 그 말의 진위를 알 수 없어 다음 날 저녁까지 신고하지 않았다. 집에서 5킬로미터 정도 떨어진 숲에서 미즈모토 유카의 시신을 발견한 이는 산책 중인 노인과 그가 기르던 개였다. 문자 메시지를 받은 시점은 이미 유카가 살해당했을 것으로 추정되는 시각 이후였다.

범인은 장갑을 꼈었는지 시신에는 지문이 전혀 남아있지 않았다.

교살 흔적을 감추기 위해 목 언저리를 장미로 장식한 점이나 피해자가 검고 긴 머리의 유부녀였다는 점 때문에, 일본 전역을 공포의 도가니에 빠뜨린 연쇄살인 사건의 수법과 닮아 있었다. 그래서 경찰은 동일범의 소행으로 판단했던 것이다.

하지만 노조미는 달랐다.

부검 결과 미즈모토 유카의 질에는 상처가 있었고, 사망 추정 시각으로부터 1일 이내에 성행위가 있었다는 사실이 확인되었다. 남편이 전날의 성행위를 부정했기 때문에 성범죄의 가능성이 높았다. 범인은 피임기구를 사용했는지 정액은 검출되지 않았다.

하지만 그동안 세간을 떠들썩하게 만든 연쇄살인 사건에는 강간의 흔적이 전혀 없었다. 노조미는 미즈모토 유카 살인사건은 모방범의 소행일 것이라 추정했다.

한 승용차의 블랙박스에 미즈모토 유카로 보이는 여성이 찍혔다. 시각은 오후 10시 15분. 남편이 역에서 기다리고 있던 시간대였다. 그녀는 세 명의 남성에게 부축받으며 아파트 쪽으로 가고 있었다.

화질이 좋지 않고 어두웠기에 그들의 신원을 파악하기 어려웠다. 하지만 현장 주변을 탐문한 결과 가능성이 농후한 인물들이 나타났다.

노조미는 모방범의 소행일 가능성을 배제할 수 없다고 수사본부를 설득했다.

하지만….

그 세 명의 남성은 잠시 용의 선상에 올랐다가 곧 배제되고 말았다. 본청에서 보내온 사진 때문이었다. 그동안 세간을 떠들썩하게 했던 연쇄살인 사건의 범인 사진이었는데, 그것이 세 명의 남성과는 달랐기 때문이다.

관동지역에서 발생한 8건의 범행 현장 부근의 방범 카메라 영상을 전수 조사한 결과 그중 세 건에서 동일 인물이 계속 나타났다는 것이다. 우연으로 치부하기는 어려웠고, 수사본부는 활기를 찾았다.

'더 이상의 살인은 어떻게 해서든 막아야 한다.'

이는 곧 미즈모토 유카 살인도 관동지역에서 일어난 연쇄살인 사건 중 한 건으로 생각한다는 선언이기도 했다.

반론은 묵살당했다. 노조미는 상사와 동료의 충고를 무시하고 다시 블랙박스에 찍힌 세 명의 남성을 찾았다. 때로는 그들의 교우관계를 탐문하며 그들을 압박했다. 그 결과 노조미는 상부로부터 그 이상의 압박을 받았다.

수사 중지 명령을 몇 번이나 받았을까.

틀림없이 외부에서 누군가 압력을 가해온 것이다.

이대로는 피의자들을 놓칠 것 같다는 초조함에 독단적으로 세 명의 남성 중 한 명을 경찰서로 끌고 왔다. 강제에 가까운 임의동행이었다.

취조실에 집어넣기 전에 상황을 파악한 동료가 당황한 나머지 달려와 소리쳤다. 노조미가 노려보자 그는 수사방침에 거역하는 거냐고 물었다. 자신에게 피해가 오는 것을 피하려는 말투였다.

"자백만 시키면 끝이야."

노조미는 그렇게 말하고 용의자인 카네다 히카루를 취조실로 밀어넣었다.

카네다는 현 내에서 유명 대학을 다니는 청년이었다. 염색한 금발, 가는 눈, 두꺼운 입술이 폭식을 즐기는 럭비부원 같았다.

"앉아!"

노조미는 일부러 고압적인 목소리로 말했다.

콧방귀 뀌며 임의동행에 응한 태도로 볼 때 경찰을 바보 취급한다는 것을 알 수 있었다. 저자세로 나가면 오히려 기세등등해져서 아무것도 알아낼 수 없을 것이다.

카네다는 살이 겹친 이중턱을 비틀듯 고개를 돌리며 피곤하다는 듯이 의자에 앉았다. 등받이에 기대며 고개를 좌우로 흔들었다. 마치 경찰이 손댈 수 없다는 것을 알고 도발하는 것 같았다.

"변호사는?" 노조미가 물었다.

"…변호사가 필요해?"

노조미는 팔짱을 끼고 턱을 들었다. 그리고는 선 채로 내려다보았다. "아빠라도 부를래?"

카네다는 노조미의 도발에 응하지 않고 한동안 웃기만 했다. "그럼 전화 좀 빌려줘." 카네다가 말했다.

"네 핸드폰 쓰지 그래?"

"왜 내 걸 써? 통신비가 아깝잖아. 난 나쁜 짓 한 것도 없는데."

웃으면서 말을 돌리는 카네다에게 노조미는 화가 났다. 그녀는 바로 본론으로 들어갔다.

"네가 미즈모토 유카 씨를 죽인 거지?"

"누구야, 그게?"

"숲에 버려져 있던 사람이야. 너와 네 동료들이 강간해서 죽였잖아."

"몰라. 누명 씌우지 마!"

노조미는 철제 책상을 손바닥으로 탕탕 두들겼다. 피부에 저리는 듯한 아픔이 느껴졌다.

카네다는 순간 놀라 눈을 부릅 떴지만 바로 다시 웃었다.

"뭐야? 경찰이 협박하는 거야? 폭력도 쓰고?"

"블랙박스에 당신들과 미즈모토 유카가 찍혀 있어."

"뭐야, 당신들이라니?"

"당신과 치요다 토모이치, 하세가와 신야."

그때 딸의 죽음을 들은 시즈에의 비통한 표정이 떠올랐다. 그녀는 시신을 마주하고 반쯤 정신착란에 빠져 진정시키는 데 시간이 꽤 걸렸다. 잠시라도 한눈을 팔면 자살하는 것이 아닐까 하고 걱정까지 했을 정도다.

"…반드시 범인을 잡겠습니다."

그렇게 말했을 때 시즈에는 고개를 들었다. 마치 범인이 있다는 사실을 그때 처음 깨달았다는 듯이.

"…부탁드립니다. 반드시 잡아서 사형에 처해주세요."

당연한 반응이었다. 범인에 대한 증오가 삶의 원동력이 될 것으로 생각했다.

카네다는 흥미 없다는 듯이 하품을 했다. 항상 이런 태도였다.

상사가 부재중인 타이밍을 노려 임의동행했기에 더 이상 그를 붙잡아둘 시간이 없었다. 온실 속에서 커온 도련님이니 취조실에 처박아만 놓아도 바로 굴복하리라 생각한 나머지 세 명의 남자 중 가장 애송이 같은 녀석을 타깃으로 골랐는데…. 예상이 틀렸다.

"다 같이 중형을 받고 싶어? 다른 두 사람을 보호하겠다는 의리를 지키려는 건가?"

"보호건 뭐건 모르는 건 모르는 거야. 멍청한 경찰들은 여자가 죽을 때마다 고개 숙이지 말고 빨리 범인이나 잡으라고. 이러다가 당신네 높은 사람들도 어디 무사할 수 있겠어?"

"미즈모토 유카 씨를 살해한 건 너네들이잖아. 아니라고 주장하려면 남편을 마중 나간 그녀가 왜 당신들과 함께 있었는지 설명해봐."

"우리는 집에서 술을 마시느라 밖에 안 나갔어."

"도중에 술이 떨어져서 사러 나왔을 거 아냐?"

"우리한테 죄를 뒤집어씌울 생각이면 증거를 내놔, 증거를. 그 블랙박스, 정말로 우리 셋이 찍혀 있어? 그날 비도 오던데."

아쉽게도 결정적인 증거로 쓰일 정도로 화질이 좋지 않았다.

증거가 되지 않는다는 것을 확신하자 카네다의 미소가 더 커졌다.

"거봐. 누명 씌우는 거야, 누명. 우리 아빠라면 1분 만에 반박했을걸. 들이댈 수 없는 증거는 법정에서는 아무 도움도 되지 않아."

아무런 소득 없이 시간만 낭비하고 있었다. 상사가 언제 들이닥쳐도 이상하지 않았다.

노조미는 어금니를 깨물었다.

"그럼 이제 가 봐도 되지? 임의동행이었잖아."

"아직 이야기 안 끝났어."

"막을 권리는 없어. 이건 권력 남용이야, 남용! 인권침해라고."

"사람 목숨을 빼앗아놓고 인권을 주장하는 거야?"

"인권은 누구에게나 있는 거야. 살인자를 포함한 범죄자도 인권은 있지. 변호사한테 물어봐. 그런 녀석들에게 인권은 없다고 말할 사람은 없을 테니까. 그러니 내 것도 존중해달라고."

과연 인권 변호사의 아들이다. 입담은 수준급이었다.

섣불리 대응했다가는 이 교활한 범인이 결코 자백하지 않을 것이다.

좀 더 밀어붙이려고 했을 때 취조실 문이 열렸다. 고개를 돌리니 과장이 있었다. 눈에 분노가 서려 있었다.

"무슨 짓이야!"

과장이 노조미의 어깨를 잡아 끌어당겼다. 웃옷의 이음새가 찢어질 정도로 강한 힘이었기에 53킬로의 노조미는 어쩔 수 없이 휘청거렸다.

"미즈모토 유카 살인사건의 중요 참고인입니다! 자백만 시키면…."

"제멋대로 행동하지 마!"

"하지만…."

노조미는 이를 악물고 카네다를 쳐다보았다. 이제 그는 이겼다는 듯이 웃고 있었다.

"수고해. 인권침해 타임 끝."

노조미는 카네다가 미즈모토 유카 살인사건의 범인이라는 확신이 있었다. 그런데도 추궁하지 못하다니….

굴욕을 참고 있자, 카네다가 주머니에 손을 찔러넣은 채 일어났다. 자신의 입장을 충분히 파악하고 있는 듯했다. 의기양양하게 걸어와 노조미를 지나치며 그녀의 귓가에 속삭였다.

"귀여운 여동생이 숲에서 발견되지 않도록 조심 좀 하라고."

오물과도 같은 말이 귀에 꽂혔을 때 노조미는 참을 수 없었다. 온몸의 피가 끓어오르고 완전히 뚜껑이 열렸다.

"이 새…."

노조미는 카네다를 잡아 양손으로 멱살을 잡으며 벽에 밀어붙였다. 균형을 잃은 상대에게 체격 차이는 의미 없었다. 그는 신음하며 얼굴을 찡그렸다.

노조미는 서로의 숨결이 느껴질 정도의 거리까지 얼굴을 들이밀었다.

"기억해둬. 반드시 체포할 테니까."

그때 갑자기 누군가 그녀를 뒤에서 잡아 당겨 카네다로부터 멀어졌다.

"손대지 마!" 과장이 화내며 소리쳤다.

노조미는 흥분을 삭히지 못한 채 어깨를 들썩거렸다.

카네다는 자기 목을 어루만지며 헛기침을 하더니, 증오에 가득찬 시선으로 노조미를 노려보았다.

"너야말로 기억해둬. 고소할 테니까!"

카네다는 혀를 차며 취조실을 나갔다.

노조미는 탄식했다. 석양에 물든 공원에 앉아 고개를 들어 시즈에가 도착하지 않은 것을 확인하고 다시 고개를 떨구었다.

그때는 카네다의 말에 화를 참을 수 없었다. 누가 뭐라 해도 명백한 협박이었다.

게다가 카네다는 노조미에게 여동생이 있다는 것을 알고 있었다. 그래서 협박을 한 것이다. 마치 걱정하는 듯한 말로 협박하는 조폭들의 흔한 수법이다. 형식적으로는 걱정이기 때문에 협박죄로 처벌할 수도 없다.

카네다 쪽에서 반격이 들어온 것은 3일 후였다. 먼저 항의문. 취조실에서 폭행을 당했다고 아버지인 변호사 명의로 된 항의문이 왔다. 경찰도 처음에는 무시했다.

하지만….

직접적인 항의가 효과가 없음을 알고는 바로 여론을 선동해서 압력을 가하기 시작했다. 먼저 '임의동행으로 수사에 협력한 결백한 아들이 피의자 취급을 받고 중대한 인권침해, 즉 폭행을 당했다'고 SNS에 올렸다. 머리에 붕대를 감은 아들의 사진은 임팩트가 있었고, 바이러스처럼 퍼져나갔다.

게다가 평소 아버지와 친분이 있던 기자나 평론가, 작가, 정치가들이 이에 동조하면서 경찰을 비판하기 시작했다.

그러다가 카네다가 직접 한 짓인지 아니면 카네다 쪽에서 정보를 슬쩍 흘렸는지 인터넷 익명게시판에 노조미의 신상정보가 유출되었다.

'폭력 경찰은 오리카사 노조미라는 여자래.'

수사에 대한 부당한 압박이었다. 개인정보를 폭로해 버리면 정신적으로 타격을 줄 수 있다는 것을 알고 있었다. 누군가는 노조미가 경찰이 되었을 때의 증명사진까지 퍼뜨려, 포털 사이트에서 '오리카사 노조미'라는 이름을 검색하면 그녀의 사진까지 나왔다.

사태의 본질은 뒤로 한 채 취조 과정에서 노조미가 행한 폭력만 강조되어 사람들이 제멋대로 떠들어댔다.

소동에 가담한 그 누구도 사건의 전말은 무시한 채 그저 안전지대에 숨어 '악'을 공격할 수 있는 축제를 즐겼다. 당사자인 노조미는 공무원이어서 무슨 말에도 직접 반론할 수 없었다.

결과적으로 여론을 이용한 압박은 효과적이었다. 계속 유명인들이 나섰고 그때마다 소동은 커졌다. '폭력 경찰은 사라져야 한다'는 감정적인 항의도 이어졌다.

경찰도 여론을 무시할 수 없었다. 결국 노조미는 압박에 굴복하고 휴직하게 되었다.

그 후 아사누마 쇼고라는 청년이 연쇄살인범으로 체포되었다는 뉴스를 들었다. 그가 입을 다물었기 때문에 미즈모토 유카 살인사건도 그의 범행으로 단정 지어져 버린 것이다.

그리고 현재.

법정에서 아사누마 쇼고는 미즈모토 유카 살인을 부정했다. 그리고 그는 진범들 중 한 명을 죽인 후 시신을 숨겼다고 했다.

살해당한 것은 분명 카네다일 것이다. 카네다는 아사누마 쇼고의 체포 직전에 행방불명되었기 때문이다.

그건 그렇고 아사누마 쇼고는 왜 진범을 살해한 것일까. 자신의 범행을 모방한 것을 용서하지 못한 것인가? 그렇다면 진범들은 어떻게 알아낸 거지?

의문점은 많았다. 하지만 현재 중요한 것은 아사누마 쇼고가 죽인 시체가 어디에 숨겨져 있냐는 것이다.

시체를 찾아내기만 하면 경찰도 무시할 수 없을 것이다. 카네다의 범행이 증명되면 이어서 나머지 두 명, 치요다 토모이치와 하세가와 신야도 체포할 수 있다.

아사누마 쇼고가 말한 '추억의 장소'가 대체 어딜까.

노조미는 핸드폰을 꺼내 인터넷에 접속했다. 인터넷에서는 이미 아사누마 쇼고의 발언이 기사화되어 퍼지고 있었다. SNS에서 인기 검색어 1위를 차지한 것은….

'시체 찾기.'

사람들의 댓글을 보니, 아무래도 아사누마 쇼고가 원하는 대로 시체를 찾으려는 사람들이 나타난 모양이었다.

유명해지고 싶어서인지, 단순히 흥미 때문인지, 정의감의 발로인지는 알 수 없었다.

'우리가 찾아내자'고 떠드는 젊은이들이나, 발견하면 상금이 있냐고 경찰에 문의하는 사람, '추억의 장소'에 대해 추리하여 해설하는 사람 등 제각각이었다.

시체 찾기를 마치 무슨 보물찾기처럼 생각하고 있었다.

노조미가 한숨을 쉬며 핸드폰을 핸드백에 집어넣었을 때, 시즈에가 걸어오는 모습이 보였다.

3

후쿠모토 소타는 평소처럼 방 안에 카메라를 설치하고 각도를 조절했다. 촬영 중의 영상은 바로 모니터 화면에 나오도록 세팅해두었다.

판매회사 이름이 적힌 빈 종이상자를 책상 옆에 두고 부자연스럽지 않은지 확인했다.

1층에 내려와 냉장고에서 커다란 수박을 꺼내왔다.

지금은 어머니도 쇼핑을 하러 가서 얼굴을 마주칠 일이 없다.

소타는 차가운 수박을 옆에 둔 채 흰 마스크를 썼다. 그리고 노트를 펼쳐서 대충 쓴 문장을 읽는다. 직접 쓴 대본이다.

기합을 한 번 넣고 카메라의 녹화 버튼을 눌렀다.

수박 일부가 화면 구석에 보였다. 그러면 스포일러가 되기에 위치를 다시 조정했다.

소타는 목을 가다듬고 심호흡했다. 그리고 명랑한 목소리로 말했다.

"다들 안녕! 소타입니다! 오늘은 말이죠. 여름을 미리 체험하는 기획을 하고자 합니다."

소타는 일부러 질질 끌듯 뜸을 들이더니, 옆에 있는 수박을 들어 올렸다.

"짜잔!"

수박이 강조되도록 하기 위해 마스크로 반쯤 가려진 얼굴 옆으로 수박을 내밀었다.

"여름하면 역시 이거죠!"

수박을 안고 손바닥으로 통통 쳤다.

"오늘은 말이죠. 수박 깨기에 도전하고자 합니다! 하지만 그냥 수박을 깨면 재미가 없잖아요. 그래서 이 좁은 방 안에서 하면 과연 어떻게 될 것인가. 그걸 실험해보고자 합니다!"

그런 다음 소타는 멋쩍게 웃으며 "사실 중학생 용돈으로는 여름 바다까지 가서 촬영하는 것이 어렵다는 것은 비밀이에요."라고 덧붙였다. 친근한 멘트로 웃음을 이끌어내는 작전이다.

"깨진 수박 조각이 흩날리면 큰일이니까…."

소타는 그런 멘트를 날리면서 침대 앞에 신문지를 깔고 수박을 그 위에 올렸다.

그리고 다시 카메라를 향해 말했다.

"이걸로 오케이. 준비 완료!"

카메라를 책상 위로 옮겨 방 안 전체가 나오도록 다시 세팅했다. 100엔샵에서 산 안대도 꺼냈다.

"자, 그럼 바로 도전해보겠습니다!"

소타는 안대를 쓴 다음 양손을 허공에 흔들며 앞을 볼 수 없다는 사실을 강조했다.

"우와앗, 새까매! 하나도 안 보여!"

그러고는 주위에 놓인 나무 배트를 찾았다. 딱딱한 감촉을 확인하고 손에 쥐었다.

"자, 이것이 이제부터 수박을 박살 낼 배트입니다!"

배트를 작게 위아래로 흔들었다.

"갑니다~!"

소타는 일어나서 배트를 방 가운데 세운 다음, 배트 손잡이가 이마에 닿도록 고개를 숙였다. 정면 세 발자국 앞에는 수박이 있었다.

"지금부터 제자리에서 이대로 30바퀴를 돌겠습니다. 믿을 것은 오로지 제 감각뿐! 30번째 바퀴를 돌고나서도 같은 방향을 향하면 바로 앞에 수박이 있을 겁니다."

소타는 배트를 중심으로 빙글빙글 돌면서 카운터를 세었다.

"…23, 24, 25, 26, 27, 28, 29, 30!"

다 세고 나서 상체를 들자 어지러움이 느껴져 휘청거렸다. 뒤로 쓰러질 것 같아 서둘러 중심을 잡았다.

"어이쿠…."

일부러 조금 과장된 소리도 냈다.

2, 3초 뜸을 두고 마스크를 벗었다. 그러자 향하고 있는 방향은 책장 쪽이었다. 수박 방향과는 30도 가량 어긋나있었다.

숨을 고르고 다시 수박을 향해 선 다음 다시 안대를 썼다. 다시 이마를 배트에 대고 회전했다. 이번에는 중간부터 카운트를 했다.

"26, 27, 28, 29, 30!"

몸을 일으키고 "어이쿠…."하면서 휘청이는 척.

편집하기 쉽도록 다시 2, 3초 기다렸다가 안대를 벗었다. 이번에는 수박을 바라보는 방향이었다.

이 방향도 실패다.

3번째도 실패했고, 5번째 가서야 겨우 빈 상자를 향해 설 수 있었다. 이제 상자는 바로 앞에 있었다.

안대를 쓰고 "좋아!"하고 기합을 넣었다.

한 걸음, 두 걸음…. 비틀거리는 연기를 하며 전진했다.

"여기닷!"

소타는 몰래 발끝으로 빈 상자가 앞에 있는 것을 확인한 다음 배트로 상자를 내려쳤다.

주저 없이 한 번에 내리치자, 파각하는 소리가 나며 상자가 찌그러지는 느낌이 났다.

"앗!"

소타는 일부러 놀라는 소리를 내며 안대를 벗었다. 눈을 깜박이며 찌그러진 빈 상자와 반대편의 수박을 번갈아 보았다.

"아악, 말도 안 돼!"

서둘러 빈 상자에 달려들어 당황한 연기를 했다. 그리고 카메라를 향해 외쳤다.

"산 지 얼마 안 된 플스(소니 게임기인 플레이스테이션 - 옮긴이 주) 4가!"

그는 이렇게 외치고 한 호흡을 쉰 다음 "실내에서 수박 깨기는 위험하니 하면 안 됩니다!"하고 마무리했다.

카메라를 정지하고 수박을 다시 1층 냉장고에 넣고 돌아왔다. 그러고는 바로 영상 편집에 착수했다.

카운트를 세는 처음 부분을 일부러 삭제했다. 유튜브 영상을 편집할 때 '편집점'을 만들기 쉽게 하기 위해 길게 카운터를 센 것이다. 약간을 삭제해도 템포가 어색해보이지 않게 하기 위한 편집인 셈이다.

다섯 번째 카운터 시작 지점까지를 삭제했다. 그리고 자막과 말풍선도 넣었다.

편집을 마치고 실제로 재생해보았다. 오프닝 영상이 나온 다음 해당 영상의 기획 설명이 이어졌고, 그 다음에 오늘 촬영분이 시작되었다.

화면 속의 소타는 배트를 중심으로 돌기 시작했다. '12'까지 세었을 때 '중략'이라는 말풍선이 나타났다. 다음 화면은 '26'을 세는 순간부터 시작되었다.

"26, 27, 28, 29, 30!"

거기서 다시 편집했다. 안대를 벗고 방향을 확인하는 부분은 당연히 삭제했다.

화면 속의 소타는 "좋아!"하고 기합을 넣고 걷기 시작했다. "여기닷!"하고 외치면서 배트를 내려친 다음 빈 상자가 찌그러져 당황하는 것까지가 계획된 흐름이다. 당연히 안에 게임기는 없었다.

소타는 1시간 정도 편집한 영상을 유튜브에 업로드했다. 영상 제목은 '[비보] 방 안에서 수박 깨기를 했더니 대참사가…' 였다. 썸네일 디자인과 문구를 통해 화제성을 증폭시켜 조회수가 폭증할 것을 기도했다.

반응을 보고 있는데 밑에서 인기척이 들렸다. 어머니가 집에 온 것이다.

영상을 업로드하고 조회수가 120회에 달했을 때 현관문이 열리는 소리가 들리더니, "다녀왔어."하고 말하는 남자 목소리가 들렸다. 그 목소리만으로도 한숨이 나왔다.

잠시 후, 소타는 다른 유튜버들의 영상을 찾아가며 시청했다.

인기 유튜버는 몇십, 몇백만 명의 구독자가 있고, 영상 하나의 조회수가 백만이 넘는다. 구독자가 고작 432명인 소타의 입장에서 그들은 우주의 신 같은 존재였다.

평범한 영상으로 인기를 끄는 유튜버도 있지만 일부러 노이즈마케팅이나 패드립(패륜적 애드리브의 약자 - 옮긴이 주)으로 조회수를 늘리는 유튜버도 있고, 특정 계층만 공략하는 유튜버도 있다.

소타는 스스로를 아직은 반쪽짜리 유튜버라고 생각했다. 고등학생이 되면 아르바이트도 할 수 있고 활동 범위도 넓어지니, 좀 더 재미있는 영상을 만들 수 있지 않을까?

하지만 중학교를 휴학하고 방구석에 틀어박혀 폐인 생활을 하는 현재대로라면 멀쩡한 고등학교에 합격하기 힘들 것이다.

밑에서 "밥 먹어~!"하는 어머니의 목소리가 들렸다. 짜증이 났다. 밥은 방에서 혼자 먹고 싶다고 했지만 들어주지 않았다. 혼자서 먹고 싶으면 혼자 만들어 먹으란 소리를 듣고 단념했다.

소타는 어쩔 수 없이 1층으로 내려왔다.

어머니가 테이블에 요리를 내려놓고 있었다. 의자에 앉아계신 '아버지'가 미소를 지으며 말했다.

"다녀왔어, 소타."

소타는 '아버지'를 보며 "응….'하고 고개를 끄덕였다.

어머니가 계속 요리를 놓으며 말했다.

"다녀오셨어요, 라고 해야지."

소타는 의자를 뒤로 끌며 마지못해 "다녀오셨어요?"하고 말했다.

"다녀오셨어요, 아빠, 잖아." 어머니가 또 지적했다.

소타는 속으로 혀를 찼다.

몇 주 전에 갑자기 인생에 끼어든 '아버지'를 도저히 '아빠'라고 부를 수 없었다.

소타는 말없이 의자에 앉았다.

"소타!" 어머니가 질타했다.

"괜찮아, 괜찮아." '아버지'가 여전히 미소로 말했다. "억지로 부르게 하는 건 좋지 않아."

"하지만…"

"소타도 아직 익숙하지 않을 뿐이야, 이 상황이."

'아버지'는 소타를 보며 말했다. "그렇지?"

소타는 얌전히 고개를 끄덕이는 것도 싫어서 그냥 말없이 음식을 쳐다보았다. 뒤에서 어머니의 탄식이 들려왔다.

'아버지'가 가정폭력을 하거나 도박에 빠져 있거나 하는 전형적인 건달이었다면 얼마나 좋았을까. 계속 반발하고 거절하고 아니면 신고하면 그만이다.

그렇지 않기에 귀찮다. 마음을 열지 않는 자신이 오히려 나쁜 것 같았다.

"소타는 정말, 학교도 가지 않고 방에 틀어박혀서 인터넷만 하고. 아무 말도 듣지를 않으니."

"강요하는 건 좋지 않아."

'아버지'는 이해한다는 듯이 웃는다.

그것이 더 불쾌했다. 주저 없이 반항하게 해달라고 속으로 생각했다.

"학교에서 혹시 왕따라도 당하는 거니?"

어머니가 아무런 배려도 없이 대뜸 물었다.

설령 그렇다고 해도 네, 맞아요, 하고 솔직히 대답할 거라 생각하는 건가.

뉴스에서 나오는 왕따를 당하고 있는 것은 아니다. 다만 남에게 말을 거는 것이 서툴러서 혼자 있다 보니 반에서 여러 그룹과는 동떨어진 외톨이가 되었을 뿐이다. 그리고 유일한 친구와의 단절이….

딱 잘라 아니라고 부정해도 좋았겠지만 어머니의 무신경함에 화가 나서 "딱히 그냥…."하고 애매하게 대답했다.

어머니는 역시나 난처하다는 표정을 지었다.

소타는 어머니로부터 눈을 돌리고 식사에 전념했다.

결국 불편한 분위기 속에서 저녁을 먹었다. 어머니와 '아버지'가 마치 오랜 부부인 것처럼 대화하고 있으니 앉아있기가 불편했고 혼자 외톨이가 된 것 같아 기분이 좋지 않았다.

소타는 방에 돌아와 컴퓨터를 켜고 업로드한 영상을 다시 확인했다.

조회수는 식사 전보다 100회 정도 늘었을 뿐이다. 일부러 자학개그 영상을 업로드했으니까 이번에는 좋을 줄 알았는데 실패였다. 역시 어설프게 해서 그런가. 아예 실내에서 수박을 박살냈다면 좀 더 주목받았을 수도 있다. 하지만 먹을 것으로 장난치지 마! 하는 악플이 쇄도했을지도 모른다.

과격한 언동으로 주목을 받는 것은 위험하다고 생각한다. 작은 과격함에 시청자가 익숙해지면 그 다음은 어찌해야 할까. 시청자들이 떠나지 않도록 더 과격한 영상을 만들어야 하나? 그렇게 되면 바늘 도둑이 소도둑 되듯이 점점 더 폭주하게 될 것이고 언젠가 정말 큰일을 낼 것이다.

실제로 그런 유튜버의 소동을 몇 번 본 적이 있다. 하지만 그렇다고 평범한 영상을 만들면 아무도 거들떠보지 않는다.

고민을 거듭하고 있을 때 모니터 하단부에 '니시얀'이 보낸 개인 채팅 알림창이 올라왔다.

같은 유튜버인 니시얀은 인기가 많아 채널 구독자가 무려 12만 명이 넘는다. 그는 소위 '인싸(아웃사이더의 반대 개념 - 옮긴이 주)'다. 고가의 기기로 밝고 활기찬 영상을 업로드하고 있다. 집이 부자라서 부모가 뭐든 사준다고 한다.

'우리집 저택에서 탄산 캔디'라는 제목의 영상은 조회수 80만을 돌파했다. 대리석으로 된 거실 바닥 위에 유리 테이블 놓고, 거기서 탄산음료 페트병 안에 특정 메이커의 캔디알을 투입하는 실험이었다. 그러면 두 성분이 서로 반응해서 액체가 기세 좋게 분출된다.

대리석 바닥은 물론 천장까지 젖어버리는 대참사였다. '싫어요'도 2천 개 이상 받았지만, 남에게 피해를 주지 않게끔 자기 집에서 한 실험이라 '좋아요'도 5만 개나 받았다.

그 외에도 '부모님 여행 중 친구 30명 불러 대환장 파티'라는 제목의 영상은 조회수 65만에 달한다. 주스로 건배하고 폭죽을 터트리며 음식을 손으로 집어 먹으면서 소란을 떨었다.

'고등학교 여자 친구들을 탄산음료 목욕탕에 넣어봤다'는 제목의 영상은 대리석으로 된 넓은 욕조에 대량의 탄산음료를 부워넣고 비키니를 입은 여고생을 들어가게 하는 기획이었다.

'직접 제작한 뗏목으로 강 타기'라는 영상에서는 사이좋은 남녀 몇 명이 바비큐 파티를 한 다음 나무를 엮어 만든 뗏목을 타고 강물 타기에 도전했다. 동영상에서는 10초도 되지 않아 뗏목이 박살 나서 물에 빠지는 장면이 클라이맥스가 되었다.

바닷가에서 커플을 기습 취재하거나, 나이를 속이고 클럽에 잠입하거나···.

몇 개월 전에 소타가 니시얀에게 '존경합니다'하고 댓글 하나를 보냈더니, 니시얀이 답장을 보내와서 가끔 댓글을 해주는 관계가 되었다. 존댓말은 답답하니까 반말을 해도 된다고도 니시얀이 말해주었다.

몇 번 콜라보레이션을 하는 행운도 누렸다. 구독자가 많은 유튜버와 함께 동영상을 찍고 상대 채널에 등록하면 그쪽 구독자나 팬들이 찾아와주는 것이다. 그렇게 해서라도 이름을 알리지 못하면 유튜버는 아무것도 할 수 없다.

오늘은 무슨 일일까?

소타는 채팅에 응하고 인사를 한 다음 '무슨 일이야?'하고 타이핑했다.

답장이 바로 날아왔다.

'여름 방학에 같이 시체 찾기 하지 않을래?'

4

노조미는 사카타 시즈에의 모습을 보자마자 벤치에서 일어나 공원을 나왔다.

시즈에는 노조미가 다가오는 것을 눈치채고 멈춰 섰다. 멍한 표정의 시즈에는 마치 망령 같은 모습이었다. 조금 전 기자들의 공세는 어떠했을까.

노조미는 가볍게 목례를 했다.

"잘 지내셨는지요?"

"당신은…."

"오리카사 노조미입니다."

"…저번에는 신세를 졌습니다."

"아닙니다, 크게 도움이 되지 못했습니다…. 오늘은 이야기를 듣고 싶어 기다리고 있었습니다."

시즈에는 고개를 갸우뚱거렸다.

"조금 전 판결을 저도 방청했습니다. 아사누마 쇼고의 발언을 듣고…."

"아, 네…."

시즈에는 그제야 이해한 듯 고개를 끄덕였다. "당신은 아사누마 쇼고가 무죄라 믿었었죠."

그 목소리에는 비난의 가시가 숨어 있었다.

그건 사실이 아니다. 아사누마 쇼고가 무죄라는 걸 믿은 것이 아니라….

3인조 대학생이 미즈모토 유카를 죽인 다음 당시 세간의 화제였던 연쇄살인범의 짓인 것처럼 꾸몄다고 믿었을 뿐이다. 수사본부가 받아주지 않아서 노조미는 시즈에를 설득하려고 했었다.

"…범인은 아사누마 쇼고가 아닙니다. 대학생 세 명입니다."

"…진범을 놓쳐도 괜찮겠습니까?"

유족의 호소가 있으면 수사본부도 무시할 수 없을 것이라고 생각했다. 그래서 형사로서 해서는 안 될 폭거를 저지르기는 했다. 수사방침을 따르지 않고 유족에게 수사 정보를 흘려 수사에 혼선을 초래했으니까.

"아사누마 쇼고의 발언을 어떻게 생각하셨나요?" 노조미는 단도직입적으로 물었다.

시즈에는 얼굴을 찡그리면서 고개를 숙였다. 이마에 깊은 주름이 생겼다.

"아사누마의 변명…일 뿐입니다…."

그렇게 말하는 목소리가 희미하게 공기중으로 잦아들었다.

시즈에도 자신이 한 말에 확신이 없음을 느낄 수 있었다. 아니, 필사적으로 자신의 말이 사실이기를 바랄 뿐이었다.

시즈에는 지금껏 아사누마 쇼고를 증오해왔다. 그의 체포로 인해 드디어 평생 원망할 수 있는 상대가 나타난 것이다. 어쩌면 그것이 정신을 온전한 상태로 붙잡아 준 유일한 수단이었을지도 모른다.

원망의 대상으로 삼아온 남자가 딸을 죽인 것이 아니었다면 지금까지의 증오와 원망은 대체 뭐였단 말인가. 시즈에가 받은 충격과 고뇌를 노조미가 가늠하기는 힘들 것이다.

물론 아사누마 쇼고의 발언을 인정하고 싶지 않은 시즈에의 마음은 노조미도 이해할 수 있다.

하지만….

아사누마 쇼고가 범행을 부정한 이상 이것만큼은 그녀에게 물어보지 않을 수 없었다.

"기자들에게는 무슨 이야기를 하셨나요?"

"무슨 이야기…냐뇨?"

"법원 밖에서 기자들에게 둘러싸여 계신 것을 보았습니다. 아사누마 쇼고의 발언에 대해 질문을 하던데…"

시즈에는 순간 고개를 들었지만 바로 고개를 돌려 노조미의 시선을 피했다.

"…망언이라고 말했습니다. 기자 분들은 내일 1면에 쓸 말을 원했을 터인데, 그런 의미에서 제 말은 그들의 기대에 부응하지 않았겠지요. 제가 원하는 것은 아사누마의 죽음뿐입니다."

"진범은 아직 잡히지 않았습니다. 그것을 호소하시려면…, 그 기회는 오직 지금뿐입니다."

"호소라뇨?"

"네. 당신이 기자들에게 진범이 따로 있다고 호소하기만 한다면 경찰도 이번에는 무시할 수 없을 겁니다."

그 대학생 세 명 뒤에 어떤 권력이 있든 간에 아사누마의 발언이 있고 난 다음인 지금은 진실을 덮는 것이 불가능할 것이다.

"…제가 증오해야 할 사람은 진범입니다." 시즈에가 고뇌에 찬 표정으로 말했다. "아사누마의 말에 놀아날 생각은 없습니다."

"하지만…"

노조미가 밀어붙이려고 했지만 시즈에는 거듭 강조했다.

"범인은 아사누마입니다. 아사누마가 유카를 죽인 거라고요!"

그것 이외에는 그 어떤 것도 받아들일 수 없다는 태도였다. 아사누마가 딸을 죽이지 않았다고 인정해버리면 자신의 삶이 붕괴되지 않을까 두려워하는 것 같았다.

"아사누마는 이 상황을 즐기고 있겠지요." 시즈에가 말했다. "자기가 한 말 때문에 세상이 소란스러워지는 것을 보며 우쭐거리고 있을 겁니다. 저는 그 녀석의 손바닥 위에서 놀아나서는 안 됩니다."

물론 시즈에의 마음도 이해할 수 있었다. 그녀가 매스컴을 이용해 재수사를 요구한들, 경찰이 이를 거부하거나 수사해도 결과가 같다면 어떻게 되겠는가?

원통한 마음은 갈 곳을 잃고 헤매게 될 뿐이다. 시즈에는 더 이상 버티지 못할 것이다.

비록 사실이 아닐지라도 시즈에는 아사누마 쇼고가 딸의 원수라고 믿음으로써 가까스로 정신을 지탱하고 있는 것이다.

그녀의 입장도 공감하는 노조미는 고개를 숙이고 말했다.

"…죄송합니다. 오늘 제가 찾아온 사실은 잊어주세요."

어둠이 깔린 번화가는 시커먼 하늘과는 대조적으로 간판과 가로등 불빛을 반짝이고 있었다. 술에 취한 회사원이나 한껏 꾸민 여성들이 오가고 있었다.

노조미는 어떤 노래방 하나를 멀리서 쳐다보았다. 그리고 그곳으로 들어가려는 남녀 6명을 노려보았다. 한 명은 치요다 토모이치였다. 검은 장발에 금색 목걸이를 하고 있다.

미팅…일까?

그렇다면 몇 시간 전 아사누마 쇼고가 미즈모토 유카 살해를 부정했다는 것도 모를 것이다. 알면 이렇게 느긋하게 놀러 다닐 여유가 없을 테니까.

저녁 뉴스 생중계에서도, 석간 신문에서도 아사누마 쇼고가 메인을 장식했다.

치요다 토모이치와 하세가와 신야도 아사누마 쇼고의 판결이 신경이 쓰일 거라고 생각했다. 이번 사태를 알게 되면 분명 어떤 행동을 취할 테니까 빈틈을 보일 것이라고 판단했다.

하지만 그런 충격적인 전개가 펼쳐졌음에도 이렇게 멀쩡히 미팅이나 하고 있다니. 믿을 수 없게도 치요다 토모이치는 아사누마 쇼고의 판결에 아무 관심도 없는 모양이다.

인생 승리자들의 특권 의식인가.

그들은 지금까지 이렇게 부모의 힘으로 죄를 무마시켰을지도 모른다.

한번 흔들어볼까.

노조미는 클럽과 술집이 있는 빌딩 옆, 어두운 뒷골목에서 시간을 때우며 그들을 기다렸다.

이윽고 노래방에서 치요다 토모이치가 나오는 것이 보였다. 그는 갈색 머리의 미니스커트 여자 어깨를 껴안은 채 나왔다. 아무래도 미팅이 성공한 모양이다.

택시를 잡으면 어떻게 할까 생각하던 차에 다행히 두 사람은 길을 걷기 시작했다.

노조미는 조그맣게 안도의 한숨을 쉬고 치요다 앞에 멈춰 섰다. 그는 소리를 지르며 멈추었다.

"뭐야, 왜 사람 가는 길을 가로막고 그래!"

치요다 토모이치는 눈앞에 있는 사람이 누군지도 모르는 모양이다.

"꽤나 잘 즐기고 있나 보네."

도발적으로 말하자 먼저 반응한 것은 옆에 있던 여성이었다. 진한 화장을 한 여성은 귀에 나비 모양 피어싱을 달고 있었다.

"당신 뭐야?" 치요다가 노조미의 얼굴을 응시하며 말했다.

하지만 바로 떠올리지 못하는 것을 보니 노조미는 화가 치밀었다.

"아사누마 쇼고에게 살인죄를 뒤집어씌우고도 태평한 거야?"

여성이 놀란 듯이 치요다를 쳐다보았다. 그는 그제야 눈을 부릅 뜨고 놀란 표정을 지었다.

"이제 생각났어?"

"너…, 그때 그 짭새냐?" 목소리에서 당혹감이 묻어났다.

여성이 불안한 목소리로 "살인이라니?"하고 물었다. 치요다는 그녀를 쳐다보지도 않았다.

노조미는 여성을 쳐다보며 말했다.

"이 녀석을 따라갔다간 당신도 살해당할 거야."

"네?"

여성은 두려운 표정으로 치요다와 노조미를 번갈아 보았다.

"웃기지 마!" 치요다가 고함을 쳤다. "헛소리하지 말라고!"

"사실이잖아. 죗값은 반드시 치르게 할 거야."

"…휴직했을 텐데, 넌."

"여론을 잘도 선동했지, 그때."

피해자 코스프레를 하면서 누군가를 고발하면 어떤 식으로든 구실을 만들어 분노를 발산하고 싶은 백수들의 동정을 얻을 수 있다. 더구나 가해자가 국가권력일 경우에는 가해자를

'악'으로 치부해도 죄책감이 없었다. 오히려 거대한 악에 맞서는 '정의의 주인공'이 될 수도 있다. 독재국가가 아닌 나라에서 국가권력은 마음껏 공격해도 반격할 염려가 없는 상대하기 쉬운 적이다.

3인조 대학생의 부모는 그런 대중의 '정의 증후군'을 잘 선동해서 걸림돌을 제거했다. 당시 경찰을 비판한 사람들은 자신들 때문에 한 여성을 무참하게 살해한 진범들을 놓쳤다는 사실을 꿈에서라도 알고 있을까.

3인조 대학생의 부모는 자식들의 범행을 알고도 보호한 것일까. 카네다의 아버지는 변호사이고, 하세가와의 아버지는 호마츠야당의 정치가, 치요다의 아버지는 신문기자이다. 그들은 평소에도 정의를 주장하며 인권을 강조해왔다. 자식들이 집단 강간살인죄로 기소되면 틀림없이 사회적 지위를 잃었을 것이다. 지켜야 할 것이 많을수록 그 지위에 매달려 추문을 덮는 데 필사적이다.

"아사누마 쇼고는 범행을 부정했어."

노조미가 비장의 카드를 내밀었다.

"뭐, 뭐라고, 그게 무슨 소리야?"

"모르는 거야?"

짐짓 도발하듯 말하자 치요다는 당황하며 한 걸음 앞으로 다가왔다.

"아사누마는 연쇄살인범이잖아! 사형을 피하려고 죄를 부인하는 걸 대체 누가 믿겠어?"

"여론은 믿어."

"거짓말!"

"TV라도 켜보지 그래? 오늘은 하루 종일 아사누마 쇼고 소식뿐인데. 당분간은 계속될 거야."

치요다는 바득바득 이를 갈았다.

"어째서 여론이 귀 기울이는지 알려줄까?"

이제 치요다는 여유의 가면을 쓸 수 없었다.

"다른 범행은 인정했지만 미즈모토 유카 씨 살해만큼은 부정했거든. 사형판결은 바뀌지 않는데도. 이해했어? 대학은 다니고 있으니 그 정도는 이해할 수 있겠지?"

치요다는 얼굴을 일그러뜨렸다.

"저기." 노조미가 웃으며 말했다. "카네다 히카루는 어떻게 되었어? 사건 후에 행방불명 되었다던데. 부모가 실종신고 했잖아."

"…몰라."

"계속 같이 다녔는데 걱정되지 않아?"

"아니."

"죽었을 거라고 생각 안 해?"

"뭐?"

"아사누마 쇼고가 법정에서 무슨 주장을 했는지 알려줄게. 자기가 미즈모토 유카 씨를 죽인 범인들 중 한 명을 죽여서

'추억의 장소'에 숨겼대."

치요다의 목젖이 위아래로 흔들렸다.

"불안해?"

"누, 누가 불안하다는 거야!"

"아사누마 쇼고는 시체 찾기를 선동했어. 마치 보물찾기라도 하듯이. 그 때문에 지금 인터넷에서는 시체 찾기가 인기 검색어지. 모두가 아사누마 쇼고가 말한 '추억의 장소'가 어디인지 추리하는 대회 같은 것을 하고 있어."

치요다는 아랫입술을 깨문 채 입을 다물고 있었다.

"누구의 시체가 발견될까?"

"…카네다 히카루는 아닐 거야."

"그래? 카네다의 시체가 발견되면 다 걸려드는 거야. 아사누마 쇼고가 어떻게 진범들을 알고 있었는지 고백하면 끝이지."

치요다의 머리에 땀방울이 맺혔다.

"저, 저기…."

옆에 있던 여성이 두려운 표정으로 말했다. "나 약속이 생각났어."

그녀는 치요다가 부르는 소리에도 아랑곳하지 않고 도망치듯 가버렸다.

치요다는 화난 표정으로 노조미를 쳐다보았다.

"당신 정말…."

"헌팅은 실패네."

노조미는 그를 비웃고는 발걸음을 돌렸다. "얼마 남지 않은 자유를 마음껏 즐기도록 해."

5

'여름 방학에 같이 시체 찾기 하지 않을래?'

니시얀의 채팅을 보고 소타는 자신도 모르게 "뭐?"하고 소리를 냈다.

'시체 찾기…?'

소타는 당황하며 대답했다.

'갑자기 무슨 소리야?'

대답이 돌아올 때까지 지루할 정도의 시간이 걸렸다.

'여름이고 해서 한 방 크게 화제성 있는 걸 찍으려고 생각했는데, 사람이나 무언가를 욕하거나 범죄에 가까운 콘텐츠를 만드는 건 결과적으로는 마이너스잖아.'

'그치만 유튜브도 트위터도 다들 누군가를 공격하는 이야기를 좋아해서 몰려들지 않아?'

'나는 그런 거 별로 안 좋아해. 인터넷에서 한 번 미움 받은 사람은 다시 인기를 얻기도 어렵고 적만 늘어날 뿐이야.'

'동감이야.'

'그래서 떠올린 게 시체 찾기야. 한여름 밤의 모험치고는 스릴 있고 재미있어 보이잖아.'

'그럴지도 모르는데 시체가 정말로 있어? 그냥 땅 파서 나오는 게 아니잖아.'

'짐작 가는 곳이 있어. 치바 중부의 어느 시골에 시체가 숨겨져 있대.'

'진짜로?'

'응, 정말로. 어떤 정통한 소식통으로부터 전해 들었어.'

'어떤이라니?'

'미안. 비밀을 지켜야 해서. 다만 종합적으로 볼 때 신빙성은 높다고 봐.'

니시얀도 유튜버로서 자신의 평판이 걸린 문제이므로 불확실한 정보로는 움직이지 않을 것이다.

'정확한 장소를 알고 있는 거야?'

'알고 있으면 벌써 경찰이 발견했겠지. 그러니까 우리가 찾아내자는 거야.'

니시얀의 의욕과 흥분이 채팅창에서도 느껴졌다.

'시체 찾기'라는 말에는 어딘지 모르게 어두움과 로망이 느껴졌다.

'어쩐지 '스탠드 바이 미' 같네.'

'뭐야, 그게?'

니시얀이 물었다.

'TV에서 했던 영화인데, 친구들 4명이서 시체를 찾는 내용이야. 청춘물이었지.'

'어머. 시체 찾기 영화가 인기 있구나. 그럼 유튜브 테마로 삼기에도 좋다는 뜻이네. 그 영화, 시체는 정말로 찾아내?'

'응.'

'그럼 우리도 찾아보자. 그런데 분위기만 연출하다가 결국 발견하지 못했습니다, 라고 하면 허탈해서 영상도 망할 거 같고⋯. 영화에서는 어떻게 시체를 찾아낸 거야?'

'오토바이를 타던 불량배 그룹이 우연히 숲에서 시체를 발견했다고 이야기하는 걸 소년 중 한 명이 듣고, 우리도 찾아보자면서 시작해.'

'그렇구나. 영화에선 처음부터 구체적인 장소를 알고 있었군. 하긴 요즘 시대에 장소를 정확히 알고 있을 정도면 너도나도 찾아낼 수 있겠지. 오히려 애매한 편이 영상적으로는 흥분되잖아. 같이 찍어보자.'

'콜라보레이션?'

'그래.'

유튜버로서도 고마운 제안이다. 좀처럼 구독자 수가 늘어나지 않는 지금, 니시얀과 함께 화제성 있는 영상을 찍으면 구독자 수가 치고 올라갈 계기가 될지도 모른다.

다만⋯.

'하루 만에 촬영하는 건 아니지?'

'몇 시간이나 걸릴지 알 수 없으니까 1주일 정도는 예상하고 있어. 텐트 치고 캠핑도 하려고.'

캠핑이라⋯. 친구들끼리 텐트에서 먹고 자고 하는 것은 '인싸'의 전매특권이다. 반 친구도 없고 혼자서 만화만 보는 자신과는 맞지 않았다.

한번은 소타의 반 친구들이 같이 노래방에 가자고 제안했지만 거절했다. 우연히 눈에 띄어서 동정심에 말을 걸어주었을 것이다. 아싸는 원래 그런 자리가 불편한 법이다.

'그런데 왜 나한테 연락한 거야?'

'나 혼자서 하기엔 좀 허전할 것 같고, 이런 큰 이벤트는 역시 동료가 있으면 좋잖아.'

'하지만 니시얀은 인기 유튜버 중 아무나하고 같이 해도 되잖아? 나 같은 유튜버랑 같이 하는 건 니시얀에게는 아무 도움도 되지 않아.'

"나 같은 유튜버'라니! 네가 어때서? 그리고 생각해봐. 이미 자기 스타일이 뚜렷한 유튜버나 구독자가 많은 유튜버는 기획서를 만들거나 회의를 하거나 해야 해서 힘들어.'

'그래?'

'그래. 꽤 귀찮아. 몇 번 그렇게 해봤는데 기획서를 제안해도 쉽게 오케이를 해주지 않아. 그쪽도 이미지가 있으니까 이상한 기획으로 구독자들을 실망시킬 수 없잖아.'

그렇구나. 소타는 같이 해본 유튜버가 니시얀밖에 없어서 몰랐다. 다들 쉽게 쉽게 촬영하는 줄 알았다.

'이미 여름 기획을 준비 중인 유튜버도 많아. 여름 방학은 조회수를 늘릴 절호의 기회니까 다들 열정을 가지고 서둘러 준비하고 있는 거야.'

'뭐, 나는 한가하니까!ㅎㅎ'

'그래서…, 함께 할래?'

하지만 소타는 바로 대답할 수 없었다.

소타가 아직까지 영상에서 얼굴을 마스크로 가리고 있는 것은 신상을 들키는 것이 무서운 것이 아니라 스스로에게 자신이 없었기 때문이다. 여럿이 모여서 소란피우는 것은 힘들어도 '내 방'에서 얼굴을 숨긴 채 혼자서 하는 거라면 거리낌 없이 당당히 찍을 수 있었기 때문이다.

'우리 둘뿐이야?'

대답에 약간 뜸이 있었다.

'아니, 사실 한 명 더 불렀어. 같은 유튜버야.'

'응'이라는 답이 기대했던 대답이었다. '아니'라고 하니 마음이 무겁게 가라앉았다.

유튜버 중에 실제로 만난 적이 있는 것은 니시얀뿐이다. 그 외 처음 만나는 사람이 있으면 스트레스만 받을 것이다.

말을 걸어준 반 친구와 만화 취미가 맞아서 이야기하고 있을 때 누군가 끼어들어 방해받았던 기억이 났다. 3명이 되니 발언할 수가 없었고, 정신을 차려보니 눈앞에서 두 사람만 즐겁게 이야기하고 있었다. 결국 '화장실 갔다 올게'하고 대충 둘러대고 자리에서 일어나 그대로 수업이 시작할 때까지 의미 없이 복도를 서성였다.

소타는 새로운 반에서 그룹이 형성되자 거기에 끼지 못하고 유일하게 친했던 친구도 잃어버리는 바람에 결국 중학교에 가지 않게 되었다.

그리고 심심하던 차에 유튜브를 보게 되었고 영상 제작에 흥미를 갖게 되었다.

그로 인해…, 학교에 가지 않는 정당한 이유가 생겨났다.

'누구를 불렀는데?'

물어보자 바로 대답이 왔다.

'세이라고 알아?'

'미안, 몰라. 뭐 하는 사람인데?'

'성실하고 정의감 있고 멋진 녀석…, 이라고 하면 될까. 네 눈으로 직접 봐. 우린 영상이 전부잖아. 세이의 고양이 영상은 마음을 울리는 무언가가 있어. 그럼 나중에 구체적인 계획을 보내줄게.'

니시얀이 채팅창을 나갔다.

어느새 이번 기획에 참가하는 방향으로 이야기가 진행되고 있었다. 니시얀은 명확한 거절이 아닌 한 '거부'가 아니라고 생각하나 보다. '인싸'스러웠다.

소타는 한숨을 쉬었다.

한여름의 시체 찾기….

홀로 집에 틀어박혀 영상을 올리던 나날에 비하면…, 가슴이 벅차올랐다.

소타는 이번 기획으로 '아싸'를 탈출하고 싶었다. 누군가에게 직접 말을 거는 것은 힘들지만 억지로라도 인싸 무리에 참가하게 되면 스스로를 성장시킬 수 있다.

세이…, 라고 했던가.

소타는 바로 유튜브 검색을 통해 세이의 유튜브 채널을 찾아냈다. 재생수가 가장 많은 영상을 골랐다.

'[동물구조] 쇠약한 길고양이를 구하다 #1'

고양이 영상은 이걸 말하는 건가.

영상 썸네일에는 야윈 고양이가 길바닥에 죽은 듯이 누워있는 모습이 사용되었다. 몸은 꾀죄죄했고 눈을 뜨는 것도 힘들어 보였다.

너무 불쌍해서 눈을 돌릴 뻔했다.

소타는 심호흡을 한 다음 다시 화면을 보았다.

조회수는 54만 5천. 상당한 조회수다. 옆에 있는 '#2'는 38만번. 시리즈물은 원래 1화보다 조회수가 떨어지기 마련이어서 2화의 조회수 감소는 어쩔 수 없다. 오히려 2화도 40만 가까이 시청된 것이 대단한 것이다.

날짜를 보니 5개월 전부터 며칠 간격으로 업로드된 영상이었다. 화를 거듭할수록 조회수는 떨어졌지만, 마지막 영상인 '#11'은 첫 회를 넘는 70만이나 조회되었다.

소타는 '#1'부터 재생 버튼을 클릭했다.

검은 옷을 입은 남자가 화면에 등장했다. 마스크로 얼굴을 가리고 있었지만 쌍꺼풀이 진하면서도 예리한 눈매가 눈에 띄었다. 고등학생인가?

"…다들 안녕, 세이다."

감정이 전혀 담기지 않은 듯한 무뚝뚝한 목소리와 말투였다.

"다들 유기견, 유기묘 문제에 대해 생각해본 적 있나? 밖을 걸어 다니다 보면 어디선가 들려오는 개나 고양이 울음소리. 물론 집에서 기르는 애완동물 소리일지도 모르니 신경 쓰는 사람은 많이 없겠지. 하지만 실제로는 버려진 개와 고양이 울음소리도 적지 않아. 어쩌면 도움을 청하는 비명일지도 몰라."

세이는 마스크를 쓴 채 한숨을 쉬면서 살짝 고개를 흔들었다. 안타깝다는 제스처인 듯했다.

"왜 이번에 이런 이야기를 하고 있는가. 그건 어제 내가 유기 묘를 발견했기 때문이다. 이걸 봐줘."

화면이 바뀌고 주택가 영상이 흐른다. 오른편으로 이어지는 담장 구석에 고양이가 죽은 듯이 웅크리고 있다. 썸네일은 이 장면을 바탕으로 만든 건가.

"영상 촬영 중에 불쌍한 고양이가 버려져 있는 것을 발견했다. 어떻게 하면 될까? 이대로는 그냥 죽을지도 몰라. 너희들이면 어쩔래?"

카메라는 갑자기 줌인을 통해 고양이 이마에 난 상처나 더러운 털을 화면에 부각시켰다.

"구하는 것이 인도적인 행동이겠지. 머리로는 이해할 수 있어. 하지만 이 한 마리를 구한다고 해도 어차피 자기만족의 위선에 지나지 않겠지. 이런 버려진 애완동물은 사방에 있어. 이들을 전부 구조할 수 있나?"

세이가 주저앉았는지 카메라가 아래쪽으로 이동했다. 그리고 고양이를 향해 손을 뻗었다.

고양이는 흠칫 놀라 고개를 들고 두려워했다. 인간에게 험한 꼴을 당한 경험이 있을지도 모른다. 순간 도망치려고 하다가 다시 힘없이 쓰러지고 말았다.

세이의 손이 갓난아이를 어루만지듯 부드럽게 고양이를 만졌다.

"생명의 허무함이 느껴지지. 나에게 생명의 선택권이 주어졌어. 내 선택이 이 고양이의 앞날을 정하는 거지. 그렇다면 나는…."

화면이 천천히 검은색으로 어두워졌다. 그리고 다음 장면에서는 고양이가 종이상자에 누워있었다. 상자가 있는 곳은 길가가 아니라 집 안 바닥이었다.

데리고와서 키우기로 한 모양이었다. 애초에 '[동물구조] 쇠약한 길고양이를 구하다 #1'라는 타이틀을 붙여놨기 때문에, 구하지 않는다면 낚시 영상이 되어 온갖 비난을 받았을 것이다.

"…결국 나는 구하기로 했다."

스스로도 의외라는 듯한 말투였다.

화면 속에서 세이는 커피포트에 있는 뜨거운 물을 페트병에 반쯤 따른 다음 수돗물을 추가해 뚜껑을 닫고 위아래로 흔들어 섞었다.

"온도는…."

세이는 손바닥으로 온도를 체크하듯 페트병을 어루만졌다.

"대충 체온이다. 이 정도면 되겠지."

페트병을 종이상자 안에 넣었다.

"자, 내가 무엇을 하고 있는지 설명할게. 고양이는 털로 덮여 있어 땀샘에서 기화열을 방출할 수 없어. 체온조절이 힘들기 때문에 쇠약해졌을 때는 보온이 가장 중요해."

그래선지 고양이 표정이 아까보다는 좋아진 것 같았다.

"다음은 영양이다. 쇠약해졌으니 무언가를 먹여야지. 이대로는 죽을 수밖에 없어."

화면이 바뀌자 편의점 안에서 애완동물 사료 코너가 보였다. 세이의 손에는 고양이용 우유와 사료가 있었다.

"좋아."

세이의 말과 함께 다시 화면이 집 안으로 바뀌었다. 세이는 우유와 사료를 바닥에 내려놓고 고양이를 안고 데려왔다. 고양이가 고개를 들고 사료를 쳐다보았다.

"자, 먹어. 어서 먹고 건강해져." 무뚝뚝한 말투로 말했다.

고양이는 조심조심 몸을 일으키더니 주저하면서도 그릇에 다가가 우유를 핥기 시작했다.

단지 그것뿐인데 소타는 가슴이 뜨거워지는 것이 느껴졌다.

10분 정도 되는 영상은 세이가 "이 고양이가 건강해질 때까지 그 모습을 계속 업로드하고자 한다."라는 말과 함께 끝났다.

영상에 대한 댓글도 많았다. 853개였다. 10개를 넘기기도 쉽지 않은 소타의 영상과는 차원이 달랐다.

소타는 댓글을 대강 훑어보았다.

'감동했습니다.'

'상냥하시군요.'

'구해주기로 해서 다행이야.'

'세이는 옳은 일을 했어.'

긍정적인 댓글이 많았지만 비판도 있었다.

'어째서 동물병원에 데려가지 않은 거죠? 초보가 할 일이 아닙니다. 한시라도 빨리 병원에!'

'자기만족충. 칭찬받고 싶었냐?'

'착한 척하려고 동물을 이용하지 마세요! 전 수의사입니다. 영상을 보니 그 고양이는 상당히 쇠약해져 있습니다. 이대로는 못 버텨요. 죽을 거예요. 빨리 병원에 가세요. 죽일 생각이세요!?'

몇 개의 댓글에는 세이가 감정적인 댓글을 달며 반론했다.

소타는 사람들이 너무한다고 생각하면서 댓글창을 닫았다.

방치했으면 죽었을 고양이를 데려왔다고 비판받다니….

인터넷 세상의 무서움을 간접적으로 체험했다.

고양이를 구했는데 마치 학대라도 한 것처럼 '죽일 생각이세요!?'라고 댓글을 다는 건 심하다는 생각이 들었다.

애초에 댓글을 단 사람이 정말 수의사인지도 알 수 없었다. 인터넷에서는 그럴싸한 말로 둘러대면 어떤 직업이든 사칭할 수 있다. 온라인 게임을 할 때에도 그런 녀석을 종종 보았다.

소타는 '#2'를 재생했다.

세이가 등장해 담담한 말투로 말했다.

"지난번 영상 댓글창에서 자칭 수의사라는 분이 '이대로는 고양이가 죽는다'고 소란을 떨던데…."

화면이 바뀌고 종이상자 안에 고양이가 누워있는 모습이 보였다. 고개를 들고 있었다.

세이의 나레이션이 나왔다.

"보이는 대로 조금 건강을 회복했다. 내 영상에 댓글을 달아준 자칭 수의사라는 분은 자기 주장의 정당성을 증명하지 못해 안타깝겠지만 내 노력이 보답받은 모양이다. 일단 다행이다."

도발적인 발언이었다.

하지만 소타는 정의가 이긴 것 같아 내심 통쾌했다.

세이가 고양이를 쓰다듬으려고 하자, 고양이는 으르렁거리며 앞발톱으로 세이의 팔을 할퀴었다. 피부에 붉은 선이 생겼다.

순간 세이가 화를 낼 줄 알았다. 하지만 그는 개의치 않고 몇 번 할큄을 당해도 팔을 그대로 두었다. 잠시 뒤 팔은 상처 투성이가 되었다.

"마음은 풀렸나?"

고양이가 숨이 찬지 다시 엎어지자 세이는 고양이를 쓰다듬었다.

인내력의 승리라고 생각했다. 소타 자신이라면 이렇게까지 상냥해질 수 있을까.

세이는 인간에게 불신감을 가지고 있는 고양이의 공격을 버티면서 헌신적으로 돌봐주었다.

'#3' '#4' '#5' … 순서대로 영상을 보았다.

화를 거듭할수록 고양이는 확연히 회복되어갔다. 뼈가 보일 정도로 야위었던 몸도 점점 둥글게 변하고 사료를 먹는 기세도 강해졌다.

고양이가 세이의 팔을 공격하지 않게 된 것은 '#8'부터였다. 쓰다듬는데도 가만히 있었다. 기분이 좋은 듯 갸르릉 소리도 냈다.

"오옷!"

소타는 자신도 모르게 소리를 질렀다.

감동적인 순간이었다. 며칠 간격을 두고 업로드했다고 한 걸 보면, 한 달 이상 끈기 있게 애정을 쏟아부은 결과였다. 드디어 고양이가 마음을 열어준 것이다.

댓글을 보니 마찬가지로 감동했다는 것이 태반이었다. 영상을 보며 울었다면서 눈물을 흘리는 이모티콘을 단 댓글도 있었다.

'이름은 지었어?'라는 댓글도 몇 개 보였는데 누군가가 '이름을 지으면 헤어질 때 괴로워.'라는 답글을 달았다.

비판적인 댓글은 거의 없었다.

마지막 화인 '#11'에서는 고양이가 건강하게 집 안을 돌아다니고 있었다. 이마에 있던 상처도 없어지고 건강한 모습이었다.

화면이 바뀌고 세이가 나타났다.

"이 정도 회복되었으면 다시 길거리로 돌아가도 살아갈 수 있겠지. 내 아파트는 애완동물 금지라서 계속 보호할 수는 없어."

화면이 고양이를 길가에 다시 풀어주는 장면으로 바뀌었다. 고양이는 아무렇지도 않게 세이의 손에서 빠져나가자마자 주저 없이 어디론가 가버렸다. 두 번 다시 뒤돌아보지도 않았다.

역시 고양이는 개와 달리 은혜의 개념이 없는 것인지도 모른다.

고양이의 뒷모습에 대고 세이가 "열심히 살아라."하고 작별 인사를 하면서 영상은 끝났다.

애절한 인상을 남기는 영상이었다. 이해타산 없이 고양이를 구하고 건강을 회복시켜준 세이가 대단하다고 생각했다.

니시야이 세이를 '성실하고 정의감 있고 멋진 녀석'이라고 표현한 이유를 이해할 수 있었다.

이기적인 사람이 아니라서 다행이었다. 며칠을 같이 할지 모르는데 전혀 안 맞는 사람과 있으면 불편할 뿐이다. 모처럼의 기획도 엉망이 될 것이다.

부정적인 상상은 버리고 긍정적으로 바라보고자 노력했다.
이번 기획을 성공시키면 소타도 변할 수 있을지 모른다.

니시얀이 기획 내용을 메일로 보내주자 소타는 필요한 도구
를 준비하기 시작했다.

기다리고 기다리던 여름 방학은 순식간에 찾아왔다.

6

한여름의 태양이 살을 태울 정도로 이글거리는 가운데 바닷가에는 수많은 여행객이 넘쳐났다. 형형색색의 파라솔이 여기저기 펼쳐져 있었다.

노조미는 모자를 쓰고 선글라스를 낀 채 반팔 티셔츠에 진한 감색 데님 숏팬츠를 입었다.

밀려오는 뜨거운 바람에 바다 내음이 났다. 해수욕장에 온 게 몇 년 만일까. 고등학생 때가 마지막일지도 모른다. 경찰학교를 졸업하자마자 그대로 형사가 되었다. 계속 범죄자를 쫓는 나날을 보냈다.

오늘도 마찬가지였다.

노조미는 스마트폰을 꺼내 SNS를 켰다. 하세가와 신야의 프로필 사진이 바다 사진으로 되어 있었다. 최신 글은….

'바다, 최고! 여자, 최고!'

사진도 공개되어 있다. 선탠을 한 남녀 몇 명이 수영복 차림으로 포즈를 취하고 있다.

사진에 위치정보가 나와 있어 노조미는 어느 해수욕장을 가야 할 지 조사할 필요도 없었다.

노조미는 돌계단을 내려가 바닷가에 서서 주위를 둘러보았다. 하세가와는 보이지 않았다.

모래를 밟으며 백사장을 걸어 다녔다.

수영복 차림의 여자들은 소리 지르며 떠들고 있거나 매트에 누워 태닝을 하고 있고, 남자들은 서핑을 하거나 비치발리볼을 했다. 어떤 남자들은 여자들을 꼬시면서 각자 여름을 만끽하고 있었다.

노조미는 해수욕장을 가로지르며 하세가와를 찾아다녔다. 구운 옥수수를 파는 가게 앞도 확인했다. 쌍안경으로 제트스키를 타는 남녀도 확인했다.

하지만 하세가와는 없었다.

분명 3일 전에 올라온 글에는 일주일간 이곳으로 놀러 간다고 되어 있었다. 아직 여기에 있을 것이다.

'대체 어디에 있는 거지?'

햇빛이 광선처럼 피부를 태우고 목을 마르게 했다. 땀 때문에 셔츠가 몸에 달라붙었다.

노조미는 매점에서 음료수를 샀다.

세간에는 '시체 찾기'가 점점 더 화제가 되고 있다.

아사누마 쇼고의 '추억의 장소'는 어디일까. 그가 살인을 범한 지역, 도쿄나 사이타마, 카나가와, 치바를 조사하는 사람도 많았다. 연쇄살인의 피해자가 발견된 장소는 이미 뉴스로 공표되어 있기 때문에 그 주변을 찾아다니는 사람들도 많았다. 유튜버 중 일부는 갑자기 유족에게 찾아가 짐작 가는 곳이 없냐고 묻는 바람에 욕을 먹기도 했다.

추억의 장소라….

인터넷에서 가장 이목이 집중되는 곳은 치바현이었다. 아사누마 쇼고가 혐의를 부인한 살인사건의 피해자 미즈모토 유카가 살던 곳이기 때문이었다.

논리적 추리라고 생각했다. 아사누마 쇼고가 카네다를 죽였다면 그렇게 멀지 않은 곳에 숨겼을 것이다. 시체를 짊어지고 다른 지역까지 이동하는 것은 너무 위험하다.

치바의 어딘가….

시체를 누가 가장 먼저 발견할까. 시체를 훼손하는 미친 녀석이 발견하지 않기를 바랄 뿐이다.

아사누마 쇼고를 엽기살인범으로 만든 원인은 아직 판명되지 않았다.

매스컴에서는 중학교나 고등학교 때의 인간관계에 원인이 있다는 범죄 심리학자의 의견도 나왔다. 어느 사회학자는 아사누마의 집에서 발견된 만화나 게임, 영화(살인을 게임처럼 다루거나 선정적인 전개가 포함된 작품이라고 한다)의 영향이 크다고 분석했다.

실제로 아사누마 쇼고가 제시한 '시체 찾기'라는 키워드는 그가 그런 게임이나 영화 같은 창작물의 영향을 받았음을 추론하기에 충분했다.

"저는 반사회적인 행동이나 범죄를 일으킨 사람이 아무 벌도 받지 않고 끝나는 창작물을 규제할 필요가 있다고 봅니다."

어느 사회학자의 주장에 대해 인터넷 공간에서는 찬반이 갈렸다. 창작물의 내용에 대한 검열은 부당하다는 입장과 창작에도 사회적 책임이 있다는 주장….

아사누마 쇼고가 어떤 인생을 살아왔고, 어떤 생각 속에서 왜 기혼여성들을 엽기적으로 살해했을까.

침묵하는 그의 마음을 열 전문가는 아직 없었다.

노조미는 매점에서 나와 다시 하세가와를 찾아다녔다. 해변의 남쪽 끝까지 갔을 때 비치발리볼을 하는 남자들을 발견했다. 적당한 몸집에 밀가루 같은 하얀 피부에 금발 머리….

하세가와의 목걸이가 햇빛에 반짝였고, 그의 날카로운 공격에 따라 비치 파라솔 아래에서 응원하던 여자들이 함성을 질렀다. 상대팀에서 "좀 봐줘!"하고 소리쳤다.

노조미는 주저 없이 앞으로 나아갔다. 피의자는(사실 누구나 그렇겠지만) 일상생활을 침해받는 것에 고통을 느낀다. 그렇기에 일이나 사생활을 간섭할 타이밍을 노려 접촉한다. 자신이 당했던 것에 대한 보복은 아니지만.

노조미가 코트 옆에 멈춰 서자 그들의 플레이가 중단됐고 다들 노조미를 쳐다보았다.

하세가와는 순간 의아하다는 표정을 짓더니, 바로 여유로운 웃음을 띠며 다가왔다.

"나도 찾아왔군."

노조미는 선글라스를 벗었다.

"치요다에게 들은 모양이지?"

하세가와는 몸을 돌려 동료들에게 큰소리로 외쳤다.

"미안. 너희들끼리 하고 있어! 난 잠시 빠질게."

"뭐야, 인원수 안 맞는데!"

누군가가 불만을 표했고 다른 사람은 "여친이라도 온 거야?" 하고 놀려댔다.

하세가와는 턱으로 저쪽을 가리키면서 일방적으로 걷기 시작했다.

노조미가 움직이지 않자 그는 뒤를 돌아보며 말했다.

"뭐야? 할 말이 있는 거 아냐?"

"이야기는 여기서도 할 수 있잖아."

하세가와는 순간 당황하는 듯했지만 주위를 신경 쓴 것인지 감정을 억누르는 모습이었다. 노조미가 따라가지 않음으로써 주도권을 잡으려고 한 걸 알아챈 모양인지 하세가와는 다시 멋대로 걷기 시작했다.

"이야기하고 싶지 않으면 멋대로 해."

그는 등을 돌린 채 앞으로 걸어가면서 손을 흔들었다.

주도권을 넘겨줄 수 없다는 것인가. 상황을 주도하려는 성격이 강한 사람이라고 분석했다.

노조미는 어쩔 수 없이 하세가와를 따라갔다.

그는 파도가 높게 일렁이는 해변가에 가서 뒤를 돌아보았다. 그러더니 바닷물조차 증발시킬 것 같은 햇빛을 등지고 섰다.

결투를 하는 것도 아닌데, 하고 노조미는 쓴웃음 지었다.

"그래서?" 하세가와가 관심 없다는 듯이 바다를 보며 말했다.

"…카네다의 시신은 누군가가 반드시 발견할 거야." 노조미가 말했다. "시체 찾기가 시작된 건 알고 있지?"

하세가와의 얼굴에는 변화가 없었다.

"히카루의 시체가 발견된다고 해도 아무 증거도 되지 않아."

"…카네다가 죽었을 가능성은 이미 고려해 본 모양이네?"

"말꼬리 잡지 마. 난 토모이치 같은 멍청이가 아니야. 히카루는 해외에 여행이라도 갔나 보지."

"변호사인 아버지가 '실종신고'를 했는데? 가족에게도 알리지 않고 여행을 갈 리가 없잖아."

"미성년도 아니고 여행 가는 데 부모의 허락을 받아야 하나? 원래 히카루의 부모가 과잉보호를 하면서 키웠으니까 그렇게 한 거겠지."

노조미는 코웃음을 치고 싶어졌다.

하세가와 자신도 그런 변명이 말이 안 된다는 것을 알고 있을 것이다. 알고도 모른 척하는 것이다.

"시체가 발견되어도 상관없다면 다행이겠지만, 그렇지 않으면 이렇게 태평할 때가 아닐 텐데?" 노조미가 말했다.

"경찰이 연쇄살인범의 말에 놀아나다니 완전 웃음거리로군."

"미즈모토 유카를 살해한 범인들 중 한 명을 자기가 죽였다고 밝힌 이상 무시할 수는 없지. 방송 보도도 아사누마 쇼고의 발언을 다루고 있는데. 어때? 조금은 위기감을 느꼈어?"

"아니. 왜 아사누마가 카네다를 죽였겠어?"

"당신들 3명이 미즈모토 유카에 대한 살인죄를 아사누마에게 뒤집어 씌웠으니까 그로서는 용서할 수 없었겠지."

피의자에게 압박을 가할 때 애매한 표현은 안 된다. 항상 주저 없이 들이댈 필요가 있다. 전부 사실이 아니라고 해도 어디까지 알아냈는지 의심하게 만드는 것이다.

그렇기에 노조미는 하세가와에게 딱 잘라 추궁하며 압력을 가했다. 그러면 반드시 무너질 것이다.

"아사누마는 천리안이라도 가지고 있나?" 하세가와가 차갑게 웃으며 말했다. "설령 우리가 범인이라고 해도 그걸 어떻게 알아냈겠어?"

사실 그것은 노조미도 가지고 있던 의문이다. 분명 아직 드러나지 않은 진실이 있다. 하지만 그것은 나중에 아사누마 쇼고를 추궁하면 된다. 시체가 발견되면 더 이상 침묵으로 일관하지 않을 것이다.

하세가와는 눈앞으로 흘러내린 금발을 옆으로 치웠다.

"…만약 정말로 아사누마가 그 여자를 살해한 게 아니라면 우리보다 더 의심스러운 녀석이 있잖아." 그것도 모르냐는 듯한 말투였다.

노조미를 혼란시키려는 목적이 뻔하기에 무시해도 되겠지만 피의자와 대화를 나누어보면 얻을 수 있는 정보량은 늘어날 수 있다.

노조미는 그게 누구냐고 관심이 있는 척하며 물었다.

하세가와는 우세한 고지를 점령했다고 생각한 듯 웃으며 말했다.

"…피해자의 남편 말이야."

"남편?"

"그래. 우리보다 수상하잖아."

남편에게 수상한 점이 있었나?

남편은 퇴근하려다가 비가 오는 바람에 아내인 미즈모토 유카에게 마중을 나와 달라고 부탁했다. 하지만 기다려도 아내는 오지 않았다. 50분 이상 기다렸다가 그냥 비를 맞고 귀가했다고 했다.

하지만 남편이 신고한 것은 다음 날 저녁이었다. 바로 신고하지 않은 이유는 부인으로부터 급한 일이 생겨 잠시 돌아가지 못한다는 메시지를 받았기 때문이라고 했다.

이제껏 남편을 의심하는 사람은 없었고, 아사누마의 체포로 수사는 바로 종결되었다.

"무슨 근거라도 있어?"

하세가와가 신문에서 사건 보도를 보고 추리했다고 대답하면 한소리 해주려고 했다.

"…블랙박스 영상에서 그 여자는 세 명의 남자와 같이 갔다고 했잖아?"

노조미는 '그건 너희들이잖아!'라고 말하려다 참았다. 하세가와는 지금 블랙박스 속 세 명의 남자가 자신들이 아닌 것처럼 말하고 있다. 일단 그렇다 치고 들어보자.

"그래."

"그 세 명은 어떻게 여자를 만났을까? 상식적으로 볼 때 남편을 마중나간 아내가 처음 보는 남자들을 따라갈까?"

"…그거야 억지로 납치했겠지?"

"끌고 가는 장면이라도 있었어?"

그런 것은 없었다. 미즈모토 유카는 직접 걸어서 남자들과 함께 이동했었다.

하세가와가 웃으며 말했다.

"어디까지나 하나의 가정을 말하는 건데, 예를 들어 남편이 고용한 사람에 의해 살해당할 뻔해서 공중화장실에서 궁지에 몰렸는데, 그때 우연히 근처에 있던 세 명의 남자가 그 여자를 구해줬다…든가."

'무슨 소리를 하는 거지?'

하세가와는 노조미의 표정을 읽었는지 계속 덧붙여 말했다.

"남편은 역에서 알리바이를 만들면서 아내를 불러내 놓은 다음 누군가에게 살인을 청부한다, 불가능한 시나리오는 아니잖아?"

"그게 말이 된다고 생각해?"

"그 세 명의 남자는 오히려 선량한 사람들일지도 몰라. 여자는 그 남자들과 헤어진 이후 진짜 '킬러'에게 다시 붙잡혀 살해당한 거지."

물론 가능성이 매우 희박한 주장이다. 하지만 혹시 하세가와 일당은 정말로 그런 상황에서 미즈모토 유카를 만났던 것일까?

'설마.'

하세가와는 자신만만하게 단언했다.

"피해자의 남편을 조사해봐."

7

도쿄역은 사람들로 넘쳐났다. 외국인도 많아 영어, 중국어, 한국어도 들려왔다. 습도 높은 열기 때문에 땀과 데오도란트 스프레이 냄새가 충만했다.

배낭을 짊어진 소타는 야에스역 북쪽 입구를 찾아 배회했다. 몰려오는 인파를 헤치고 나가느라 땀이 흘렀다.

상상 이상으로 사람이 많았다. 처음으로 와본 도쿄역의 규모에 압도당했다. 도쿄의 남서부 끝에 있는 마치다시에서는 초등학교를 걸어서 다녔고, 중학교는 자전거로 갈만한 거리였다. 소타는 이 정도의 인파와 거리가 먼 생활을 했었다.

온통 사람투성이라 멀미가 났다. 중학교에 가지 않게 된 이후 필요하지 않으면 외출하지 않았다. 편의점에 갈 때도 손님이 적은 시간대를 골라 갔다. 점심 때나 회사원들이 퇴근하는 시간대를 피했다. 물론 수업 시간 중에는 절대로 외출하지 않았다. 학교에 가지 않는 것을 이웃들에게 들킬 수 있기 때문이었다.

그런데….

갑자기 물 밖에 나온 물고기가 된 기분이었다. 빨리 다시 자신의 방으로 돌아가고 싶다.

약속했던 오후 2시보다 30분 일찍 도착하게끔 출발했는데 막상 와보니 시간이 아슬아슬했다. 벌써부터 허벅지가 아팠다. 만화에서처럼 무거운 짐을 짊어지고 수련하는 기분이었다.

숨이 차서 헥헥대면서 야에스역 북쪽 입구를 둘러보았다. 빨간 야구 모자를 쓴 니시얀을 발견한 것은 약속시간이 몇 분 지났을 때였다.

"안녕!"

니시얀이 가볍게 손을 흔들며 다가왔다.

"오랜만이야. 오늘은 덥네."

"응, 땀이 장난 아냐." 니시얀은 목덜미를 만지며 말했다. "하지만 시체 찾기는 기대돼."

"난 긴장돼."

"하긴 좀 그렇지. 소타 부모님은 괜찮았어?"

"왜?"

"일주일 외박을 하는데 설득하기 힘들지 않았어?"

"…중학교의 마지막 여름 방학에 추억을 만들고 싶다고 했더니 허락해주셨어."

"잘 이해해주시는 부모님이라 다행이네."

거짓말에 죄책감이 들었다. 사실은 쪽지만 남기고 가출이나 다름 없이 나왔다. 어머니는 어떤 반응을 할까.

"니시얀은 어땠어?"

"나? 나야, 외박이 익숙해서 딱히 설득할 필요는 없었어. 그것보다 짐은 잘 준비해왔어?"

"크게 돈이 안 드는 것들만 준비하라고 해줘서 고마워."

"소타는 중학생이니까. 돈은 기획자인 내가 내야지."

"부모님 돈이야?"

"이번에는 내 돈이야. 알바도 하고 있으니까."

"무슨 알바 하는데?"

"음. 그건 말이야…."

니시얀은 말하기 주저하는 듯했다.

"아, 말하고 싶지 않으면 딱히…."

"아냐, 아냐."

니시얀은 서둘러 손사래를 쳤다.

"그런 건 아니고. 화제가 될 만한 알바가 아니라서 이야기해도 딱히 흥미로워할 것 같지 않아서. 우린 엔터테이너 유튜버잖아." 니시얀은 밝게 웃으며 말했다.

인기 유튜버는 평소에도 늘 흥미성을 염두에 두는 건가. 참 대단하다.

"…카페에서 알바를 해."

카페구나. 역시 인기 유튜버는 알바도 세련된 곳에서 하네. 니시얀이라면 접객도 잘 할 것이다.

"난 카페는 힘들겠어. 그냥 그릇을 닦는 것처럼 뒤쪽에서 일하는 거라면 몰라도."

"단순 작업은 정신력이 필요해. 자신이 기계가 된 것 같거든."

"그렇구나…. 그런 경험도 있어?"

"없지만 말이야. 그런 알바를 하는 친구한테서 자주 들었어. 그래서 난 단순하지 않은 접객업을 고른 거고…. 여러 손님을 만나니까 그런 이야기 속에서 유튜브 소재 아이디어도 얻어."

"그렇구나."

"유튜버는 소재가 생명이잖아. 인풋이 있어야 아웃풋이 있는 거지."

니시얀은 유튜버로 성공하고픈 의지가 있고 프로 의식도 있어 보였다. 그에 반해 자신은 학교로부터 도피하기 위해 영상을 제작하기 시작했기에 동기부터가 잘못되었다.

"네 말이 맞아. 얼마 전에 찍은 수박 깨기 영상은 좀 열심히 했다고 생각했는데 전혀 조회수가 오르지 않아서…."

"아, 그거?"

"봤어?"

"봤지."

"뭐가 문제였을까? 재미있을 것 같았는데."

니시얀은 "으음."하고 고민하듯 신음을 냈다. "그거 말이야…."

"응?"

"그거, 플스4 없었잖아? 빈 상자였지?"

정확히 맞추는 바람에 놀랐다.

"왜 그렇게 생각했어?"

"아니, 왜냐면 마지막에 본체를 보여주지 않았잖아. 그게 진짜라면 상자를 열어서 안의 상태를 확인하는 것까지 찍었겠지. 그렇게 하지 않았으니까 작위적으로 느껴졌어."

듣고 보니 맞는 말이었다. 완전히 간과했다.

"상상도 못 했네."

"그런 건 다들 알아봐. 인터넷에서 입소문이 퍼지는 데 플러스가 되지 않지. 조회수를 늘리려면 마지막까지 본 시청자가 재미있다고 다른 누군가에게 추천할 정도가 되지 않으면 안 되는 거야."

니시얀의 조언은 항상 도움이 된다. 왜 이런 밑바닥 유튜버 중학생에게까지 친절하게 대해주는지 소타는 늘 그에게 고마운 마음이 들었다.

"재미있는 영상을 위해서는 연출이 필수지만 그게 바로 양날의 검 같은 거야. '클라이맥스' 부분을 조작하면 들켰을 때의 실망감이 더 커져. 반발도 심해지고."

"생각해보니 그렇네. 나도 TV에서 길거리 몰래카메라를 찍는데 배우가 눈치를 채면 흥이 식더라."

"그렇지? 그렇게 소재를 만들어야 하는 방송국 PD들은 제쳐두고라도 우리는 개인이니까 스스로를 속이는 건 좋지 않아."

"기억해둘게."

"나머지는 활동에 대한 열정이야. 그냥 재미있을 것 같아서 대충 시작한 유튜버는 오래 버티지 못하더라. 많은 사람을 즐겁게 해주는 영상을 만들지 못하면 좀이 쑤실 정도가 되는 사람이어야 성공하는 거지."

소타는 스스로를 전자라고 생각했다. 하지만 그것은 근본적인 문제여서 어떻게 해야 할지 전혀 감이 잡히지 않았다.

그래서 이번 '시체 찾기'로 변하고 싶었다.

"자," 니시얀이 말했다. "이제 세이만 오면 되네."

소타는 고개를 끄덕이면서 안절부절못했다. 처음 보게 될 세이와 대화가 잘 통할지 걱정되었다.

오늘까지도 세이의 영상을 보았다. 같이 영상을 찍을 사람의 캐릭터와 스타일을 알아두어야 그 사람에게 맞춰줄 수 있기 때문이었다. 최소한의 예의라고 생각했다.

하지만 영상을 보다 보니 오히려 불안해졌다. 세이는 성실하면서도 무뚝뚝했다. 그리고 고양이를 간호해서 구하는 시리즈 외에는 악인을 고발하는 영상이 많았다.

'도청 헌터'라는 제목의 영상에서는 도청 당하고 있는 것 같다는 어떤 아파트 주민을 찾아가 도청기탐지기로 도청기를 찾아냈다. 집에 왔던 사람 중에 짐작 가는 사람이 있냐고 물으면 대체로 여성들은 누군가의 이름을 이야기했다. 그리고 그 상대를 불러내서 추궁하는 것이다.

'도청 헌터'에 비해 인기는 적었지만 부적절한 언행으로 노이즈 마케팅하는 사람을 규탄하는 '마녀 사냥' 같은 영상도 있었다.

'농담이 통하는 사람이면 좋겠는데….'

기다리다 보니 약속 시간이 15분이나 지났다. 세이는 길을 헤매고 있을지도 모른다.

둘이서 잠시 그를 찾아다녔다.

"앗!" 소타가 소리를 질렀다. "저 사람이야!"

인파 속에 눈에 띄는 위아래 검은색 복장과 선글라스….

니시얀에 의하면, 세이는 고등학교 1학년이라고 한다. 180센티나 되는 키가 눈에 띄었다.

소타는 니시얀과 함께 세이에게 다가갔다. 그도 눈치챈 듯 이쪽을 쳐다보았다. 그는 앞을 가로막고 서 있는 외국인 무리 옆을 지나쳐서 다가왔다.

"세이 맞지?" 니시얀이 말을 걸었다.

"그래."

세이의 말투는 영상처럼 무뚝뚝했다. "니시얀이지?"

세이는 등산이라도 하려는 듯 대형 배낭을 짊어지고 있었다. 무게가 몇십 킬로는 되어 보였다. 2, 3주는 생활이 가능할 것 같았다. 정말 진지한 성격인 듯했다.

"기다리게 해서 미안하군."

"우리도 막 도착했어." 니시얀이 웃으며 주위를 둘러보았다. "그건 그렇고 도쿄역은 넓어서 헤매기 딱 좋아."

"난 헤매지 않았어. 도쿄에 살고 있어서 도쿄역을 자주 이용하거든." 세이가 무표정하게 답했다.

"아, 아니…."

니시얀은 말문이 막혔다. 지각한 이유를 둘러대 준 것뿐인데 설마 불쾌하게 생각할 줄은 몰랐다. 세이는 건들면 안 되는 포인트를 몇 개 가지고 있는 스타일 같았다. 말조심을 하지 않으면 안 된다.

"난 방향치라서 말이야." 니시얀이 다시 웃으며 말했다. "여기 자주 오지 않거든. 세이는 지리 감각이 좀 있어?"

"…익숙한 곳은 잘 알지."

"그럼 도쿄역은 안심할 수 있겠네. 안내해줄 수 있을까?"

"치바까지 가는 노선은 잘 몰라. 그건 너에게 맡길게."

"그렇구나. 사전에 조사는 해두었는데 먼저 소부선을 타야 해. 거기에서 갈아타야 해."

세이는 딴 곳을 보고 있었다. 관심이 없나 싶었는데 안내판을 보고 있었다.

"…소부선이면 저쪽이군."

세이가 갑자기 걸어가려고 하자 니시얀이 불러 세웠다.

"왜?"

"저기…." 니시얀이 소타를 보며 말했다. "아직 자기소개도 안 했잖아. 채팅으로 이야기했지만 이쪽이 소타야."

"아, 안녕하세요." 소타는 긴장감을 억누르며 인사를 했다.

세이가 소타를 보며 말했다. "난 세이야. 잘 부탁해."

"응."

첫 대면이라 그런지 거리감이 느껴졌다.

'시체 찾기' 모험 중에라도 친해지면 좋으련만….

셋이서 지하에 있는 소부선 승강장으로 가서 치바행 급행열차를 탔다. 이동 시간은 40분 정도였다. 전철이 출발하고 도쿄역이 멀어져갔다.

셋이서 나란히 앉았지만 대화는 없었다. '인싸'인 니시얀이 솔선수범해서 대화를 시작해주었으면 했지만 그도 눈치를 보는지 말이 없었다.

소타는 페트병에 담긴 차를 마셨다. 시간이 순식간에 지나 치바역에 도착했다. 전철을 갈아타고 치바현 중부로 향했다.

드디어 역에 도착해 전철에서 내리자, 전철 안의 에어컨 바람을 순식간에 날려버릴 듯한 열기가 느껴졌다. 소타는 순간 현기증이 났다.

"너무 덥다…." 니시얀은 이마에 손을 대고 쏟아지는 햇빛을 가리고 있었다. "타죽을 것 같네."

셋이서 벤치에 앉아 다음 열차를 기다렸다. 벤치는 숯불 고기집 철판처럼 달구어져 있어 엉덩이에 화상을 입힐 것 같았다.

손수건은 자주 사용하다 보니 이미 땀으로 젖어버렸다.

이윽고 열차 소리가 났다. 증기기관차를 연상시키는 열차의 검은 앞부분이 승강장에 들어왔을 때 니시얀이 벌떡 일어나서 "오옷!"하고 소리를 냈다. 토롯코 열차였다. 연통에서 흰 연기를 뿜어내고 있었다.

열차에는 유리 창문이 없었다. 안전 창살이 있는 오픈형 열차였다.

"대단해. 도쿄에서는 이런 걸 본 적이 없어."

"맞아." 소타도 동의했다.

토롯코 열차가 정차하자 석유 스토브를 썼을 때의 냄새가 났다.

세이는 딱히 흥미가 없는지 바로 타려고 했다.

"잠깐 기다려!"

니시얀이 불러 세우자 세이는 의아한 표정으로 돌아보았다. 고개를 갸우뚱거리고 있었다.

"지금 안 타면 못 타."

"다음 걸 타면 안 될까?"

"왜?"

"열차가 오는 장면은 시골에서 시체 찾기 시작 장면으로 쓸 만하잖아. 그런데 열차가 오는 장면을 촬영하지 못했어."

세이는 순간 의미를 알 수 없다는 듯이 인상을 썼다가, 바로 이해한 듯 고개를 끄덕였다.

승객이 적은 토롯코 열차가 출발하고 흰 연기를 뿜으며 멀어져갔다.

"좋아."

니시얀은 가방에서 DSLR 카메라를 꺼냈다.

그가 기기를 소개하는 영상을 본 적이 있다. 2천만 화소가 넘고 얼굴 인식 기능이나 손 떨림 보정 등의 기능도 좋아 가격이 15만 엔 정도나 하는 카메라였다.

그는 카메라를 삼각대에 고정했다. 주위에 사람이 없어서 방해가 될 만한 것은 없었다.

니시얀은 카메라를 확인하고 "여기에 서줘."하고 말했다.

소타와 세이는 니시얀을 중심으로 양옆에 섰다. 생방송이 아니기 때문에 녹화 후에 편집해서 순서대로 업로드하기로 합의했다.

선글라스를 낀 세이는 마스크를 썼다. 소타도 서둘러 마스크를 썼다.

"아아."

마찬가지로 얼굴을 가린 니시얀은 가볍게 헛기침을 하고 진행 멘트를 시작했다.

"안녕, 니시얀입니다." 그는 양옆을 한 번씩 본 다음에 "여기는 소타와 세이입니다."하고 소개했다. "이번에는 이렇게 셋이서 한여름의 대기획! 아니, 이럴 수가! 시체 찾기를 해보겠습니다!"

소타는 얼굴 옆에 양손 엄지를 치켜올리면서 친근함을 어필했다. 그리고 다소 무리해서 "와아아!"하고 함성을 질렀다. 여럿이서 영상을 찍는 사람들은 대개 인사부터 분위기를 띄우는 법이다. 자신도 보고 배워야 한다.

하지만 세이는 말없이 고개만 끄덕였다. 온도차가 심해서 소타는 괜히 부끄러워졌다.

다시 찍나 싶었는데, 니시얀은 두 사람의 유튜브 채널을 간단히 설명하고 말을 이었다.

"갑자기 시체 찾기라고 해서 이해하기 힘드시죠? 한마디로 설명하면 살인범이 숨긴 시체를 저희가 찾아내자는 기획입니다."

소타는 이번엔 작게 한 손으로만 엄지를 세웠다.

잠시 뜸을 두고 니시얀이 카메라를 삼각대에서 분리한 다음 역 이름이 적힌 간판을 비추었다.

"지금은 치바현 중부에 와있습니다." 니시얀이 역 이름을 읽었다. "여기가 출발 지점입니다. 여름 방학을 이용해서 시체를 찾고자 합니다. 도쿠가와 시대에 매장된 금이 있다 같은 도시 전설이 아닙니다. 특정 제보자에게서 얻은 확실한 정보라서 발견할 가능성이 높답니다."

그러고는 카메라를 두 사람에게 향했다. "자, 두 분은 각오는 어떤가요?"

"반드시 찾아내겠습니다!"

소타는 그렇게 대답하고 나서 좀 더 멋들어진 대답을 못한 것 같아 후회스러웠다.

세이를 살짝 보았다.

"…기대되는군."

단 한마디만 했음에도 흥분감이 느껴지는 말투였다.

곰곰이 생각해보니 한 가지 의문이 들었다. 세이는 왜 이 시체찾기에 참가하려고 한 걸까. 고양이를 구할 정도로 독실한 세이는 시체 찾기 같은 자극적인 콘텐츠와 어울리지 않았다. 니시얀은 그를 어떻게 설득했을까.

"자!" 니시얀이 기세 좋게 소리 질렀다. "산간부의 시골 마을을 향해 출발!"

그리고 다시 카메라를 삼각대에 얹혀 토롯코 열차가 오는 방향으로 세팅했다. 녹화는 이어지고 있었다.

"열차가 들어오면 함성을 지르자."

소타는 고개를 끄덕였다.

세이는 선글라스를 쓴 채 먼 곳을 바라보더니 등을 돌렸다. 그러더니 벤치에 돌아가서 앉았다.

소타는 니시얀에게 말을 걸었다. 열차가 오기 전까지는 음성이 녹음되어도 편집으로 없앨 수 있기 때문이다.

"시체 위치는 누구 정보야?"

"비밀이라고 했잖아."

"하지만 앞으로 같이 찾을 건데…"

"생동감 있는 반응이 중요하니까. 사전 정보는 없는 편이 좋다고 생각해. 작위적으로 느껴지면 안 되니까."

"그렇구나…. 알았어."

소타는 세이를 쳐다보며 물었다. "세이는 왜 끌어들인 거야?"

"시체 찾기는 역시 좀 자극적인 구석이 있잖아. 그러니까 세이 같은 동료가 참여하는 편이 진지한 기획으로 보일 것 같았어. 설득하는 데 고생 좀 했어."

그렇구나. 그래서 저렇게 호응이 없구나. 세이는 딱히 이 기획에 참가하고 싶었던 것이 아니라 반강제로 온 것이 틀림없었다. 친해지기 쉽지 않을 것 같았다.

그런 생각을 하고 있을 때 니시얀이 손목시계를 확인했다.

"슬슬 열차가 올 시간이야."

말이 끝나자마자 멀리서 열차가 보였다. 검은 원통형 열차가 흰 연기를 뿜으며 다가오고 있었다.

"오옷!"

니시얀이 흥분한 목소리를 내었다. 소타도 따라 했다. 세이는 가만히 벤치에 앉아있었다. 이런 분위기를 좋아하지 않는 건가. 사실 소타도 '인싸' 분위기는 좋아하지 않지만 영상이니까 억지로라도 밝게 행동하고 있다. 호응을 안 해주면 시청자도 즐겁지 않기 때문이다.

열차가 도착하자 니시얀은 삼각대를 정리한 다음 카메라를 들고 촬영하며 열차에 탔다.

"이걸 봐주세요! 정말 레트로한 증기기관차입니다. 도시를 떠나 드디어 출발합니다!"

열차 안에는 승객이 없었다. 소타와 니시얀은 같은 편 자리에 앉았고, 세이는 맞은편 자리에 혼자 앉았다.

자신들밖에 없으니 마치 열차를 전세낸 듯한 기분이었다. 다만 도시의 에어컨 달린 열차와 달리 오픈 타입이라서 열차 내의 온도는 높았다. 의식이 몽롱해질 것 같은 열기는 사라지지 않았다.

열차가 출발한 후에도 니시얀은 계속 영상을 찍으며 떠들어댔다.

세이에게 카메라를 들이대더니, "아직 세이와는 거리감이 있습니다. 이번 시체 찾기로 친해질 생각입니다."하고 웃었다.

니시얀의 입담에 감탄했다. 어색한 분위기를 오히려 긍정적으로 바꾸어 분위기를 띄우고 있었다.

"소타는 어때?"

소타는 안전 창살에서 살짝 상반신을 내밀고 자신이 흥분했다는 것을 어필했다. 주위는 온통 대자연뿐이었다.

15분 정도 지나자, 열차가 거대한 브로콜리 같은 산을 통과하더니 계곡이 보이기 시작했다. 구불구불한 강 위로는 철교가 있었고, 그 위를 열차가 덜컹거리며 달렸다.

"오옷!"

박력이 넘쳤다. 문명에서 벗어나 오지(娛地), 비경으로 향하는 듯한 기분이 들었다.

니시얀은 촬영을 멈추고 흥분한 목소리로 말했다.

"아, 저런 곳에서 물놀이하고 싶네…."

강에 뛰어들면 얼마나 기분 좋을까. '인싸' 소굴인 바다나 수

영장은 싫었지만 이런 곳에서만큼은 물에 들어가고 싶었다.

이윽고 창밖 풍경이 변하더니 녹색 융단을 깔아 놓은 듯한 전원 풍경이 펼쳐졌다. 저 멀리에는 산등성이가 이어지고 있었다.

한여름의 모험….

그것을 실감하고 나니 더 가슴이 뛰었다.

어른 없이 도쿄를 벗어난 것이다. 누구에게도 방해받지 않는 일주일. 설교뿐인 어머니나 이해심 넓은 '아버지'. 마음이 맞지 않는 반 친구들, 자신의 인사고가 때문에 등교를 권하는 담임 선생님…. 전부 버리고 미성년자 셋이서 치바까지 왔다.

목적지인 역에는 아무도 없었다. 셋이서 열차를 내려 주위를 둘러보았다.

멀리 보이는 산등성이까지 펼쳐진 붉은 노을 아래 약 10미터 정도 높이의 콘크리트 승강장이 있었고, 지우개처럼 네모반듯한 역사가 있었다. 주위 나무들은 역사보다 키가 더 커서 지붕을 덮을 듯이 무성했다.

유일하게 높이 솟아있는 것은 드문드문 설치되어 있는 전신주와 철탑이었다. 그 주위를 슬프게 우는 까마귀들이 날아다니고 있었다.

해가 기운 탓인지 기온이 낮아졌다.

세이가 승강장에서 내려와 선로에 섰다.

"자, 잠깐!" 니시얀이 허둥대며 세이를 향해 불렀다. "위험해. 거기 있다가 열차라도 오면…."

하지만 세이는 천천히 뒤를 돌아보며 양팔을 벌렸다.

"이 경치를 느껴봐. 열차가 오는 건 바로 알 수 있어."

"그건 그렇지만…."

"이쪽이 더 마을에 가까울 거야."

누구나 쉽게 선로에 들어갈 수 있는 구조였다. 발판 바로 옆이 선로로 되어 있었고, 2미터 정도 너머에 논밭이 보였다. 전원지대 한켠에 선로를 건설한 모양이다.

니시얀은 주저하다가 선로에 뛰어들었다.

두 사람의 시선을 느끼자 소타도 결심했다. 심리적 저항감은 있었지만 실제로 뛰어내려 보니 별것 아니었다. '스탠드 바이미'처럼 선로 위에서 열차에 쫓기며 허둥지둥 도망치게 되지는 않았다.

셋은 선로를 가로질러 비포장 도로를 따라 마을로 들어갔다. 허름한 주택밖에 없었다.

주위를 살피며 걷다 보니 전원지대 한가운데 상점이 보였다. 주차장에도 차량 한 대가 없었다.

니시얀이 녹화를 재개하며 말했다.

"다른 가게가 없을지도 모르니 저기서 필요한 물건을 좀 사자."

셋이서 상점에 들어갔다. 자동문이 열리자 머리가 벗겨진 중년 점원이 보였다. 계산대 앞에서 만화를 보고 있었다. 살짝 고개를 들더니 마지못해 "어서 오세요."하고 인사했다. 그리고 다시 만화를 보기 시작했다. 도시였으면 온갖 사람들로부터 욕이란 욕은 다 먹었을 것이다.

손님이 적으니까 이렇게 해도 되는 것이겠지. 선반에 물건도 별로 없었고 종류도 적었다.

바구니를 들고 셋이서 상품을 살펴보았다.

"역시 물이 필요하지."

니시얀이 미네랄 워터와 스포츠 드링크 페트병을 담았다. "일단 6개면 되겠지?"

소타도 김밥을 몇 개 담았다.

"이것도."

니시얀은 "으음."하고 소리를 냈다. "여름에 상하기 쉬운 김밥은 좀 아니잖아."

"아, 그런가."

"아니." 세이가 말했다. "오늘 저녁밥으로는 괜찮아. 사자."

니시얀은 좀 고민하더니 고개를 끄덕였다.

"알았어. 그럼 사자."

소타는 김밥을 바구니에 넣었다.

캠핑용 물자를 고르는 것만으로도 즐거웠다. 쇼핑은 일상생활에서는 피할 수 없는 '귀찮은 일'인데, 지금은 같은 일을 하고 있는데도 두근거렸다.

소타는 문득 시선을 느끼고 고개를 들었다. 가게 안을 둘러보자 만화를 보던 중년 점원이 감시하듯 이쪽을 보고 있었다.

마치 소타 일행을 범죄자 취급하는 것 같았다.

어쩐지 시선이 부담스러워 흥분감이 식어버렸다.

어린 사람들이 신기해서 그럴 수도 있겠다고 생각하고 마음을 다잡은 후 다시 필요한 물품을 고르는 데 집중했다.

소타는 달리 필요한 것이 없을까 생각하던 중 "앗!"하고 소리를 냈다.

"왜 그래?" 니시얀이 물었다.

"핸드폰 보조배터리 깜빡했어…."

"에휴. 캠핑 중에는 충전 못 하잖아. 여기서 사둬."

"그럴게."

소타는 선반을 둘러보았다. 건전지 등은 팔고 있었는데 핸드폰 보조배터리는 없었다.

소타는 어쩔 수 없이 중년 점원에게 물었다.

"저기…, 핸드폰 보조배터리는 어디에 있나요?"

"…그런 건 여기에 없어."

"에엣, 하지만…."

"이 주변에는 노인뿐이라 핸드폰 보조배터리 같은 건 안 팔려."

낙담했다. 도시의 편의점과는 완전 달랐다.

니시얀에게 돌아와서 그 이야기를 전했다.

"정말 급하면 내가 빌려 줄 수는 있긴 한데…."

니시얀은 가방을 열어 태양열 충전식 보조배터리를 보여주었다. "카메라 충전이 우선이야."

"근데 태양열 충전식이면 괜찮은 거 아냐?"

"아쉽게도 태양열 충전은 콘센트에 꽂아서 하는 충전의 보조 역할이지 크게 도움이 되지 않아. 충전이 얼마 안 되더라고."

"그렇구나…."

"뭐, 배터리를 아끼면서 써야지."

"알았어."

중년 점원은 별 말없이 계산해주었다. 기계적인 동작으로 거스름돈을 내밀었다.

니시얀은 "감사합니다."하고 인사하고 받았다. 셋은 가게를 나왔다.

"좋아, 준비는 다 됐어."

니시얀이 만족스럽게 웃었다.

뒤에서 덜컹덜컹, 하는 소리가 들렸다. 뭔가 싶어 고개를 돌리니 카트에 물건을 실은 할머니가 보였다. 왜소하고 굽은 등에 신문지 같은 주름투성이 얼굴, 오래된 빗자루를 연상시키는 흰 머리. 마치 도시 전설에나 나올법한 요괴 할머니 같았다.

"맞다."

니시얀이 무언가를 떠올린 듯한 표정을 지었다. "저 할머니를 출연시키자."

"영상에?"

"그래. 분위기가 살잖아."

"분위기라니…?"

"공포 영화에 보면 자주 나오잖아. 불안한 말로 관객을 겁주는 역할."

"연기를 부탁하려고?"

"아니, 질문을 잘 유도해서 대충 그런 반응을 끌어내야지. 시체 찾기니까 이런 분위기도 필요해."

니시얀이 할머니에게 다가갔다. 공손한 목소리로 "실례합니다."하고 말을 걸었다.

할머니는 카트 끄는 손을 멈추고 턱을 살짝 들었다. 눈동자를 빙글 움직였다.

"어머나, 젊은 사람 보는 건 오랜만이네. 이런 시골에서는 할 만한 게 아무것도 없는데."

"실은 저희들, 여름 담력훈련을 하려고 왔어요."

"담력훈련…?"

"여기는 분위기가 그럴싸한 산이나 숲이 많아서 스릴 있을 것 같아서요."

니시얀의 천진난만한 말에 놀란 할머니가 입을 쩍 벌리자 노란 치아가 보였다. 저녁 노을이 갑자기 짙어져 빠진 치아 사이가 동굴처럼 보였다.

"바보 같은 짓 하지 말고 지금 당장 돌아가. 도깨비에게 잡아먹히기 전에."

8

진실이 무엇인지 스스로도 믿기지 않을 만큼 혼란스러웠다. 지금까지 카네다 3인조의 범행이라고 믿어 의심치 않았는데 도….

핏빛 석양으로 주택가의 전봇대나 가로등이 긴 그림자를 드리우는 시각 노조미는 조용한 단독주택 앞에 서 있었다. 오후에 시끄럽게 울던 매미 소리도 햇살과 함께 지금은 잠잠하다.

푸른색 외벽에 흰색 창틀과 지붕이 있는 서양식 주택이다. 신축 건물로서 미즈모토 부부는 결혼하면서 30년 만기 주택담보대출로 이곳을 구입했다고 한다.

노조미는 한숨을 쉬었다. 하세가와 신야의 말이 귓가에서 맴돌았다.

'어디까지나 하나의 가정을 말하는 거긴 한데, 예를 들어 남편이 고용한 사람에게 살해당할 뻔해서 공중화장실에서 궁지에 몰렸을 때 우연히 근처에 있던 세 명의 남자가 그 여자를 구해줬다…든가.'

'피해자의 남편을 조사해 봐.'

이렇게 미즈모토 유카의 남편을 방문한 것을 생각하니 하세가와의 작전에 완전히 말려든 것 같은 기분도 들었다.

하지만 다시 그들을 찾아간 보람은 있었다. 하세가와는 이런 말을 했었다. 3인조가 자신들이라고는 명확히 고백한 것은 아니지만, 미즈모토 유카가 왜 그들을 얌전히 따라갔는지에 대해 말했다. 물론 가정이라고 하면서 한 말이다.

하세가와의 가정이 사실이라면, 미즈모토 유카는 남편이 고용한 인간에게 살해당할 뻔하다가 우연히 근처에 있던 3인조에게 구조된 것이 된다.

설마 하세가와 일당이 선의의 제3자일까? 그녀를 살해한 것은 하세가와 일당이 아니라 남편이 고용한 사람이고, 그 녀석이 아사누마 쇼고의 범행으로 위장한 것일까…?

아니, 도저히 믿을 수 없다. 새로 집까지 산 신혼부부인데 남편이 제3자에게 살해를 의뢰할 정도로 아내에게 살의를 품을 리 없다. 말다툼을 하다가 충동적으로 살해한다면 몰라도 그런 계획적인 살인은 무리이다.

교활한 하세가와가 의구심만 심어놓은 것인가.

확인하기 위해서는 그녀의 남편, 미즈모토 타쿠토를 만나 이야기를 들어보는 수밖에 없다.

노조미는 초인종을 눌렀다.

반응이 없었다. 1분, 2분, 3분을 기다렸다.

토요일 오후 6시 반. 집에 있을 줄 알았는데 아니었다. 하지만 다시 방문할 생각은 없다. 올 때까지 기다리자.

집 앞에서 스마트폰을 꺼내 인터넷으로 시체 찾기 상황을 확인하며 시간을 때웠다.

뉴스를 검색하니 시체 찾기가 물의를 빚고 있는 모양이었다.

- '도굴 피해 발생' K대학 대학생들이 묘지에 침입
- '우리를 그냥 내버려 두세요' 유족들의 비통한 호소. 유튜버가 무분별하게 난입
- '연극배우형 엽기살인범 아사누마 쇼고에게 당하지 마라' 현직 변호사의 쓴소리
- 경찰 간부는 아사누마 쇼고의 발언을 헛소리로 일축
- 시체를 발견했다는 가짜 뉴스, SNS에서 횡행
- 노숙자가 시신 발견. 아사누마 쇼고와는 무관한 여성

기사 내용을 굳이 읽지 않아도 대혼란이 일어나고 있음을 충분히 알 수 있었다. 살인범의 발언이 이렇게까지 큰 소동을 일으킬 줄은 상상도 못했다. 언제까지 이어질까. 시체가 발견되기 전까지? 아니, 애초에 정말로 시체가 있기나 한 걸까?

스마트폰을 보던 사이에 드디어 미즈모토가 귀가했다. 20대 후반인 그는 1년 사이에 많이 늙은 것 같았다. 사건 직후에는 화사했던 풍채가 지금은 피로에 절어 있는 것처럼 보였다.

"당신은…." 미즈모토는 당황한 표정을 지었다. "형사님이시죠…?"

노조미는 바로 고개를 숙였다.

"오리카사 노조미입니다."

"아사누마 쇼고 사건 때문입니까…?"

당연히 아사누마 쇼고의 발언은 그의 귀에도 들어갔을 것이다.

당시 미즈모토는 비탄에 빠진 살인 사건의 유족이었다. 모두가 그렇게 생각했다.

하지만 정말로 그랬던 것인지 지금은 의심스러워졌다. 하세가와의 작전에 말려드는 것은 불쾌했지만 확인은 해야 한다.

"잠시 이야기를 할 수 있을까요?"

미즈모토는 약간 주저하면서도 고개를 끄덕였다. 그리고는 현관문을 열어주었다.

집은 1년 전 방문했을 때 그대로였다. 방마다 다른 문양의 벽지가 발라져 있었다. 주방에는 미즈모토 유카의 희망 사항이 적용되었는지 귀여운 컨트리풍 식기 선반과 찬장이 눈에 띄었다.

희망에 부풀었을 신부 미즈모토 유카는 왜 죽었을까. 하세가와 3인조에게 불행하게도 눈에 띄었기 때문일까, 아니면 남편과의 불화가 있던 것일까.

노조미는 작은 유리 테이블을 사이에 두고 미즈모토와 마주보고 앉았다.

먼저 입을 연 것은 미즈모토였다.

"아사누마가 아내의 살해를 부인했다면서요?" 그는 무릎 위로 주먹을 불끈 쥐며 말했다.

"게다가 진범의 시체를 숨겼다는 헛소리를 했다지요?"

미즈모토가 먼저 말을 꺼내주니 말하기 편했다.

"헛소리라고 생각하시나요?"

그는 눈썹을 움찔했다.

"…상대는 엽기 살인범입니다. 인간의 감정이 없는 냉혹한 사이코패스죠."

"그런 아사누마 쇼고가 처음 입을 열고 나온 말이 그 발언이었습니다. 헛소리로 치부하는 것은 이르죠."

"당신은 그 3인조를 의심했었지요? 지금도 그런가요?"

노조미는 하세가와의 발언은 전할 수 없었다.

"네, 제 생각은 바뀌지 않았습니다. 아사누마 쇼고는 '진범들 중 한 명'이라고 했습니다. 저는 그 말을 듣자마자 아사누마 쇼고가 죽였다는 사람이 3인조 중 행방불명된 한 명이라고 생각했습니다."

미즈모토는 고통스런 표정을 지었다.

"저희들 유족은 경찰을 믿을 수밖에 없습니다. 저는 아사누마 쇼고를 범인이라고 체포했을 때부터 그렇게 믿었습니다. 이제 와서 진범이 따로 있다는 말을 어떻게 받아들여야 할지…."

"심경은 이해합니다. 사건 당일 밤에 대해 다시 들려주시겠습니까?"

"벌써 몇 번이나 이야기했잖아요? 제 이야기는 달라지지 않습니다."

당시에는 그를 의심하지 않았다. 그래서 피의자로서 이야기를 들은 것이 아니다. 놓쳤던 사실이나 수상한 점이 있을지도 모른다. 하세가와의 말을 믿는 것은 아니지만 지어낸 이야기라고 치부해버리기도 어렵다.

노조미는 수첩을 꺼내 당시 증언을 기록했던 페이지를 펼쳤다.

"아내분께 전화했을 때는 오후 1시 반이었죠?"

"…네. 형사님이 물어보셔서 통화 기록을 몇 번이나 확인하고 대답했습니다. 틀림없습니다."

"우산을 잊어서 역까지 마중 나와 달라는 내용이었죠?"

"역 안에 편의점이 없어서 우산을 살 수 없었습니다. 근처 편의점까지 뛰어가는 것이 귀찮아서 아내에게 연락했습니다."

미즈모토는 아랫입술을 깨물며 주먹을 부르르 떨었다. 몸에 힘을 주는 것으로 감정을 억제하려는 것 같았다.

"제가 아내에게 부탁하지 않았다면…. 그때 전화를 하지 않았다면…. 아내는 살해당하지 않았을 겁니다. 지금 생각하면 비에 젖는 것쯤은 별일도 아니었는데. 제가 조금만 불편을 감수했으면 좋았을 텐데. 2, 3분만 달려가면 편의점이 있었는데…."

침울한 말투에 씻을 수 없는 후회와 고뇌가 흘러나왔다.

그것이 진정성을 가장한 연기인지 아니면 솔직한 감정인지는 쉽게 판단할 수 없었다.

"당신 잘못이 아닙니다. 사고나 사건으로 소중한 사람을 잃으면 대개 자책하기 마련입니다. 1분만 시간이 있었더라면, 그런 부탁을 하지 않았더라면, 그때 그러지 말았어야 했는데 등등."

미즈모토는 시선을 떨구었다.

"괴로우시죠?" 노조미는 동정심을 담아 말했다. 자신의 의구심을 들키지 않도록 하기 위해서였다. "아내분을 정말 소중히 생각하셨던 겁니다. 아내분과는 어떻게 만나셨나요?"

"…유카는 백화점의 패션 코디네이터였습니다. 중요한 발표가 있어서 양복을 사러 갔다가 거기서 알게 되었습니다. 3년 사귀고 결혼했습니다."

만남은 평범했고 살인으로 이어질 만한 이유가 없었다. 그녀는 자산가 가문의 자제도 아니고 생명보험에 가입되어 있지도 않았다.

"아내분은 당시 일을 하지 않으셨나요?"

"그것이 결혼의 조건이었습니다. 남자는 밖에서 일하고 여자는 가정을 꾸린다는 생각이 있어서."

"좀 시대착오적인 생각 아닌가요?"

미즈모토의 표정이 순간 경직되었다.

"부부 간의 문제입니다. 당신과 무슨 상관입니까?" 목소리에는 노기가 서려 있었다.

그 발언에서 폭군 남편의 모습이 엿보이는 듯도 했다. 아내가 자기 주장을 하면 폭군으로 변모할 가능성이 있다.

노조미는 일부러 그를 더 자극해보았다.

"성 역할에 고정관념을 갖는 건 요즘 시대에 안 맞는다고 생각하는데요?"

"…그런 주장을 하는 사람들은 왜 남의 부부 생활 방식을 인정하려고 하지 않죠? 형사님은 남성 중심 사회에서 일했으니 그런 생각을 하시는 겁니다. 여성은 결혼 후에도 일을 계속해야 한다고 하면서 다른 생활 방식을 인정하지 않는 것이야말로 성 역할의 고정 관념이 아닐까요? 다양성을 부정하는 거죠. '낡은 성 역할'을 거부하다 보니 오히려 그런 부부를 공격하거나 나쁘게 생각하거나…. 시야가 좁아지고 관용이 없어진 배타주의에 빠지게 된 거죠. 저는 요즘 시대가 그래서는 안 된다고 생각합니다."

미즈모토는 유명 대학을 졸업한 후 외국계 기업에 취업했다. 상당히 머리가 좋을 것이다. 여성이 자기 주장을 피력하는 것에 익숙하지 않은 것이 아닐까?

만약 미즈모토 유카가 순종적으로 행동하지 않고 그에게 저항했다면….

"아내 분은 답답해하지 않으셨나요?"

미즈모토의 입술이 흠칫 떨렸다.

"…형사님은 저희 부부 관계를 비판하러 오신 겁니까, 아니면 아사누마의 이야기를 하러 오신 겁니까?"

논쟁을 끝내는 것도 능숙했다. 그렇게 말해버리면 더 이상

대화를 계속할 수 없다.

"죄송합니다." 물러날 지점이었다. "제가 감정적으로 되어버렸습니다. 진짜 하고 싶었던 이야기는 물론 아사누마 이야기입니다."

"…그렇다면 빨리 본론으로 들어가시죠."

노조미는 사진 몇 장을 꺼냈다. 하세가와 신야, 카네다 히카루, 치요다 토모이치가 찍힌 사진이었다.

"누구죠…?"

노조미는 대답하지 않고 그를 쳐다보았다.

"설마 이놈들이 말씀하신 그 3인조인가요?"

대답하지 못하는 것이 대답이라고 이해한 듯했다.

미즈모토는 사진을 들고 살기 어린 시선으로 노려보았다. 당장이라도 사진을 움켜쥐고 찢어버릴 정도로 손에 힘이 들어가 있다.

"이 녀석들이…."

"아닙니다." 노조미가 신중하게 대답했다. "아직 그렇다고 확정된 것은 아닙니다."

"하지만 형사님은 의심하고 있으신 거죠?"

"…이 세 명을 보신 적이 있나요?"

미즈모토는 꽉 다문 치아 사이로 분노 어린 숨을 토했다. 아랫입술을 깨문 채 분하다는 듯이 고개를 저었다.

"없습니다. 다만…."

그는 하세가와와 카네다의 사진을 내려놓으며 말했다.

"이 녀석들…."

"보신 적이 있나요?"

"본 적은 없지만 금발이…."

"금발이요?"

"유카의 시체에 금색 머리카락이 붙어 있었다고 들었습니다."

"네? 금발이요? 처음 듣습니다."

아사누마 쇼고는 흑발이다.

"사건 당시 다른 형사님이 물어보셨습니다. 아는 사람 중에 금발인 사람은 없냐고요."

당황스러웠다. 심장이 쿵쾅거렸다. 손바닥은 땀으로 젖었다.

"저는 처음 듣습니다만."

3인조를 의심하는 수사관에게 그 사실이 알려지면 귀찮아질 거라고 생각한 건가.

"아사누마 쇼고가 체포된 뒤에 머리카락은 사건과 별로 관계가 없다면서 발설하지 말라고 했습니다."

망치로 얻어맞은 것 같았다.

"입막음 같은…?" 노조미가 넌지시 물었다.

미즈모토는 눈을 크게 뜨고 고개를 저었다.

"아니, 그건 아닙니다. 그런 뉘앙스가 아니라 재판이 이미 시작되었는데 그 사실이 변호사에게 알려지면 아사누마 쇼고가 빠져나갈 구멍이 될 거라는 그런 취지였습니다."

아사누마 쇼고가 범인이라고 확신했기 때문이지, 하세가와 3인조의 존재를 은폐할 의도는 아니었고, 단순히 재판에서 이기기 위해서였다는 뜻이다. 심증에 좌우되는 배심원 재판에서는 변호인 측이 파고들 빈틈을 주고 싶지 않았던 것이겠지.

하지만….

결과적으로 진범을 놓친 꼴이 아닌가. 다른 살인은 아사누마 쇼고의 범행이라고 해도 미즈모토 유카 사건은 아니다.

진범은 하세가와 3인조인가, 아니면….

노조미는 미즈모토의 얼굴을 지그시 쳐다보았다.

9

소타는 놀라서 잠시 멀뚱히 서 있었다. 등골이 서늘해서 자신도 모르게 할머니에게서 시선을 돌렸다. 땅으로 짙게 깔린 할머니의 그림자가 마치 귀신 같았다.

정신을 차린 니시얀이 카메라 녹화 버튼을 누르며 말했다.

"저기, 도깨비에게 잡아먹힌다는 것은 무슨 뜻이죠? 다시 한 번…."

할머니는 카메라 렌즈를 힐끗 보더니 기분 나쁜 웃음을 지으며 말했다.

"늙은이의 충고는 새겨들어야 해."

"도깨비라니…."

"…지금이라면 아직 돌이킬 수 있어."

할머니는 역 쪽을 가리켰다. 당장이라도 썩어 문드러질 것처럼 마른 손가락이었다.

"뭔가 사연이 있는 장소인가요?"

니시얀이 카메라를 들고 한 걸음 앞으로 다가갔다.

"어린애들이 가까이 가서는 안 되는 곳도 있어."

할머니의 얼굴에 있던 미소가 스윽 사라졌다.

"빨리 돌아가."

할머니는 일방적으로 충고를 하고는 바로 등을 돌렸다. 니시얀이 불러도 대답하지 않고 카트를 밀며 가버렸다.

"테이크2가…."

니시얀이 녹화를 정지하고 한숨을 쉬었다.

"한 번 정도 반복해서 말해줬으면 좋았을 것을."

오직 '화면발'에만 신경을 쓰는 듯한 말투였다. 니시얀은 불안이나 공포를 느끼지 못한 걸까.

소타는 할머니의 메마른 목소리에 겁이 나 식은땀이 흘러 옷이 등에 달라붙었다.

"저기, 무섭지 않아?" 소타는 침을 삼키고 물었다.

니시얀은 의아한 표정으로 대답했다. "왜?"

"아니, 갑자기 저런 말을 하니까."

"…소타, 우리가 뭘 하려는지 잊었어?"

"뭐? 시체 찾기…."

"그래. 시체 찾기야. 보물찾기가 아니라고. 평범한 캠핑처럼 밝은 분위기면 오히려 이상하잖아."

"그야 그렇지만…."

한편 세이는 팔짱을 낀 채 아무 말 없이 서 있었다. 담력이 센 건지 할머니의 말을 믿지 않는 건지 표정만 봐서는 알 수 없었다.

니시얀이 카메라를 가방에 넣고 다시 짊어진 다음 남쪽으로 방향을 틀었다.

"자, 가자!"

니시얀이 앞장서며 외쳤다.

소타와 세이는 니시얀 뒤를 좇았다. 앞에 보이는 산까지는 밭이 이어져 있었고 바둑판 같은 논두렁길이 있었다. 북쪽에는 목조 가옥이 드문드문 있었고, 전신주에는 검은 까마귀들이 울면서 모여 있었다.

걷다 보니 태양이 산기슭으로 기울기 시작했다. 마치 썰물처럼 석양이 사라져가자 어둠이 주위를 잠식하기 시작했다. 목조 가옥이나 전신주가 검은 그림자로 변했다.

"…어딘가에 거점을 세워야겠네." 니시얀이 멈춰서 주위를 둘러보았다. "밭에서 텐트를 칠 수는 없고…."

고민하고 있자 세이가 입을 열었다. 그는 나무들이 마치 녹색 구름처럼 모여 있는 언덕을 가리키고 있었다.

"…저기는 어때?"

가리킨 곳을 쳐다보자 나무들 사이로 절이 보였다.

"절…? 혼나지 않을까?" 소타가 물었다.

"하룻밤 정도는 괜찮겠지. 애들이니까 봐줄 거야."

세이의 말을 듣고 니시얀이 히죽거리며 웃었다.

"그렇네."

세이는 어깨를 으쓱했다.

진지한 세이가 보여준 의외로 부드러운 말투에 소타는 약간 친근감을 느꼈다.

"좋아. 가보자."

니시얀이 언덕으로 향했다.

해가 떨어져도 아직 더위는 가시지 않았고 열기와 습기를 머금은 밤공기는 끈적거렸다. 땀 때문에 몸에 달라붙은 셔츠를 잡고 펄럭펄럭거리며 옷 안으로 공기를 불어넣었다.

절에 도착하자 소타가 깜짝 놀라 소리를 질렀다. 군데군데 부서진 검붉은 문은 마치 촉수 같은 덩굴 식물에 휘감겨 있었다. 그 너머에 잡초가 우거진 돌계단이 있었다. 양쪽 대에 앉은 짐승 조각상 중 오른쪽 것은 머리가 없었다.

"아무래도…, 혼낼 사람도 없을 것 같군." 세이가 말했다.

"…정말로 여기에 텐트를 칠 거야?" 소타가 불안한 마음으로 물었다.

"분위기 좋잖아? 이 정도는 되어야지." 니시얀이 웃었다.

그는 카메라를 꺼내 렌즈를 자신에게 향하게 하고 말하기 시작했다.

"아아, 현재 시각은 오후 7시 반. 오늘의 캠핑 장소가 결정되었습니다. 이곳은…."

카메라를 돌려 버려진 절을 촬영했다.

"짜잔!"

어둠 속에는 검게 보이는 상록수들이 돌계단 양쪽에 우거져 있었다. 그것들은 마치 저승으로 통하는 계단처럼 보였다. 당장이라도 이 계단을 오르면 돌이킬 수 없을 것 같은 분위기였다.

"우리가 무사히 하룻밤을 보낼 수 있도록 기도해주세요."

니시얀은 마치 호러 방송의 나레이터처럼 낮은 목소리로 말했다.

"만약 우리가 행방불명되고 이 카메라만 절에 남아있다면 카메라를 발견한 분께서는 부디 이 영상을 인터넷에 올려주세요. 우리가 정말로 여기에 있었다는 증거로서…"

니시얀은 분위기를 조성하는 데 일가견이 있었다. 영상의 컨셉에 맞는 스타일을 잘 알고 있다.

그는 일부러 소리를 내서 침을 삼켰다.

"좋아, 그럼 갈까."

니시얀이 긴장감 있는 목소리로 말했다.

카메라를 들고 돌계단을 오르기 시작했다. 계단 위 모래를 밟을 때마다 나는 자박자박 소리가 밤하늘에 울려 퍼졌다.

연출도 기가 막혔다.

유튜버로서 배워야 할 기술이 많았다.

아무 말도 하지 않는 편이 분위기를 살린다고 생각한 소타는 말없이 뒤를 따랐다.

돌계단을 오르니 큰 나무와 잡초에 둘러싸인 오솔길이 있었다. 여기저기에 바위가 놓여 있었다. 작은 창고 같은 목조 본당은 벽지가 떨어져 나갔고, 지붕의 기와 몇 장이 땅에 떨어져 있다.

말 그대로 버려진 절이었다.

마치 호러 게임 속에 들어와 있는 것 같았다. 당장이라도 창백한 좀비가 나타날 것 같았다. 일부러 연출하지 않아도 공포심 어린 숨소리가 녹음되고 있을 것이다.

"이제부터 캠핑 준비를 하겠습니다!"

니시얀은 그렇게 외친 후에 소타에게 카메라를 내밀었다. 소타는 카메라를 받아서 니시얀을 촬영했다.

그는 오솔길 돌바닥 옆에 가방을 내려놓고 두꺼운 녹색 수납용 가방을 꺼냈다.

"이 마법을 보시라!"

니시얀은 접혀 있는 텐트를 가방에서 당겨서 꺼냈다. 그 순간 팟 하고 튕기듯이 녹색 텐트가 펼쳐졌다. 그것을 땅에 놓고 조정하자 순식간에 삼각형 텐트가 완성되었다.

"어떻습니까, 이거. 참 쉽죠? 캠핑에는 제격입니다."

니시얀은 자랑하듯 텐트를 설명하기 시작했다. 이렇게 상품을 설명하면 상품을 만드는 회사에서 뒷광고가 들어오기도 한다고 한다.

이런 음산한 기획에 자기네 제품이 소개되어서 좋아할 회사가 있을지는 의문이지만….

텐트는 두 명이 겨우 들어갈 크기라서 세이는 따로 가져온 텐트를 펼쳤다.

니시얀이 촬영을 마친 후, 셋은 LED 랜턴에 의지해 절 내부를 산책하기로 했다. 넓지는 않아서 5분도 걸리지 않아 한 바퀴를 돌았다. 서쪽 끝, 울창한 숲이 우거진 곳에 콘크리트로 만든 화장실이 있었다. 동쪽에는 손 씻는 곳이 있었고, 모기나 개미 시체가 둥둥 떠 있는 물받이가 있었다.

"우웨엑."

소타는 얼굴을 찡그렸다. 유치원 때는 벌레를 좋아했는데 초등학교 때 친구가 던져준 귀뚜라미를 사마귀가 먹는 것을 보고 곤충을 혐오하게 되었다.

텐트로 돌아오자 니시얀이 돗자리를 폈다.

"저녁 먹자."

니시얀이 돗자리 위에 앉아 김밥과 페트병에 담긴 물을 꺼냈다.

소타와 세이도 마찬가지로 음식을 꺼냈다.

LED 랜턴을 돗자리 중앙에 놓고 그것을 둘러싸듯 앉았다. 랜턴이 진짜 불꽃처럼 흔들리는 타입이라 서로의 그림자가 마치 살아있는 것처럼 일렁거렸다.

모닥불을 둘러싼 캠핑은 이런 느낌일 것이다. 무척 들뜬 기분이었다. 소타는 평소 남들 사이에 끼는 것이 힘들어서 이런 이벤트는 싫어했었는데 사실은 내심 부러웠었다.

소타는 상점에서 산 김밥을 꺼내 먹었다.

"뭔가 좋다, 이런 거." 니시얀이 중얼거렸다.

"그러네. 소풍 같아." 소타는 물을 마시며 말했다.

대답하고 나서 생각해보니 어린애 같은 멘트였다고 후회했다. 돗자리를 펴고 식사했던 적은 초등학교 때 소풍밖에 생각나지 않았다. 작년 체육대회 점심시간에는 혼자서 도시락을 먹었다.

소타는 멋쩍게 웃으며 부끄러움을 무마했다. 하지만 니시얀이나 세이는 그에게 딱히 신경 쓰지 않았고, 소타는 내심 안심했다.

그때 본당 쪽에서 고양이 소리가 들렸다. 소타는 반사적으로 그쪽을 쳐다보았다. 어둠 속에서 들으니 묘하게 무서웠다. 어디 있나 싶어 둘러보니 어둠 속에서 눈동자가 빛나고 있었다. 마치 자신들을 감시하고 있는 것 같았다.

"뭔가 무섭네." 소타는 솔직하게 말했다.

그때 갑자기 풀냄새가 코를 찔렀다. 랜턴 주위에는 날벌레가 날아다니고 있었다. 마치 밤에 공동묘지에 침입한 것 같은 불안감이 몰려왔다.

니시얀이 두 번째 김밥을 먹으며 고개를 갸우뚱거리더니 소타가 보고 있는 방향을 보았다.

"아, 고양이네."

"무섭지 않아?"

"왜 무서워?"

"눈만 빛나고 있고 우리를 보고 있잖아."

"난 동물을 좋아해. 특히 고양이를."

니시얀이 세이를 보았다.

"세이는?"

"내가 뭘?"

"뭘 좋아해, 고양이나 개 중에?"

"…글쎄. 생각해본 적이 없네."

"진짜야? 고양이를 좋아할 줄 알았는데. 그런 영상도 찍었으니까."

"어떤…?"

"척 하면 척이지. 그것도 몰라?" 니시얀은 웃으며 태클을 걸었다.

"아, 그 영상."

세이가 그제야 이해한 듯 끄덕였다.

"세이는 다 잊은 거야? 난 그 영상을 보고 나서 그 고양이가 어떻게 되었을지 꽤 신경 쓰였는데…."

"우리 아파트는 애완동물 금지라서."

"어쨌든 몇 주 동안 같이 있었잖아. 나라면 정이 많이 들었을 텐데."

세이는 탄산 음료를 마시고 가볍게 트림을 했다.

"…영상을 찍으려고 구했을 뿐이야."

니시얀은 순간 당황한 표정을 짓고는 바로 세이의 어깨를 손가락으로 찔렀다.

"에이, 거짓말! 그저 영상을 위해서라면 그렇게 헌신적으로 돌볼 수 없지. 그 길고양이, 상당히 쇠약했었고 그대로 내버려두었으면 죽었을 거야."

"…그건 그렇지."

세이는 시선을 피했다.

"정말로 매번 두근거리면서 영상을 봤어. 업로드 될 때마다 봤지. 다음 영상이 안 올라오면 고양이에게 무슨 일이 있는 거겠지, 만약 그렇다면 따로 영상을 제작할 거야, 하지만 그렇게 되면 세이는 엄청 비난을 받겠지, 하고 걱정도 했었어."

"영상은 대성공이었지."

"아직도 그 소리야?" 니시얀이 웃으며 말했다.

세이는 빵 봉지를 열고 빵을 뜯어 먹으며 말했다. "넌 날 과대평가하는 거야."

"겸손할 필요 없어. 하긴 스스로를 착한 사람이라고 어필하는 것보다는 낫지만."

"어떻게 생각하건 네 자유야."

세이는 두 번째 페트병을 열어 입에 대었다. 꿀꺽꿀꺽하고 소리를 내며 마시자 입가에 묻은 탄산음료가 목을 타고 흘러내려왔다.

세이는 무뚝뚝하고 다가가기 어려운 이미지지만 의외로 내면에는 따뜻함이 많고 표현이 서툴 뿐일지도 모른다. 소타는 이번 시체 찾기를 통해 그와 친해지고 싶었다.

배가 부르니 마음도 조금 진정되었다. 하지만 여전히 절은 거목들에 둘러싸여 어두웠고, 주위를 둘러보면 불안해졌다. 불빛이라고는 달빛과 랜턴밖에 없어 초조해졌다.

잡담을 하면서 물을 많이 마셔서인지 화장실에 가고 싶었다. 생각해보니 소타는 집을 나선 이후 한 번도 화장실을 가지 않았다.

소타는 서쪽 화장실을 슬쩍 보았다.

혼자서 가는 것은 무서웠다. 하지만 그런 어린애 같은 한심한 소리를 할 수는 없어서 아무렇지도 않은 척 일어났다. 어둠 속에서 입을 벌리고 있는 콘크리트 상자에 들어가면, 들어가자마자 괴기 현상에 휩싸일 것 같았다. 전에 봤던 영화의 한 장면이 떠올랐다. 변기에서 손이 올라오거나 깨진 거울에 창백한 여자가 보이거나….

하지만 소타는 용기를 내어 화장실에 들어간 다음 재빨리 용변을 보고 텐트로 돌아왔다.

소타가 돗자리에 앉자마자 바지 뒷주머니에 넣어둔 스마트폰이 울렸다. 분위기에 안 어울리는 경쾌한 음악이 텐트 안에 울려 퍼졌다.

전화다.

소타는 서둘러 스마트폰을 꺼내서 보지도 않고 수신 거절 버튼을 눌러버렸다. 만약 이 절에 누군가가 있다면, 스마트폰 소리 때문에 누군가에게 불법 침입을 들킬지도 모른다. 버려진 절이라고 해도 찝찝했다.

뛰는 심장을 진정시키고 진동으로 바꾼 다음 부재중통화 목록을 보았다. 볼 필요도 없었다. 전화할 사람은 한 명뿐이다. 역시나 화면에는 '어머니'라고 찍혀 있었다. 남겨둔 편지를 보았을 것이다. 멋대로 일주일이나 외박을 한다니 깜짝 놀라는 것도 무리는 아닐 것이다. 미리 말했으면 허락해주지 않았을 것이기에 우선 일을 저지르고 나중에 보고하는 형태로 했다. 결과적으로 더 큰 걱정을 끼쳤을 것이다. 최악의 경우 실종신고를 할지도 모른다.

니시얀이 누구였냐고 물었다.

"…아빠였어. 걱정이 많으셔서 아마 무사한지 확인하려고 했을 거야."

진짜 아버지는 없다. 내게 아버지란 어머니의 재혼 상대인 '아버지'다.

솔직하게 말하지 않은 것은 부끄러워서였다. 어머니가 과잉보호한다고 생각하게 하고 싶지 않았다. 마마보이처럼 보이고 싶지도 않았다.

"오, 좋은 아버지네."

생각지 못한 반응에 당황했다.

"아니, 뭐, 걱정이 많을 뿐인데…."

인정하고 싶지 않았다. 인정해버리면 부모님과 엇나가고 있는 자신이 더 비참해진다.

"부모가 자식에게 관심갖는 건 좋은 거야, 정말로."

"그렇지만 답답해."

"간섭이 심해?"

"…응."

"그렇구나. 하긴, 뭐든지 적당한 게 좋은 법이지. 하지만 전화
가 왔다면 일단 다시 걸어봐."

"안 그래도 돼."

"걱정이 많으신 아버지면 무슨 사건에 휘말린 거라고 의심해
서 경찰에 신고할지도 모르잖아. 그럼 더 귀찮아질걸."

"생각해보니 그렇네…."

"자, 빨리 전화해봐."

"으, 응…."

소타는 두 사람에게서 떨어진 장소로 이동했다. 어머니와 이
야기하는 것을 들려주고 싶지 않았다.

심호흡을 하고 전화를 걸었다. 신호음이 채 두 번도 울리기
전에 어머니가 곧바로 전화를 받았다.

"소타, 대체 어디에 있는 거야!"

비명 소리에 가까웠다.

이런 날 어머니의 목소리를 듣고 싶지 않았다. 가슴 뛰는 모
험의 긴장감은 어느새 사라져버렸다.

"편지 써 놓았잖아."

"그러니까 전화했잖아! 그런 편지만 남기고 갑자기 사라지니
까…."

'친구들과 일주일 정도 여행 가.'

한 줄뿐인 편지가 머릿속에서 되살아났다.

"지금 어디야?"

"…여행 중이야."

"그러니까 어디냐고?"

"왜 그런 것까지 말해야 해?"

"걱정되잖아. 어디서 뭘 하는지."

"여행이라니까."

"누구랑?"

"친구."

"학교?"

"…그래."

인터넷으로 알게 된 친구라고 말하면 무슨 말을 들을지 몰랐다.

"누군데?"

"엄마가 모르는 친구야."

집요함에 질렸다.

소타는 텐트 앞에 있는 니시얀과 세이를 보았다.

부모에게 지배당하고 있는 것은 자신뿐이었다. 부끄러워서 어디론가 사라져버리고 싶었다. 두 사람은 무슨 이야기를 하고 있을까. 어머니의 치마폭에서 벗어나지 못하는 중학생을 비웃고 있을까.

어머니를 설득하는 것은 어려웠고, 결국 "그냥 그렇게 알아!" 하고 일방적으로 전화를 끊었다. 또 전화가 울리면 곤란하니까 아예 스마트폰 전원을 꺼버렸다. 배터리가 아까웠다.

착잡한 마음으로 텐트로 돌아왔다.

"어땠어?"

니시얀이 앉은 채로 물었다.

"응, 그게, 어머니는…."

"어머님?"

"앗."

실언을 했다.

"아니, 어머니가 아니라 아버지인데…. 그, 조심하라고…."

"아, 일단 다행이네."

밤이 깊어지자 니시얀이 텐트를 보며 말했다.

"자, 오늘은 이만 자자."

소타는 텐트에 들어가 니시얀 옆에 누웠다. 세이는 자기 텐
트로 돌아갔다.

니시얀이 랜턴을 끄자, 텐트 안은 어둠에 휩싸였다. 달빛만
텐트 너머로 흐리게 보일 뿐이다.

소타가 눈을 감자 자신의 두근거리는 심장 소리와 함께 벌레
우는 소리가 귀에 들어왔다. 도쿄 집에서는 밤이 되면 자동차
소음과 구급차 사이렌뿐이었다. 자연 속에서 캠핑을 하는 것
은 처음이라 쉽사리 진정되지 않았다. 외박을 하고 있다는 실
감이 났다. 게다가 텐트 속이다.

긴장해서 잠이 오지 않을 것 같았지만, 잠시 자연의 소리에

귀 기울이고 있다 보니 슬슬 잠기운이 찾아왔다. 의식이 어둠 속에 빠져드는 것이 느껴졌다.

정신을 차리자 새가 지저귀는 것이 들렸다. 눈을 떠보니 텐트 밖이 밝았다. 옆에는 니시얀이 작게 코를 골면서 자고 있었다.

소타는 텐트에서 나왔다. 아침 햇살이 밝았고 밤에는 그렇게 불길해 보였던 절도 지금은 멀쩡해 보였다. 그저 오래된 절일 뿐이었다.

옆에 있던 수도꼭지를 비트니 물이 나왔다. 팔을 가볍게 씻고 세수도 했다. 아직 해가 강하지 않아서인지 물이 차가워서 기분이 좋았다.

소타는 돌계단을 내려왔다. 아침은 정말 상쾌했다. 머리가 없는 동물 조각상도 지금 보니 그냥 수리가 되지 않은 채 방치된 것뿐이었다. 짙은 밤의 어둠이 얼마나 주위 사물을 무섭게 만드는지 알 수 있었다.

하품을 하다 보니, 멀리서 누군가 다가오는 것이 보였다. 세이였다.

"일어났어?" 소타가 물었다.

"…눈이 떠져서 아침밥을 사러 갔는데 가게가 닫혀 있더군. 24시간 운영이 아니었어."

세이는 빈손이었다.

"그럼 나중에 셋이서 사러 가자."

세이는 고개를 끄덕이며 계단을 오르기 시작했다, 소타는 뒤를 따랐다.

그를 따라 돌계단을 오르다가 소타는 깜짝 놀라서 멈춰 서지 않을 수 없었다. 오솔길 한가운데 한 소녀가 눈부신 햇살을 받고 서 있었다.

소녀는 마치 순결함을 강조하는 듯 프릴이 달린 흰색 원피스를 입고 있었고, 여름을 거부하는 듯 팔다리가 희었다. 밀짚모자 챙 때문에 표정은 알 수 없었지만 예쁘다는 것은 틀림없었다.

멍한 표정으로 쳐다보고 있자 소녀의 입가에서 살짝 미소가 피어났다.

10

노조미는 전철을 타고 카네다 법률사무소로 향했다. 4층 건물의 3층에 사무소가 있었다. 문을 여니 직원 몇 명이 컴퓨터로 작업을 하고 있었다. 한 여성이 일어나 다가왔다.

"카네다 류지 씨를 만나고 싶은데요."

"예약하셨나요?"

"아니요."

"변호사님은 예약하지 않은 손님은 만나지 않습니다."

"아드님 건 때문에 왔다고 전해주시죠."

여성의 표정이 바뀌었다. 카네다 변호사의 아들이 1년 전에 행방불명된 것을 알고 있는 듯했다.

그녀는 사무소 안쪽 화려한 장식의 문을 노크하고 대답을 기다렸다가 들어갔다. 그러더니 다시 1분 정도 후에 방에서 나왔다.

"변호사님이 만나시겠답니다."

노조미는 안내에 따라 방으로 들어갔다. 의뢰인을 위압하듯 법률 전문 서적이 책장 빼곡히 있었고, 중후한 임원용 데스크가 그 가운데 있었다.

카네다 변호사는 의자에 앉아 있었다. 그는 얼마 안 남은 머리카락을 옆으로 쓸어 넘기고 있었다. 안경을 쓴 야윈 모습이

흡사 신경질적인 과학자 같았다.

카네다는 안경 너머로 노조미를 쳐다보았다.

"당신은…."

"안녕하세요. 일전에는 신세를 졌습니다." 노조미는 목소리에 도발과 비꼼을 담아 말했다.

카네다는 비서를 보고 말했다. "차를 가져오게. 한 잔이면 충분해."

"네?" 여성이 당황했다.

"내 차만 있으면 된다는 말이야."

"아, 넵!" 여성은 허둥대며 나갔다.

카네다는 혀를 차며 노조미를 노려보았다.

"무슨 일이지?"

노조미는 책상 앞으로 다가가 그를 쳐다보았다.

"아드님은 아직도 행방불명이죠?"

카네다의 어깨가 경련하듯 움직였다. 입술이 파르르 떨렸다.

"국가 권력을 남용해 아들을 연행하고 취조실에서 폭력을 휘둘렀던 것을…. 나는 아직 잊지 않았네."

"제 여동생에게 위해를 가하겠다고 협박했기 때문입니다."

"…가해자의 변명이군. 자네 말고 누가 그런 말을 들었나? 하지만 자네의 폭력 행위는 거기에 있던 모두가 보았지."

"폭력 행위라니 참 과장된 표현이군요."

"말 그대로야. 과장되지도 축소되지도 않았네. 변호사도 없는 밀실 상태에서 일반인을 겁박하다니, 그런 반인권적인 행위를 아직도 하고 있으니 우리나라가 인권 후진국 소리나 듣는 거라네. 선진국이 되고 싶으면 사법 제도부터 개선해야지."

"제도 개혁 문제라면 SNS에서 마음대로 주장하시죠."

카네다는 얼굴을 찡그렸다. 손을 보니 주먹을 쥐며 살짝 떨고 있었다.

"아사누마 쇼고의 발언은 당연히 아시겠군요?"

"엽기 살인범 따위엔 관심 없네."

"그러신가요? 평소에는 인권 문제에 열정적이신 분이 쇼고의 인권은 관심이 없으신가 보죠? 한 건의 살인사건에 대해 무죄를 주장하고 있는데…."

"뭐라고?"

"자신의 유불리에 따라 인권을 지켜주기도 하고 반대로 묵살하기도 하는 행위를 서슴지 않는 사람이 '인권'에 대해 논할 자격이 있을까요?"

카네다는 충혈된 눈으로 그녀를 노려보았다. 그는 SNS에서도 자신의 의견에 반대하는 자를 적으로 간주하고 가열차게 공격을 해왔다. 거만한 다혈질의 독재자 스타일이었다.

하지만 카네다는 화를 참듯 코로 숨을 크게 내쉬었다.

"나는 아사누마의 변호를 맡은 것이 아니야. 누구를 변호하느냐는 내 자유야."

"당신은 그걸로 충분한가요?"

"무슨 소리야?"

"아사누마는 진범들 중 한 명을 죽였다고 말했습니다. 당신의 아들은 1년 전부터 행방불명이죠. 소중한 자식이 아사누마 쇼고에게 살해당했다고 해도 용서하실 건가요?"

"…어떻게든 내 아들을 범인으로 만들고 싶은가 보지? 명예훼손으로 고소할 수도 있어."

"고소라…. 1년 전에 비하면 준법정신이 상당하군요."

아들이 의심받고 있음을 알았을 때 카네다의 공격은 강력했다. 정치 단체를 선동해 경찰서 앞에서 연일 시위를 하게 했다. 취재를 나온 기자들에게는 자신들이 정의의 사도라고 선전해 교묘하게 여론을 조작했다.

그때 문이 열리더니 여성이 차를 가지고 왔다. 죄송하다는 듯 노조미를 살짝 쳐다본 다음 차는 카네다의 책상 위에만 올려놓았다.

카네다는 찻잔에 입을 댄 다음 턱으로 문을 가리켰다.

"이야기는 끝났네. 내방 일정이 있으니 그만 가주게."

11

소타는 오솔길에 서 있는 소녀를 보며 잠시 멈춰 섰다. 아침 햇살을 투과시키는 듯한 순백의 원피스 탓인지 그녀는 무척 투명하게 느껴졌다. 밤에 봤으면 귀신이라고 생각했을 것이다. 이 세상에 존재하지 않는 듯한 느낌이 들었다.

"저, 저기…."

소타는 소녀에게 다가가 말을 걸었다.

밀짚모자 챙 밑에 있던 얼굴이 보였다. 커다란 눈동자는 모자 그림자 속에서도 빛나고 있었다.

미소녀라는 표현이 이렇게 어울리는 소녀를 본 적은 처음이었다. 중학생일까?

"혹시 이 근처에 살아?"

소타는 긴장감을 숨긴 채 물었다.

소녀는 방긋 웃었다.

"응. 나는 카호야. 너희들은?"

"나는 소타야."

소타는 그렇게 말하고 나서 세이를 보았다.

"…세이다."

여자아이에게도 무뚝뚝했다. 의외로 낯을 가리는 건가.

"오빠들은 여기서 뭘 하는 거야?"

카호의 질문에 소타와 세이는 서로를 바라보았다. 솔직하게 대답해야 할지 거짓말을 해야 할지 난감했다.

"그게, 그러니까…."

할 말을 고르고 있는 사이 텐트가 흔들리며 입구가 벌어지더니 니시얀이 나왔다.

"무슨 일이야?"

니시얀은 졸린 눈을 비비며 일어났다. 그러고는 카호를 보았다.

"응? 누구야?"

카호는 그에게도 자기소개를 했다. 니시얀은 당황하면서도 자기소개를 하고 그녀를 멀뚱멀뚱 쳐다보았다. 그리고는 남쪽 산을 가리키며 말했다.

"이 근처에 살아? 우리는 '우는 아이의 숲'에서 담력 시험을 하러 왔어."

갑자기 카호의 얼굴에서 미소가 사라졌다. 불안과 공포가 어린 표정으로 세 명을 번갈아 보았다.

"'우는 아이의 숲'에 간다고?"

"그래."

니시얀이 텐트에 다시 들어가 카메라를 꺼내왔다.

"이거 봐. 촬영을 하면서 담력 시험을 할 거야. 우린 도쿄에서 왔어."

"그렇구나…."

눈부신 햇살에 어울리지 않게 낮은 그녀의 목소리는 땅 속으로 침잠할 것만 같았다.

"뭔가 숨겨진 비밀이 있는 것 같은 반응이네." 소타는 중얼거리듯 말했다.

"나도 그런 것 같아. 어제도 마을의 어떤 할머니가 의미심장한 충고를 했지. 도깨비에게 잡아먹힌다든가." 니시얀도 동의했다.

"도깨비⋯."

카호는 그 말을 되뇌이면서도 놀란 표정을 짓지는 않았다. 뭔가 숨겨진 사연을 알고 있는 것 같았다.

"뭔가 있는 거야?" 니시얀이 카호에게 물었다.

"도깨비라니, 할머니가 한 도깨비라는 게 뭘 말하는 건지⋯?" 카호가 되물었다.

"잠깐 기다려! 뭔가 알려줄 생각이면 촬영하게 해줘."

니시얀이 카메라 녹화 버튼을 누르고 다시 다가가자, 카호는 경계하는 듯한 표정을 지었다. 하지만 촬영 자체는 거부하지 않았다.

"'우는 아이의 숲'에 도깨비가 나온다는 소문 말인데, 정말로 그런 게 있어?" 니시얀이 물었다.

"⋯도깨비가 있다는 건 거짓말이야." 카호는 렌즈를 들여다보며 말했다.

"뭐? 거짓말이야?" 니시얀은 노골적으로 실망한 목소리로 말했다.

"외부인들이 가까이 가지 못하도록 그렇게 말했을 거야."

"그렇다는 건 가까이 가지 못하게 할 이유가 있다는 거겠네?"

돌 사이에 낀 이끼 냄새가 여름 바람을 타고 느껴졌다. 부엽토에서 나는 냄새와 유사한 그 냄새는 어딘지 모르게 묘지를 연상시켰다.

"도깨비는 말이야, 인간이야."

"인간?"

"'우는 아이의 숲'은 원래 '죽은 아이의 숲'이라고 불렸어."

"아이가 많이 죽었어?"

카호가 고개를 끄덕였다.

"제2차 세계대전 때 일인데…."

카호는 목소리를 낮추었다. 예쁜 음색인데도 톤을 낮추니 마치 땅 밑에서 울리는 듯한 무거움이 있었다.

"마을 사람들이 빈곤해져서 아이를 부양할 수 없는 집이 많아졌어. 이래서는 가족 전부가 굶어 죽을 테니까 어린아이를 숲에 데려가서…."

불길함을 머금은 냄새가 바람과 함께 강해진 느낌이었다.

소타는 분위기 변화를 민감하게 느끼고 소름이 돋았다.

"설마…." 니시얀의 목소리에 공포가 묻어나왔다. "아이를…."

"그래. 어쩔 수 없이 죽이고 묻은 거야. 진짜인지 아닌지는 모르지만 어릴 때 말 안 들으면 너도 버려진다고 할머니가 자주 말해서 무서웠어."

투정 부리는 아이를 다루기 위해 지어낸 이야기일까, 아니면 실제로 있었던 비극일까.

태양이 구름에 가려져 절 일대가 갑자기 어두워졌다.

"그래서 숲은 언젠가부터 '죽은 아이의 숲'이라고 불리게 되었대. 하지만 그러면 듣기 좋지 않으니까 '우는 아이의 숲'이라고 바뀐 거래."

"그래서 도깨비 이야기로 사람들이 접근하지 못하게 한 거군…. 도깨비가 있다면 그건 아이를 죽인 부모겠지? 난 그렇게 생각해." 니시얀이 말했다.

소타는 불안에 휩싸여 주저앉을 뻔했다. 가벼운 마음으로 참가했는데 끔찍한 결말이 기다리고 있을 것 같은 예감이 들었다.

니시얀은 촬영을 계속하면서 남쪽을 가리켰다.

"저쪽에 있는 숲이 우는 아이의 숲이야?"

카호는 고개를 가로저었다.

"저기는 다른 숲이야."

"그래? 착각했네. 그럼 어딘지 알아?"

"…차로는 산길을 반쯤 돌아서 30분이면 도착하는데 지난번 지진 때 산사태가 나서 갈 수가 없어. 걸어서 가면 저 숲 안쪽에 있는 동굴을 통과해야 해."

"좀 고민되는데…."

"담력 시험이라면 그냥 숲에서 해도 되잖아?" 카호가 말했다.

"아니, 그게 말이지…. 우는 아이의 숲이 아니면 안 되는 이유가 있어."

니시얀은 곤란한 표정으로 뒷머리를 긁적였다.

니시얀은 동의를 구하듯 소타를 보았다. 소타는 어떻게 말할지에 대해 니시얀에게 전적으로 맡기겠다는 의미를 담아 고개를 크게 끄덕였다.

"솔직히…, 담력 시험은 그냥 둘러댄 거야. 남들에게 진짜 목적을 말하면 혼날 것 같아서 지어낸 거지…." 니시얀은 카호를 보며 말했다.

"그럼 뭘 하려는 건데?" 니시얀이 심호흡하고 말했다.

"…우린 시체 찾기를 하고 있어."

"시체라니…. 살해 당한 아이들 시체?"

"아냐. 어른 시체야. 우는 아이의 숲에 시체가 묻혀 있다는 정보를 들어서 우리가 한번 찾아보려고."

카호의 얼굴에 당황스러움이 피어났다.

"어른 시체라니 누구에게 들었는데?"

"그건 비밀을 지켜야 해서…. 출처는 밝힐 수 없는데 신빙성 있는 정보라는 것만은 알아줘."

"그 시체를 찾아서 어쩔 건데?"

"…실은 우리는 유튜버야."

카호가 커다란 눈을 깜빡였다.

"몰라? 아, 아니, 우리 말고 유튜버라는 거."

"응."

"인터넷에 영상을 올리고 돈을 버는 사람들을 말하는 거야. 토크를 하거나 게임을 하거나 어떤 기획을 하기도 하지."

"난 인터넷도 TV도 몰라."

시골이라 오락도 도회지와 다른 걸까? 인터넷은 그렇다고 해도 TV도 모른다니….

카호는 마치 몇십 년의 세월을 뛰어넘어 나타난 존재 같아서 기묘한 매력이 느껴졌다.

"지금 나를 찍고 있는 것도 인터넷이란 것에 공개할 거야?"

"아니, 그게…. 물론 공개하기 전에 허락은 받으려고 했어. 폐를 끼칠 수는 없으니까." 니시얀이 당황하며 말했다.

"영상이 공개되면 전 세계가 우는 아이의 숲을 알게 되는 거야?"

"그, 그야 자기 마을의 안 좋은 면이 드러나는 것을 걱정하는 건 이해하지만, 시체 찾기니까 역시 뭔가 사연이 있는 편이 화제를 불러일으킬 거 같거든. 그래서 가보고 싶어. 카호의 입장이 곤란하다면 마을에서 들은 소문이라고 내가 따로 편집해도 되는데…. 어때?"

카호는 잠시 생각하더니 대답했다.

"괜찮아, 공개해도."

"고마워. 이해해줄 줄 알았어." 니시얀이 가슴을 쓸어내리는 동작을 했다.

"…숲으로 안내해줄까?"

카호는 소녀이면서도 성숙한 어른의 향기가 났다.

소타는 묘하게 긴장되어 침을 삼켰다. 그 소리가 들리지 않았으면 좋으련만.

"길을 잘 알아?"

"…난 숲에서 항상 노니까."

"그거 좋네! 하지만 부모님이 걱정하잖아?"

"그거라면 괜찮아."

"그래? 그럼 부탁 좀 할게."

그리고 니시얀은 뒤를 돌아보며 소타와 세이에게 말했다.

"둘 다 괜찮지?"

"물론이야." 소타는 바로 대답했다.

함께 모험하는 것은 재미있을 것 같다. 그녀에게 끌리는 마음을 부정할 수도 없었다.

세이는 딱히 흥미 없다는 듯이 대답했다. "헤매지 않고 갈 수 있다면 그게 좋지."

이야기가 일단락되고 텐트를 접어 정리했다. 카호는 준비를 하고 온다며 일단 돌아갔기에 출발은 오후에 하기로 했다.

카호가 사라지자 니시얀이 소타의 옆구리를 찔렀다.

"엄청 귀엽네, 카호."

솔직한 감상에 소타는 당황했다. 동의했다가는 '너 설마 좋아하냐?'하고 놀림당할 것 같았다.

"뭐, 그렇긴 하네." 소타는 최대한 담담하게 대답했다.

그러자 니시얀이 웃으며 말했다. "뭐야? 갑자기 센 척하는 거야?"

"아니, 그런 게 아니라…."

이런 이야기로 놀림당하는 것은 중학교에서나 있을지도 모른다. 어쩌면 고등학생들은 어른스러워서 솔직한 표현을 좋아할지도 모른다.

"일단 물건 좀 사러 가자. 며칠 더 캠핑해야 하니까."

니시얀의 말에 따라 어제 갔던 상점에 들러 조금이라도 오래 보관할 수 있는 음식을 샀다. 필요한 도구, 예를 들어 건전지나 테이프, 반창고 등도 구입했다.

셋은 비닐봉지를 들고 절로 돌아왔다.

소타가 사온 물건을 가방에 넣어 정리하고 있을 때 니시얀이 갑자기 환호를 지르며 수풀로 들어갔다.

"무슨 일이야?"

니시얀은 주저앉아 수풀 안으로 손을 넣더니, 웃으며 뒤를 돌아보았다.

"짜잔!"

니시얀이 손에 들고 있던 것은 흙이 묻은 그라비아 아이돌의 사진집이었다. 표지에는 손바닥만한 비키니를 입은 미녀가 몸을 숙이고 가슴골을 보여주고 있었다.

도쿄의 편의점에서는 항상 안쪽 선반에 있어 소타가 주간 만화잡지를 볼 때마다 힐끔힐끔 쳐다보는 사진집이다.

니시얀이 당당히 사진집을 앞으로 내밀자 약간 부끄러우면서도 너무나 보고 싶었다.

"좋네!"

소타는 사진집을 열심히 쳐다보았다. 너무 어린애 같은 반응을 보이면 비웃음당할 것이다.

"그치?"

니시얀이 사진집을 펼쳤다. 비키니 어깨끈이 흘러내리려고 하는 것을 손으로 잡고 있는 사진, 하얀 침대 위에 누워있는 사진, 해변가에서 포즈를 취하고 있는 사진, 비키니 위에 젖은 티셔츠를 입고 있는 사진 등등.

"우와, 대단해!"

니시얀이 흥분해서 소리쳤다.

정신을 차리고 보니 소타는 몸을 앞으로 내밀고 있었다. 눈을 잡지에서 뗄 수 없었고 심박수도 상승했다.

소타는 이런 책을 사본 적이 없다. 서점이나 편의점에서 그것을 계산대까지 가져갈 용기도 없고, 다른 손님들 눈치가 보여서 서서 읽어볼 수도 없었다.

"자! 너도 봐봐. 대단해!" 니시얀이 세이를 불렀다.

세이는 가방에 짐을 넣던 손길을 멈추고 차가운 시선으로 쳐다보았다. 마치 복도에서 떠드는 아이들을 반장이 야단치듯이.

"왜 그래?" 니시얀이 다시 물었다. "세이는 흥미 없어?"

세이는 무표정으로 중얼거리듯 말했다. "…저속하군."

"뭐?"

"여자의 몸을 상품화하는 컨텐츠는 여자를 성적으로 소비할 뿐이야."

"무, 무슨 소리야?" 니시얀이 당황해서 물었다.

"이런 것에 흥미를 갖는 건 건전하지 않아." 세이가 말했다.

니시얀이 대충 페이지를 넘겨본 후 세이에게 내밀며 말했다. "이거 봐, 본인도 웃고 있고 즐겁게 촬영하고 있잖아."

"저리 치워!" 세이는 사진집을 손으로 밀쳐내며 말했다.

사진집은 니시얀의 손에서 튕겨 나가 땅에 떨어졌다.

"눈이 썩는다."

"아니, 그냥 수영복 사진이잖아. 바다나 수영장에 가면 다들 입는…."

"훌륭한 인격을 갖기 위해서는 이런 것을 즐겨서는 안 돼."

소타는 세이의 고결함을 보고 미녀의 수영복 사진에 흥분했던 자신이 너무 한심하게 느껴졌다. 수치심과 죄책감에 얼굴이 달아올랐다.

냉랭한 분위기를 깨듯 카호가 돌아왔다. 옅은 핑크색의 작은 가방을 메고 있다.

"다 준비됐어."

그녀는 세 명을 둘러보더니 미묘한 분위기를 파악한 듯 물었다.

"왜 그래?"

니시얀이 발로 사진집을 뒤쪽 풀숲으로 걷어찼다.

"아무것도 아니야. 출발할 준비를 하고 있었어."

세이의 말이 옳다. 여자아이 앞에서 볼 책은 아니다. 카호가 기분 나쁘게 생각할 수도 있고, 함께 숲에 가는 것을 거부할지도 모른다.

"끝났어?"

"응."

"그럼 출발할까?"

"그러자."

넷이서 돌계단을 내려왔다. 절에서 다 내려왔을 때 갑자기 고함 소리가 들렸다.

놀라서 뒤를 돌아보니 경찰관이 있었다. 모자 아래로 흰머리가 엿보였다. 학생주임 선생님 같은 엄격한 얼굴이었다. 게다가 화난 표정이었다.

"여기서 뭣들 하는 거냐, 이놈들!"

"아, 아니…."

소타는 당황한 나머지 니시야을 쳐다보았다.

"절에 들어가는 놈들이 있다길래 와봤더니, 어디서 왔어, 이 놈들."

"저희는…."

니시얀도 갑작스런 상황에 당황한 듯했다. 게다가 말하기 힘든 사정이 있어서 잘못 대답하면 문제가 될 수 있다.

체포되는 것이 아닐까 하는 공포에 빠졌다. 아무리 버려진 절이라도 불법침입죄에 해당되는 걸까.

경찰관이 화난 표정으로 다가오자 세이가 나섰다. 선글라스를 벗고 부드러운 말투로 말했다.

"저희는 도쿄에서 여름 방학 숙제로 곤충 생태를 관찰하러 왔습니다. 도시에는 자연 경관이 별로 없고 전부 콘크리트 건물뿐이라서 여기까지 왔습니다. 미래 세대인 저희가 환경 문제에 대해 생각하는 것은 매우 의미 있는 일이라고 생각합니다."

경찰관은 그 말을 듣고 잠시 생각하는 듯했다.

"절을 어지럽힐 생각은 없었습니다. 생태계를 관찰하고 있었습니다. 환경 보호가 주제라서 현지 자연을 어지럽히거나 더럽힐 생각은 전혀 없습니다."

경찰관은 조금 전까지의 표정과 달리 감탄스런 표정을 지었다.

"그렇군. 잘 알았어. 그럼 지금 어디로 가려는 건가?"

세이가 남쪽 숲을 가리키며 말했다. "숲에서 곤충이나 새를 관찰하려고 합니다."

경찰관이 눈을 가늘게 떴다.

"너무 안쪽까지 가지는 마. 숲이 깊어서 어린애들에게는 위험해."

"충고 감사합니다."

경찰관은 고개를 끄덕였지만 떠나지 않고 그 자리에 서 있었다.

"그, 그럼 이만…"

니시얀이 경찰관에게 인사를 하고 나서 자기 일행을 보며 말했다.

"가자."

소타는 가볍게 고개를 숙인 다음 뒤를 돌았다.

넷이서 숲을 향해 오솔길을 걸었다.

하지만 경찰관의 시선이 뒤에서 계속 따라오는 것 같았다.

12

마치 피를 뿌린 듯한 석양이 건물을 붉게 물들이고 있었다. 외벽에는 검은색이나 붉은색, 파란색 스프레이로 낙서가 되어 있었다.

'살인자!'

'꺼져!'

'개새끼'

'살인마'

'죽어!'

마치 이 세상의 모든 증오와 적의가 담겨 있는 듯한 글자들을 바라보았다.

어제 오늘 적힌 것이 아니다. 비바람 때문인지 글자가 번져서 진짜 피처럼 흘러내렸다.

아사누마 쇼고의 본가…?

노조미는 초인종을 눌렀다. 하지만 반응이 없었다. 단독주택이 몰려 있는 주택가는 마치 무덤처럼 조용했다. 이따금 바람이 불어와 나뭇가지가 흔들리는 소리만 들렸다.

'아들이 엄청난 짓을 저질러 부모로서 어떻게 해야 할지 모르겠습니다.'

'어디서부터 잘못된 것인지.'

아사누마 쇼고의 아버지 아사누마 마사토시는 아들이 체포된 후 인터뷰에서 참담한 심경을 고백했다. 얼굴은 모자이크 처리가 되어 있었지만 인근 이웃들이 모를 리가 없었을 것이다. 이 낙서들이 그 증거다.

아버지로서 공적인 자리에 모습을 드러낸 것 때문에 세상의 모든 증오를 한 몸에 받게 되었다. 그의 발언 한마디 한마디에 따라 미디어나 인터넷 공간은 여전히 떠들썩했다.

아사누마 쇼고가 22살의 어린 나이였기에 부모의 책임을 묻는 사람도 많았다. 성인이기는 하지만 아직 가정교육의 영향을 부정할 수 있는 나이가 아니라는 것이었다. 편부모라는 것이 알려지자 진위를 알 수 없는 여러 소문이 오갔다.

아버지의 가정폭력으로 어머니가 집을 나간 후 아사누마 쇼고도 삐뚤어진 것은 아닌가, 하는 것이었다.

엽기적인 연쇄살인 사건이었기에 범인이 보통의 사람들과 다른 환경의 사람이길 바라는 마음이었을 것이다. 엽기적인 범죄에는 엽기적인 범인이 있고, 엽기적인 가정환경이 그 원인이기를 바라는 마음 말이다.

노조미는 다시 한번 초인종을 누르려다 주저했다.

아사누마 마사토시는 어쩌면 여기에 살고 있지 않을지도 모른다. 보통 사람이라면 도저히 이런 곳에서 살 수 없을 것이다. 엽기살인범의 아버지로서 대체 얼마나 많은 모욕과 질타를 받아왔을까.

노조미는 휴직 전에 카네다 3인조를 추적했기 때문에 아사누마 쇼고의 지인이나 관계자와 이야기한 적이 없었다.

다시 마음을 다잡고 몇 번 초인종을 눌렀지만 역시나 반응이 없었다.

노조미는 대문을 열고 한 걸음 안으로 들어가 보았다. 잘 보니 곤색 커튼이 쳐져 있는 미닫이문 안쪽이 살짝 밝아 보였다.

불이 켜져 있었다.

아무도 없는 척하고 있던 것이다. 생각해보면 사형 판결과 아사누마 쇼고의 발언으로 다시 세상이 떠들썩한 지금, 이곳에 찾아오는 사람이라고는 적대감을 지닌 인간뿐일 것이다. 매스컴의 돌발적인 취재도 근래에 셀 수 없이 많았을 것이다.

'반응이 있을 때까지 기다릴까, 아니면….'

문득 지면에 보이는 노조미의 그림자가 더 큰 그림자로 뒤덮였다. 갑자기 밤이 찾아왔고, 저녁 하늘은 마치 거대한 뚜껑으로 덮힌 듯 순식간에 어두워졌다.

고개를 들어 다시 미닫이문을 보았다. 밖이 어두우니 자연히 불이 켜진 실내가 강조되어 커튼에 사람 그림자가 보였다. 밖이 밝을 때는 전혀 보이지 않았던 그림자였다.

노조미는 숨을 삼켰다.

커튼 너머로 보이는 그림자는 공중에 떠 있었고 마치 커다란 종처럼 흔들리고 있었다.

설마….

심장이 철렁했다.

노조미는 현관으로 달려갔다. 문이 잠겨 있는 것을 확인하자마자 바로 마당에 있던 벽돌을 들어 미닫이문에 던졌다. 유리가 깨져 구멍이 났다. 팔을 그 안으로 집어넣어 자물쇠를 열었다.

문을 열고 커튼을 헤쳤다.

눈에 들어온 것은…, 밧줄로 목을 맨 아사누마 마사토시의 모습이었다.

어느 정도 예상하고 감행한 일이지만 막상 그 모습을 보니 심장이 멈출 것 같았다.

아사누마 마사토시는 사망했다…

부검하지 않아도 사후 몇 시간은 지났다는 것을 알 수 있었다.

노조미는 이 사실을 경찰에 신고하고 경찰이 도착하기를 기다리는 동안 집 안을 둘러보았다. 거실 테이블 위에 몇 통의 편지가 있었다.

손수건을 사용해서 편지를 봉투에서 꺼내 보니 전부 아사누마 마사토시에 대한 욕과 비난이 쓰여 있었다. 도저히 글이라고 할 수 없고 그저 악의만 담긴 글자의 나열이었다.

'죽어'

'무책임한 부모'

'죽어서 사죄해라'

'피해자나 유족의 원통함을 생각해봤냐!'

보낸 사람의 이름은 없었다. 다만 글씨체가 다른 것을 보면 한 사람이 쓴 것은 아닐 것이다.

아사누마 마사토시를 자살로 내몬 것은 이런 사람들일까.

책상 위에는 봉투 하나가 보란 듯이 놓여 있었다. 비난으로 가득한 다른 편지들과는 다른 느낌이었다.

노조미는 신중하게 봉투를 손에 들고 열어보았다.

'쇼고의 범행은 모두 제 책임입니다. 제가 잘못한 것입니다. 여러분! 부디 용서해주세요.'

달리 자살의 동기를 나타내는 것은 없었다.

이윽고 사이렌 소리가 들려왔다.

노조미는 현관문을 열고 그들을 맞이했다. 과학수사팀과 경찰들 뒤에서 관할 경찰서의 수사관인 마지마 사토시가 나타났다. 그는 노조미보다 5살 연상으로 계급은 노조미보다 한 단계 높은 형사부장이었다. 앞머리를 반으로 가른 헤어스타일이 신경질적인 인상을 풍기고 있다.

마지마는 노조미를 보고 놀랐다.

"오리카사…?"

노조미는 가볍게 고개를 숙였다.

"…어째서 자네가 여기?"

"제가 처음 신고했습니다."

마지마는 인상을 쓰며 말했다.

"이런 곳에서 뭘 하고 있나? 휴직 중이잖나."

"우연입니다."

"그런 말을 누가 믿나?"

마지마는 미닫이문에 다가가 바닥에 떨어진 유리 조각을 노려보았다.

"불법 주거침입까지 했나?"

노조미는 그의 등 뒤에서 대답했다.

"커튼 너머로 흔들리는 그림자가 보였습니다. 그걸로 사태를 파악한 것입니다."

"그 시점에서 신고했어야지."

"한시가 급박한 상황이었습니다. 만약 목을 맨 직후였다면 경찰을 기다리는 것보다 구하는 것이 급선무였습니다. 구할 가능성이 있었기에 최선의 선택을 한 것입니다."

마지마는 인상을 쓰며 탄식했다.

"자물쇠는?"

"현관은 잠겨 있었습니다. 미닫이문도 그랬고요. 그래서 유리를 깨고 들어갔습니다."

"…좌우지간 나중에 이야기를 들을 테니 밖에서 대기해."

현장에서 쫓겨나는 것은 이미 예상했다. 그래서 미리 경찰이 도착하기 전에 집 안을 둘러본 것이었다.

노조미는 얌전히 그 말에 따르기로 했다.

현관 밖으로 나가자 이미 밖은 어두웠다. 구경꾼들이 우루루 몰려와 있었다. 접근금지 테이프를 붙인 경찰이 사람들을 막고 있었다.

이 사건 현장은 살인사건 현장과 같은 취급을 받은 것 같았다. 역시 사망한 사람이 아사누마 쇼고의 아버지라서인가. 타살 가능성을 의심하는 것도 무리는 아니다.

노조미는 마당에 서서 미닫이문을 통해 거실을 보며 기다렸다. 과학수사팀이 여기저기 증거를 채취하고 있었다.

30분 이상 기다린 후에야 드디어 마지마가 나왔다. 벌레라도 씹은 듯한 표정이었다.

"뭘 좀 알아내셨나요?"

노조미가 묻자 마지마는 노조미를 노려보았다.

"질문은 내가 한다. 넌 왜 아사누마 쇼고의 친가에 왔던 거지?"

어디까지 솔직하게 이야기해야 할까.

"아사누마 쇼고의 발언으로 사건이 다시 전개되기 시작했습니다. 저는 그래서…"

"사건은 변한 게 없어. 사형수의 헛소리일 뿐이야."

"지금 시체 찾기가 유행하고 있습니다. 마치 게임처럼요. 아사누마 쇼고의 발언을 다들 믿고 있습니다."

"바보 같군. UFO 같은 걸 찾으려고 하는 거나 마찬가지야.

사람들이 얼마나 자기 인생을 낭비하건 그건 내 알 바 아니야. 그리고 난 진짜로 시체가 있다고 믿지도 않아."

"아사누마가 거짓말을 했다는 건가요?"

"당연하지."

"윗선에서도 그렇게 생각하나요?"

마지마는 잠시 뜸을 들이고 말했다. "···그래."

그의 반응을 보니 윗선의 고뇌를 알 수 있었다. 여론을 완전히 무시할 수도 없고, 그렇다고 이미 해결된 미즈모토 유카 살인사건을 지금 와서 재수사할 수도 없는 딜레마에 빠진 것이다.

경찰이 잘못을 인정하고 재수사를 하면 아사누마 쇼고의 발언을 인정하는 꼴이 되어 시체 찾기가 더 가속화될 것이다.

"자넨 아직도 그 3인조를 의심하고 있나?"

"···네."

카네다, 하세가와, 치요다···.

노조미는 그 세 명의 남자가 범인이라는 건 확신하고 있다. 하지만 최근에 미즈모토 유카의 남편이 급부상했다. 잡힐 것 같았던 진실이 손바닥에서 빠져나가는 듯한 기분이었다.

"사형판결 직후에 그런 거짓말을 할 필요가 있을까요? 아사누마는 틀림없이 카네다를 죽였습니다. 시체가 발견되면 진실이 드러날 겁니다. 그 후에 움직이면 늦을 거예요. 여론의 비판은 피할 수 없겠죠."

마지마는 인상을 쓰며 이마를 긁었다.

"자넨 수사 과정에서 제멋대로 행동하는 바람에 지금 이런 신세가 되었겠지."

노조미는 아랫입술을 깨물었다.

카네다의 도발을 참지 못하고 멱살을 잡는 바람에 휴직할 수밖에 없었다. 그 현실이 노조미를 무겁게 짓눌렀다.

상대가 상대인 만큼 경찰도 증거 없이 움직일 수 없다는 뜻이다. 평소에도 인권을 주장하고 범죄 피해자를 지원하던 변호사, 정치가, 기자가 부모로서 눈을 반짝이고 있는 한 쉽게 대처할 수 없는 것이다.

"뭐라도 알아내면 연락 주세요."

노조미는 그 말을 남기고 아사누마의 본가를 떠났다. 그리고 전철을 타고 집으로 향했다.

적당한 간격으로 아파트나 단독주택들이 서 있는 주택가는 달이 구름에 가려진 밤하늘 아래 마치 거미줄 같은 전선들에 둘러싸여 있었다. 가로등 불빛에 비친 아스팔트 도로는 마치 구멍이 숭숭 나 있는 것처럼 보였다.

노조미는 길가에 주차된 차량들을 보면서 걷기 시작했다.

아사누마 쇼고의 발언이 방아쇠가 되어 사건은 다시 전개되기 시작했다. 수면 밑에 있는 진실이 고개를 내밀지도 모른다. 노조미는 이 소동을 이용해서 미즈모토 유카 살인사건의 진범을 잡을 요량이다.

반드시 법의 심판을 받게 할 것이다.

노조미는 사거리에서 오른쪽으로 발길을 옮겼다. 5층짜리 아파트가 보였다.

그때 갑자기 뒤에서 아스팔트 바닥을 밟는 구두 소리가 들렸다. 뒤를 돌아보려고 한 순간 노조미의 등에 충격이 가해졌다. 몸 안에서 무언가가 터지는 것 같은 충격이 뇌까지 전해졌다.

눈앞에 별이 보이고 눈이 감겼다.

땅에 쓰러지자 다시 몸에 충격이 느껴졌다.

노조미는 더 이상 고통을 참지 못하고 기절하고 말았다. 눈을 감는 마지막 순간에 본 것은 여러 개의 구둣발이었다.

13

이글거리는 햇빛도 파란 하늘을 덮을 정도로 무성하게 자란 나무들 덕분에 그리 강하게 느껴지지 않았다. 풀숲의 녹색은 햇빛에 반사되어 밝게 빛나고 있었다. 탁 트인 전원지대와 달리 숲길은 기온도 선선했다.

우거진 나무 밑에는 잡초가 머리카락처럼 무성했다. 어디선가 새가 지저귀는 소리도 들려왔다.

대자연의 숨결이 느껴졌다.

니시얀은 즐거운 듯 웃으며 카호에게 말을 걸었다. 영상 업로드가 힘들었을 때나 대성공을 했을 때의 에피소드를 이야기해주었다. '10만 엔의 가방 찾기 게임' 같은 기획 이야기도 그 중 하나였다. 니시얀의 집 어딘가에 명품 가방을 숨겨두고 몇 명의 이성 친구들에게 그것을 찾게 한 다음, 가방을 찾은 친구에게 10만 엔을 준다는 내용이었다.

"…영상에 붙은 광고 수입으로 다시 다른 영상에 쓸 장비를 사서 더 좋은 영상을 찍지. 그걸 반복하는 거야."

"그게 유튜버야?"

"그래."

"학교에서 클럽 활동 같은 건 안 해?"

"운동을 좋아해서 축구나 농구 동아리에서 들어오라고 제안을 많이 했는데, 유튜버 구독자가 10만 명이 넘는 데다가 계속 새로운 영상을 찍어야 해서 거절했어."

"대단해. 니시얀은 스포츠도 잘하는구나." 소타가 니시얀을 추켜세웠다.

"그 말은 카호에게서 듣고 싶었는데…." 니시얀이 과장되게 실망하는 기색을 보였다.

"아하하, 미안!" 카호가 말했다.

그렇게 담소를 나누며 1시간 이상 숲길을 걸었다. 니시얀의 이야기는 끝이 없었고, 이번에는 만화 이야기를 시작했다. 하지만 카호의 반응은 시큰둥했다.

"…카호는 만화 안 봐?"

"응."

"만화 싫어해?"

"싫어한다기보다…, 잘 안 봐."

"요즘 시대에 만화를 보지 않다니…. 그건 손해 보는 거야, 인생을."

니시얀이 유명 만화를 열거하며 뒤를 돌아보았다.

"이거 다들 재미있었지?"

"응." 소타는 대화에 끼고 싶어 앞으로 나서며 말했다. "재미있었어. 능력자들끼리의 대결도 그렇고, 예상을 뒤집는 전개도 좋았고."

"그치, 그치! 게다가 포기하지 않는 용기가 테마라서 내용도 깊이가 있었어."

"응, 맞아."

니시얀이 다시 앞을 보면서 이야기하기 시작했다. 말소리가 약간 빨라지는 걸 보니 흥분했다는 것이 느껴졌다.

니시얀 일행은 계속 낙엽을 밟으며 나무가 우거진 숲길을 걸어나갔다. 덩굴이 땅바닥까지 내려온 지점에서 카호는 방향을 돌려 바위가 있는 곳으로 향했다.

뜨거운 햇빛을 받아 녹색 감옥 같이 변해버린 숲은 강한 열기를 머금고 있었다. 점차 옷이 땀으로 젖기 시작했다.

니시얀은 세이를 돌아보았다.

"세이도 좋아하지?"

세이는 무슨 소리냐며 고개를 갸우뚱했다.

"아니, 그러니까 만화 말이야."

"…읽어 본 적 없어."

"거짓말!"

니시얀이 놀라서 눈을 크게 떴다.

"만화나 라이트노벨 따위를 읽으면 제대로 된 '윤리 의식'이 생기지 않아."

"윤리 의식이라니…." 니시얀이 웃으며 말했다.

"어려운 표현 쓰지마. 만화나 라이트노벨도 엔터테인먼트니까 순수하게 즐기면 되잖아."

"인간은 높은 윤리 의식이 없이 성장하지 않아." 세이가 진지한 표정으로 말했다.

니시얀은 황당하다는 듯이 멋쩍게 웃었지만 소타는 세이의 그런 모습에 감동했다. 소타의 학교에서는 만화나 라이트노벨을 안 읽는 친구가 없다. 노래방이나 스포츠라면 기호가 갈릴 수 있지만, 만화나 라이트노벨은 누구나 좋아했다. 소타처럼 낯을 가려 커뮤니케이션이 서툴러도 만화나 라이트 노벨을 화제로 삼아 대화를 이어나갈 수 있었다.

하지만….

고등학생 눈에는 만화나 라이트노벨 따위가 유치하게 보일 수 있다. 소타는 다시 부끄러워졌다.

세이는 대체 어떤 생활을 하고 있을까. 사람과 어울리지 않고 혼자 지내는 것에 가치를 두는 모습이 마치 한 마리 학처럼 고고하게 느껴졌다.

니시얀이 갑자기 멈춰 서서 하늘을 올려다보았다.

"저기, 이 부근에서 간식을 걸고 내기를 하자."

"내기?"

소타는 고개를 갸우뚱했다.

"어디보자…. 이름은 '타잔 챌린지'!"

"타잔이라니?"

"정글에서 자란 타잔 알지? 덩굴을 이용해서 '아~아~아~'하면서 나무에서 나무로 날아다니잖아."

"그걸 흉내내자고?"

"물론 나무를 타는 건 무리니까 나뭇가지에 로프를 걸고 점프를 하는 거야."

세이가 흥미 없다는 듯이 물었다. "왜 그런 걸 해야 하지?" 시간이 아깝다는 듯한 말투였다.

"우린 유튜버잖아. 몇 번에 나눠서 올릴 대형 기획이니까 이런 볼거리도 필요해."

"그것도 그렇군…." 세이는 잠시 생각하더니 동의했다.

그리하여 모두가 간식을 걸고 '타잔 챌린지'를 하게 되었다.

니시얀이 먼저 준비를 했다. 무게추를 묶은 로프를 던져서 나뭇가지에 걸치고 늘어뜨려 묶었다. 그리고 양손으로 로프를 잡고 체중을 실어 나뭇가지가 버틸 수 있는지 확인했다.

"좋아! 준비 완료."

니시얀이 카메라로 촬영하기 시작하며 규칙을 설명했다. 그리고 가지에서 늘어뜨린 로프와 멤버들을 찍었다.

그리고 소타에게 카메라를 넘겨주었다.

니시얀은 카호를 향해 웃으며 말했다. "카호, 응원을 부탁해."

첫 번째 도전자는 니시얀이었다. 겨우 혼자 올라갈 수 있는 바위 위에 서서 양손으로 로프를 잡았다. 상반신을 당겨서 화살처럼 기세 좋게 앞으로 점프했다.

"아~아~아~!"

니시얀은 적절한 타이밍에 로프에서 손을 놓고 뛰어내렸다. 흙바닥 위에 착지하며 살짝 비틀거렸지만 상당한 기록이었다. 몇 미터를 뛴 걸까?

니시얀이 뒤를 돌아보며 양손 엄지를 치켜세우고 "아자!"라고 했다.

소타가 두 번째였기에 다시 카메라를 니시얀에게 주고 로프를 잡았다. 막상 바위 위에 서보니 높이가 얼마 되지도 않는데도 높게 느껴졌다. 긴장감에 심장이 콩닥콩닥 뛰었다.

소타는 심호흡을 하며 마음을 진정시킨 후 각오를 다졌다. 바위 위에서 아슬아슬하게 도움닫기를 한 다음 힘껏 뛰었다. 그러자 시야가 높아지더니 좌우의 나무들이 뒤편으로 날아갔다.

그리고 착지했다.

기록은 니시얀의 착지 지점보다 1미터 정도 뒤였다.

"졌다!"

소타는 카메라를 의식해 일부러 과장되게 분해하는 모습을 보였다.

"다음은 세이네."

니시얀이 세이에게 카메라를 향했다.

"키가 가장 큰 세이의 신체 능력은 과연 어느 정도일까요!"

세이는 목 옆을 긁적긁적하더니, 바위 위에 올라가 로프를 양손으로 잡았다.

마지막 주자로서 뭔가를 할 것만 같은 분위기였다. 과연 니시얀의 기록을 뛰어넘을 수 있을 것인가.

세이는 긴 다리로 도움닫기를 한 다음 점프했다. 그렇지만 공중에서 한 손을 놓치면서 자세가 흐트러졌다. 그래서 낙하하면서 엉덩방아를 찧었다.

순간 적막이 흘렀다. 숲에서 나는 모든 소리가 없어진 것 같은 착각에 빠졌다. 모두가 얼어붙은 것 같은 정적이 흐른 후에 니시얀이 다시 중계를 시작했다.

"아, 이럴 수가, 세이 선수, 대실패! 우승은 이 몸, 니시얀이었습니다!"

세이는 엉덩이를 툴툴 털면서 일어났다. 바지 뒤쪽이 흙으로 더러워졌다.

니시얀이 촬영하면서 세이를 향해 달려갔다.

"아쉽게 되었군!"

"…익숙하지 않은 행위는 힘들어."

"설마 운치?"

"운치?"

"운동치냐고?"

"아, 축약어냐?"

"의외의 약점을 발견했군."

니시얀이 웃으며 세이의 어깨를 두드렸다. 세이는 무표정하게 니시얀을 보다가 이내 풋 하고 웃었다.

"부끄럽군. 잘 편집해줘."

"편집을 하라니 무슨 소리야?" 니시얀이 웃으며 말했다. "이런 건 꼭 써야지. 이런 게 '반전매력'이라는 거야."

세이가 무슨 말인지 모르겠다는 듯 고개를 갸우뚱했다.

"세이처럼 진지한 스타일은 이렇게 망가지는 모습을 보이는 편이 호감도를 더 올리는 길이야."

"정말이야…?"

"그럼."

니시얀은 '편집점'을 만들기 위해 잠시 뜸을 들이고 말했다.

"간식은 나의 것이다!"

의도치 않은 명장면도 있었고, 내기는 잘 마무리되었다. 세이와도 조금은 가까워진 것 같았다.

14

마치 지진 후 여진과 같은 흔들림에 놀라 눈을 떴을 때, 노조미는 어두컴컴한 곳에 갇혀 있었다. 전혀 상황을 파악할 수 없었다.

노조미는 몸을 비틀었지만 양 무릎이 가슴 앞에 접혀 있었다. 반사적으로 몸을 펴보려고 했지만 둔탁한 소리가 나며 신발이 벽에 부딪혔다. 주위에서는 자동차들이 지나가는 소리가 들렸다.

트렁크에 갇힌 모양이다.

양팔을 앞으로 뻗으려고 했지만 양손이 엉덩이 뒤에서 묶여 있어 움직일 수 없었다. 양손목과 발목이 청테이프로 고정되어 있었다.

자신에게 무슨 일이 일어났는지 생각해보았다.

아사누마의 본가를 뒤로 한 채 집으로 향하던 중 갑자기 등 뒤에서 일격을 받고 기절했다.

전기충격….

스턴건이었다. 바로 의식을 잃을 정도의 위력이었기에 불법 개조된 스턴건일 것이다.

하세가와와 치요다를 만나고 나서 바로 습격당한 것을 보면, 그들이 양아치를 고용했을지도 모른다. 그렇다면 자신을 기다리는 운명은….

노조미는 발버둥쳤다.

이 상황을 어쩌할 수 없다는 무력감이 느껴지자, 초조함에 심장이 쿵덕쿵덕 뛰었다. 관 속에 갇혀 있는 것처럼 답답했다. 호흡할 때마다 죽음의 향기가 느껴지는 것 같았다.

노조미는 휴직 중이지만 현역 경찰관이기 때문에 일단 납치를 한 이상 살려서 돌려보내지는 않을 것이다. 미즈모토 유카의 시신이 떠올랐다. 비참하게 유기된 그 모습은 어쩌면 몇 시간 뒤의 자신의 모습일지도 모른다.

미친 듯이 발버둥치고 싶은 충동에 휩싸였다. 양발로 트렁크 벽을 차며 온몸을 비틀고 싶었다. 하지만 간신히 냉정을 되찾았다.

발버둥을 치면 납치범들이 그녀가 의식을 회복한 것을 알아차릴 것이므로, 목적지에 도착했을 때 신중하게 트렁크를 열 것이다. 그렇게 되면 도망칠 가능성이 사라진다. 차량 채로 바다에 떨어트리지 않는 한 반드시 트렁크를 한 번은 열 것이다. 따라서 기절한 척한 다음 방심한 틈을 타 기습을 하는 편이 나을 것이다.

결의를 다지자 오히려 긴장이 풀렸다. 실패는 바로 죽음으로 이어진다.

살아남기 위해서는….

노조미는 양손목을 서로 반대 방향으로 비틀었다. 그러자 양손목을 감싸던 청테이프가 찌이익 소리를 냈다. 하지만 여러 겹으로 말려 있는 듯 끊어지지 않았다. 게다가 팔이 등 뒤로 묶여 있어 힘도 제대로 들어가지 않았다. 소리도 조심해야 하기에 더욱 힘들었다.

차가 커브를 돌 때마다 몸이 좌우로 흔들렸다. 하지만 사람한 명이 겨우 들어갈 정도로 공간이 좁아서 많이 움직여지지는 않았다.

노조미는 양손을 포기하고 양 발목에 집중했다.

팔의 3배 힘이 있는 다리라면….

양 발목을 단순히 벌리려고 해서는 제대로 힘을 발휘할 수 없다. 잠시 고민한 끝에 다리 안쪽 사타구니를 오므렸다가 확 힘을 주면서 무릎을 벌려 보았다. 그러자 찌이익 하고 청테이프가 소리를 내더니….

아킬레스건이 끊어지는 듯한 소리와 함께 청테이프가 끊어졌다.

좋아. 이제 팔만 자유로워진다면….

다시 양 손목에 집중하려고 했을 때 브레이크 소리가 들리더니 차가 정차했다.

그러자 심장이 더 크게 뛰며 목이 바싹 말랐다. 트렁크 안에서는 땀 냄새가 났다.

조용한 엔진소리가 온몸에 울렸다.

트렁크가 열리기 전에 팔을 자유롭게 해야 한다. 양 손목이 묶여 있는 채로는 저항할 수 없다.

빨리, 빨리, 빨리….

전후좌우로 손목을 비틀었다. 혼신의 힘을 다해 비틀었다. 하지만 청테이프는 끄떡도 하지 않았다.

시간이 없다.

초조함에 휩싸였다.

젖먹던 힘까지 쏟았을 때 '딸각'하는 소리가 들리더니 트렁크 문이 천천히 열렸다.

노조미는 순간 망설였지만 기절한 척했다. 발목을 모으고 무릎을 접어 끊어진 청테이프를 숨겼다.

들키면 끝장이다. 상대는 결코 그녀를 살려두지 않을 것이다.

실눈을 뜨고 적절한 타이밍을 노렸다.

어둠을 배경으로 남자가 서 있었다. 운전석 쪽에서 다른 남자가 꺼내라는 명령을 내렸다. 물건 취급을 당하고 있었다.

트렁크를 연 남자가 그 소리에 고개를 돌렸다.

기회는 지금뿐인가….

하지만 압도적으로 불리한 상황 속에서는 어떻게 해도 결국 붙잡힐 뿐이다. 양손을 사용할 수 없고 좁은 트렁크 안에 갇혀 있다. 뛰어나가 봤자 앞으로 고꾸라질 뿐이다.

남자의 얼굴이 다시 트렁크로 향했다.

사소한 반응도 보이지 않으려고 최선의 노력을 다했다.

남자가 몸을 앞으로 기울여 트렁크 안으로 양팔을 뻗었다.

노조미의 허리와 등 밑으로 남자의 팔이 들어왔다. 다음 순간 온몸이 들려 올라갔다. 구름 사이로 비치는 달빛으로 남자의 얼굴을 확인할 수 있었다.

본 적이…, 있는 남자였다.

카네다를 경찰서로 데려갔을 때 경찰서 앞에서 항의하던 무리 중 한 명이었다. 부당한 체포라면서 폭력 형사는 물러가라고 외치던 목소리가 아직도 생생했다. 그들 무리는 전과자나 지명수배자들일 수도 있어 당시 경찰에서는 그들의 얼굴을 촬영해서 확인도 해보았었다. 실제로 그들 중 3분의 1 정도는 그런 인간이었다.

노조미는 계속 발목을 모아 청테이프를 끊었다는 사실을 숨겼다. 다행히 남자는 노조미의 발을 보지 않았다. 그리고는 노조미를 내던지듯 땅에 떨어뜨렸다. 등에 가해지는 충격에 비명을 지를 뻔했다. 아랫입술을 꾹 깨물며 버텼다. 떨어졌을 때 반사적으로 머리를 살짝 들지 않았다면 콘크리트 바닥에 머리가 깨졌을지도 모른다.

난폭하게 취급하는 것을 보면 아마도 살려 보낼 생각이 없는 것 같았다. 섣불리 움직이면 살해당할 것이다.

노조미는 땅바닥에 등을 댄 채로 실눈을 떠서 주위를 살폈다. 어두워서 멀리까지는 보이지 않았다. 잡초와 콘크리트 냄새가 났다.

두 번째 남자가 운전석 문을 연 다음 차 안에 몸을 밀어 넣고 무언가를 찾고 있었다. 그리고 누군가와 이야기를 하고 있다.

세 명인가.

남자 세 명에게 둘러싸이면 도망칠 가능성이 사라진다. 기회는 지금뿐이다.

노조미는 기절한 사람이 몸을 뒤척이는 것처럼 하면서 가볍게 무릎을 세웠다. 타이트한 스커트가 허벅지 위까지 말려 올라가도록 했다.

그렇게 하면 남자의 음심을 유도할 거란 확신이 있었기 때문이다. 물론 냉정한 범인이라면 시체에 자신의 흔적을 남기는 그런 어리석은 짓은 하지 않겠지만….

노조미는 발목을 모은 채 살짝 무릎을 벌렸다. 남자가 시선을 조금만 더 아래쪽으로 내리면 노조미의 속옷을 볼 수도 있을 것이다.

그때 남자가 그녀의 자세를 눈치채고 위아래로 훑어보는 듯한 느낌이 들었다. 남자는 꿀꺽 침을 삼키듯이 목을 움직인 후 노조미의 다리를 향해 손을 뻗었다. 그리고 곧 남자의 손바닥이 노조미의 무릎에 닿았다. 남자는 노조미의 다리를 더 벌려서 속옷이 확실히 드러나도록 하려는 듯했다.

노조미는 조금 더 기회를 엿보면서 때를 기다렸다.

남자가 상체를 앞으로 기울이며 사타구니에 손을 뻗었을 때 비로소 노조미가 움직였다. 접혀 있던 오른발을 펼쳐서 온 힘을 다해 남자의 얼굴을 걷어찼다. 코뼈를 부러뜨렸다는 느낌이 들었다. 비명을 내지르며 남자가 뒤로 쓰러졌다.

노조미는 하늘을 향해 허공으로 발차기를 하면서 몸을 일으켰다. 양팔을 사용할 수 없기에 살짝 비틀거렸다.

고개를 들어보니 굴뚝이나 탱크, 계단, 콘크리트 건물이 보였다. 버려진 공장에 납치된 것이다.

노조미는 망설임 없이 공장 건물 쪽으로 도망쳤다. 도망칠 곳이 없는 안쪽으로 향한다는 사실에 심적 부담이 있었지만 탁 트인 곳으로 도망치면 바로 따라잡힐 것이다. 상대가 세 명이나 되고 남자들이라 체력적으로 차이가 날뿐더러 팔도 묶여 있었다.

뒤에서 남자의 고함이 들렸다.

"도망친다!"

허둥대는 남자들의 목소리가 밤하늘에 울려 퍼졌다.

"이 멍청아!"

"뭘 하고 있었어!"

"빨리 잡아!"

노조미는 전력 질주를 해서 건물 안쪽으로 향했다. 안에는 로켓처럼 생긴 원통형의 탱크가 늘어서 있었고, 그 주위에 두꺼운 파이프 여러 개가 서로 연결되어 있었다.

그때 노조미는 무언가에 걸려 넘어졌다. 반사적으로 팔을 앞으로 뻗으려고 했지만 불가능했다. 무방비 상태로 그대로 앞으로 쓰러졌다.

하마터면 마찰과 충격에 기절할 뻔했다. 잘못하면 머리도 다칠 뻔했다.

노조미는 고통 속에 신음하며 일어났다. 하얀 블라우스는 더러워졌고 약간 찢어졌다.

멈춰서는 안 돼. 도망쳐야 해….

노조미는 10미터나 되는 계단을 홀쩍홀쩍 뛰어내려갔다. 어둠 속에 숨어 있으면 쉽게 들키지 않을 것이다.

계속해서 뛰려내려가다가 다시 뭔가에 걸려 앞으로 고꾸라졌다. 계단을 뛰어 내려가던 기세 탓에 한번 공중제비를 한 다음 등으로 떨어졌다.

"크읏…."

꼬리뼈에 고통이 느껴졌다. 얼굴을 찡그리고 뒤를 돌아보니 허리 높이의 철책이 있었다. 거기에 걸려서 넘어진 것이다. 철책이 어둠에 동화되어 그것을 인식하지 못했다.

다시 일어나서 뛰려고 했다.

하지만 조금 더 앞에는 높이 3미터 정도 되는 철책이 또 있었다. 이제 막다른 길이었다.

'말도 안 돼.'

노조미는 혀를 찼다.

양손을 쓸 수 없다면 철망을 어떻게 할 수 없다.

돌아서려고 했을 때 욕설과 발소리가 들렸다. 심장이 펄떡펄

떡 뛰는 걸 느끼며 멈춰 섰다.

이제 완전히 독 안에 든 쥐였다.

노조미는 이리저리 주위를 둘러보았다. 옆에는 길쭉한 탱크가 있었고, 녹슨 밸브가 달려 있었다. 곧바로 몸을 낮춰 탱크 뒤에 숨었다.

"…나도 안다고! 반드시 잡을 거야."

남자들이 서로 이야기하는 소리는 들리는데, 발소리는 한 명뿐이었다. 전화로 연락하면서 그녀를 찾고 있는 것이 분명했다.

목소리와 발소리가 점차 커졌다. 노조미는 신경이 바짝 곤두섰다.

노조미는 탱크 아래쪽을 살펴보았다. 탱크는 양쪽 아래에 있는 받침대 때문에 바닥과 탱크 사이로 30센티 정도 틈이 있었다.

망설일 시간이 없었다. 그녀는 소리를 내지 않도록 조심하면서 땅에 누워서 탱크 밑으로 기어들어갔다. 남자의 발이 눈에 들어온 것은 바로 그때였다. 남자가 탱크 바로 앞에 있었다.

노조미는 숨을 죽였다. 땀방울이 이마를 타고 귀 뒤로 흘러내렸다.

"…여긴 없어."

탱크 밑으로 세 번째 다리 같은 것이 보였다. 카랑카랑하고 땅을 긁는 금속음이 들렸다….

형태로 보아 세 번째 다리는 사람 다리가 아니라 금속 야구 방망이라는 것을 알 수 있었다. 이런 버려진 공장에 그런 것이 있을 리가 없다. 아마 미리 준비해서 가져왔을 것이다. 역시 처음부터 살려 보낼 생각이 없었던 것이다.

노조미는 숨을 쉴 때마다 갈비뼈가 아팠다. 어쩌면 금이 갔을 수도 있다.

그때 남자가 발걸음을 멈추었다.

탱크 아래를 들여다보지 않기를 바랐다.

"젠장, 아파." 증오와 살의가 담긴 목소리였다. "코가 부러졌잖아, 빌어먹을! 잡으면 뼈를 다 분질러주마!"

심장 박동도, 숨소리도 전부 들리는 듯 같았다. 들키면 바로 끌려가 살해당할 것이다.

남자의 발이 땅바닥을 끌듯이 움직였다.

"…여긴 막다른 골목이군."

그 말을 내뱉고는 발끝이 반대편을 행해나가기 시작했다. 탱크 밑에서 더 이상 발이 보이지 않았다.

갔…나?

노조미는 마지막까지 방심하지 않았다. 심호흡하며 마음을 진정시켰다.

탱크 밑에서 빠져나오자마자 다시 남자와 맞닥뜨리면 큰일이다. 나오기를 기다리고 있지 않을까 불안해서 견딜 수 없었다.

10초 이상 기다렸지만 발소리는 나지 않았다.

노조미는 일단 탱크 밑에서 기어 나왔다. 허리를 받치던 양 팔이 무척 아팠다.

다시 탱크 뒤로 가 주위를 살폈다. 인기척은 없었다.

용기를 내 앞으로 나갔다. 발소리를 내지 않도록 조심하며 걸었다. 뱀처럼 구불구불 이어진 파이프들이 있는 곳을 통과 해 계속 나아갔다. 양팔을 쓸 수 없으니 신중해야 했다.

앞 벽에는 철판이 붙어 있는 공간이 있었고, 문이 달린 입구 가 있었다.

들어가 볼까.

탁 트인 곳에 있는 것보다는 안전할 수도 있지만 오히려 갇 힐 수도 있다.

노조미는 고민 끝에 결국 안으로 들어갔다. 어둠 속에서 파 란 천막으로 덮인 자재가 보였다. 알루미늄 선반에는 종이 상 자들이 있었다. 바닥에 드럼통이 제멋대로 굴러다니고 있었다. 유압기나 기어 같은 장비들도 너저분하게 놓여 있었다.

혹시나 남자들이 그 안에 있을지도 몰라 경계했지만 안에서 남자들이 튀어나오지는 않았다. 방은 가로 세로 약 15미터 정 도의 규모였다. 유리창이 깨져 있어 바닥에는 산산조각난 유리 조각들이 흩어져 있었다.

노조미는 손으로 땅을 더듬으며 커다란 유리 조각을 들었다. 그리고 손이 다치지 않도록 하면서 조심스레 청테이프를 끊었 다.

15

매미가 합창을 하고 있는 울창한 숲 속은 무더웠다. 거목의 뿌리가 드러나 있기도 했고, 군데군데 뿌리째 뽑혀 누워 있는 나무도 있었다.

소타는 손등으로 이마의 땀을 닦으며 페트병을 입에 댔다. 이미 미지근해져버린 액체가 목을 타고 내려갔다.

평소 운동을 안 해서인지 너무 힘들었다. 발바닥도 아팠다. 물집이 생긴 것 같았다.

슬슬 쉬고 싶었다.

하지만 카호도 멀쩡한데 남자인 자기가 먼저 쉬자고 할 수는 없었다. 그래서 가쁜 숨을 숨기면서 계속 걸어 나갔다.

머리 위를 녹갈색의 나뭇잎들이 뒤덮은 숲을 지나는 순간 시원한 강물 소리가 들려왔다.

"오옷!"

니시얀이 갑자기 환호하며 달려가기 시작했다.

소타는 카호와 마주 본 다음 서둘러 니시얀의 뒤를 쫓았다. 그러자 물소리가 더욱 커졌다.

이윽고 눈앞에 햇살이 비치는 강이 펼쳐졌다. 강은 숲을 반으로 가르듯 굽이치며 흐르고 있었다. 강물은 햇빛을 받아 마치 은박지처럼 빛나고 있었다.

니시얀은 벌써 바지를 말아 올리고 강에 뛰어들어 정강이까지가 물에 잠긴 상태였다. 강가에 신발이 놓여 있었다.

"이리들 와 봐!"

니시얀이 환하게 웃으며 손을 흔들었다.

항상 행동이 빠르다.

셋이서 강가까지 왔다. 강물이 맑아 강 밑에 있는 모래나 돌이 비쳐 보였다. 물고기도 있는 것 같았다.

소타는 물고기를 찾으려고 강을 두리번거렸다.

"여기서 좀 쉬었다 가자."

니시얀이 허리를 숙이며 양손으로 물을 떠서 들어 올렸다.

"엄청 시원해! 최고야!"

소타는 주저했다.

"왜 그래? 빨리 들어와!"

모두들 강에 들어가 신이 나서 떠들다니. 전형적인 '인싸' 스타일의 모습이다. 이전의 소타라면 멀리서 바라만 보고 있었을 것이다.

하지만 지금은….

한여름의 모험을 최대한 즐기고 싶었다.

소타는 신발과 양말을 벗고 강에 들어갔다. 맨발로 모래를 밟았다. 강물이 간지럼을 태우듯 정강이를 스쳐 지나갔다.

"정말이네. 차가워!"

"그치, 그치!"

니시얀이 웃으며 고개를 끄덕이고는 세이를 보며 말했다.

"세이도 얼른 들어와!"

세이는 곤란한 표정으로 서 있었다.

"같이 물놀이 하자."

세이는 강물을 잠시 바라보다가 신발과 양말을 벗었다. 모래의 감촉을 느끼듯 발을 강에 담근 세이는 니시얀과 소타가 있는 쪽으로 다가왔다.

"차갑군…."

무뚝뚝한 중얼거림이었지만 기분이 좋은 듯 입술은 살짝 벌어져 있었다. 가볍게 물을 차올리자 물보라가 일어났다.

소타는 시원한 물놀이를 즐겼다.

카호도 강에 들어왔다. 흰 원피스 끝자락을 무릎 위까지 말아 올렸다.

하얀 피부가 햇살을 받으며 발목에서 허벅지까지가 더욱 빛났다. 그것을 본 소타는 마음이 두근거려 시선을 다른 곳으로 돌렸다. 그러자 세이가 눈에 들어왔다. 그도…, 카호를 쳐다보고 있었다.

그러던 세이는 한 걸음씩 그녀에게 다가갔다. 그리고 천천히 손을 뻗었다.

카호는 고개를 들고 말없이 그를 보고 있었다. 마치 모든 것을 받아들이는 것처럼…

세이의 목젖이 작게 움직이는 것이 보였다.

그 순간 세이의 손바닥이 당장이라도 카호의 봉긋한 가슴에 닿을 것만 같았다.

"잠깐…!" 소타가 말했다.

사실 소타는 하마터면 소리를 지를 뻔했다.

세이는 소타의 부름에 손길을 멈추고 정신을 차린 듯 몸을 돌렸다. 그러고는 딴 곳을 쳐다보았다.

"왜 그래?" 니시얀이 뒤에서 불렀다.

소타의 몸이 세이와 카호를 가리고 있어 니시얀은 세이의 행동을 보지 못한 것 같다.

"아무것도 아니야."

소타는 그렇게 말했다. 그래야만 할 것 같았다. 하지만 자신이 어떤 금기를 범한 것 같은 죄책감이 느껴졌다.

소타가 다시 고개를 돌려보니 세이는 여전히 무표정이었다. 조금 전의 행위는 마치 백일몽 같았다.

"뭐 하고 있어? 이리 와서 놀자!"

니시얀이 장난치며 손으로 물을 퍼서 소타에게 뿌렸다.

"그만…. 젖잖아!"

그래도 니시얀은 가차 없었다.

그래서 소타도 웃으면서 니시얀에게 물을 뿌렸다.

물놀이를 하고 나서 1시간 뒤.

소타와 니시얀은 옷을 갈아입고 젖은 셔츠와 바지를 나뭇가지에 넣었다. 크게 물에 젖지 않은 세이는 여전히 검은 옷을 입고 있었다. 셋이서 나란히 쓰러진 나무 위에 걸터앉았다. 카호는 맞은편 나무 그루터기에 앉았다.

"좀 시간이 지체되었는데…" 니시얀이 머리를 긁적이며 말했다. "이런 것도 나쁘지 않지?"

"그러네."

소타가 일어나 옷이 말랐는지 확인했다.

"아직 덜 말랐네."

"그럼 옷이 마를 때까지 점심 먹자."

니시얀이 가방에서 도시락을 꺼내서 카호에게 건네주었다.

그녀는 돈이 없었기 때문에 출발 전에 니시얀이 도시락 2인분을 사왔다.

"고마워."

카호는 웃으며 도시락을 받았고 열심히 포장을 벗겼다. 그리고 앵두 같이 작은 입으로 오물거리며 음식을 먹었다.

소타는 샌드위치를 먹으며 페트병에 담긴 차를 마셨다. 숲에서 점심을 먹고 있으니 어제보다 더 소풍 온 기분이 들었다.

"그러고 보니…" 니시얀이 도시락을 먹으면서 말했다. "세이는 왜 영상을 제작하게 된 거야?"

세이는 먹으려던 소세지빵을 내려놓고 니시얀을 물끄러미 쳐다보았다.

"세이는 진지한 타입이잖아. 소란 떠는 걸 좋아하는 것도 이니고 그냥 궁금해서."

"…유튜버가 된 이유 말이야?" 세이가 말했다.

"이유라고 하니까 좀 거창해지는 느낌이 드는데. 그냥 계기
말이야, 계기."

세이는 우거진 나뭇가지가 만들어진 녹색 천장을 바라보며
스스로도 답을 구하는 듯 뜸을 들였다. 그리고 고개를 숙였다.

"악인을 올바르게 바꾸면 어머니가 날 칭찬해주었어."

"뭐? 무슨 소리야?"

"학교에 저속한 인간들이 많이 있었는데 난 그런 녀석들에
게 제대로 된 윤리 의식을 교육시켰어. 무의식중에 편견이나
차별이 말투에 나타나거나 하면 그 자리에서 주의를 주고 사
과하게 했지. 어머니가 그런 걸 보시면 항상 칭찬해주셨고 날
인정해주셨어."

"그래서 악인을 고발하는 영상을 만든 거야?"

"응. 더 이상 학교에는 고발할 만한 악인이 없었으니까."

그 말에 소타가 끼어들었다. "하지만 조심해야 해. 구독자가
많아지면 이상한 사람들이 들러붙을 가능성도 있으니까."

일주일 전에는 구독자가 몇 백만 명인 두 명의 유명 유튜버
가 '장난감을 분해해서 합체한다'는 영상을 업로드했다. 그랬더
니 '물건을 함부로 대하지 마!', '그걸 만든 장인의 기분을 생각
해', '장난감 애호가로서 슬퍼', '불쾌해' 등 많은 반발을 샀다.

그 이야기를 하자 니시얀이 착잡한 표정으로 말했다.

"나도 그 영상을 봤는데 집 창고 안에 있던 오래된 장난감으로 찍은 거였어. 원래 버리려던 물건들이었지. 비판하는 녀석들은 오래된 장난감을 버려본 적도 없나 봐. 결국 적대감을 품은 '목소리 큰 녀석들'에게 걸려든 거야."

그 사건을 돌이켜보면, 구독자가 많은 다른 유튜버가 그 영상을 저격한 것이 시발점이었다. 대체로 저격 대상이 되는 동영상 링크를 자신의 채널에 걸어두고 구독자들로 하여금 항의를 하도록 선동했다. 그러면 해당 영상에는 그들에 의해 많은 악플이 달렸다.

"길 고양이 영상에도 악플을 다는 사람들이 있었잖아. 앞으로 혹시 누군가가 무분별하게 세이를 저격하더라도 완전히 무시해버려."

"그래. 그래야겠지?"

소타는 문득 궁금해졌다. "그러면 니시얀은 왜 유튜버를 시작한 거야?"

"나? 나는 그냥 매일 학교 애들하고만 노는 것에 질려서. 좀 더 자극적인 것이 없을까 하던 사이에 유튜브가 인기를 끄는 것을 보고 나도 도전했지. 학교에서는 고작 몇십 명 정도한테서만 주목받으니까…. 좀 더 많은 사람들에게 주목받고 싶었어. 운동도 애들끼리 하는 것보다 전국대회에 나가는 게 더 흥분되잖아. 그런 논리지."

학교에 가기 싫어서 인터넷 세계로 도망친 소타 자신과는 차원이 달랐다.

겹쳐진 나뭇가지 틈새로 내리쬐는 햇살을 받으며 니시얀의 얼굴이 빛나고 있었다. 같은 세상에 살고 있는데 마치 다른 세계에 사는 것만 같은 그에게 부러움을 느꼈다.

"니시얀은 인기남이니까." 비꼬는 말처럼 들릴까 봐 소타는 곧바로 농담을 덧붙였다. "난 음침남이고."

"뭐야, 그게!"

니시얀이 박장대소하며 말했다.

소타도 따라 웃으며 안심했다. 웃어주니 고마웠다. 진지하게 받아들이면 비참해질 뿐이다.

"그래도 두 사람 다 구독자가 많아서 부러워. 난 구독자가 별로 없어서 이번 시체 찾기가 전환점이 되길 바라고 있어." 소타가 말했다.

"나도 그래."

"니시얀도?"

"물론이지. 나도 항상 초조하거든."

"니시얀은 구독자도 많은데 초조할 필요가 있어?"

"아직 멀었어. 유튜버 전체로 따지면 난 애송이일 뿐이야. 그런 점에서 세이는 대단하지."

니시얀은 멍한 표정으로 앞에 있는 나무들을 바라보며 한숨 쉬듯 말했다.

"세이는 길고양이를 구하는 영상으로 주목을 받았고, 물론

찬반이 오가긴 했지만 시청자들의 마음을 제대로 사로잡았잖
아."

소타는 옆에 있는 세이를 보았다.

그는 크게 흥미 없다는 듯한 표정을 짓고 있었지만 정말로
관심이 없는 것은 아닌 듯했다.

니시얀이 계속 말했다. "댓글을 봐도 열성적인 구독자가 많
더라고. 성인 여성들도 좋아하는 것 같고."

그러고 보니 세이의 영상에 적힌 댓글에는….

'세이, 멋있어요!'

'생방송 중에 댓글 답변해줘서 기뻤어! 고마워! 오늘 영상으
로 세이가 더 좋아졌어.'

'항상 멋진 영상 고마워. 감동해서 울었어. 세이의 자상함이
너무 좋아.'

'세이를 볼 수 없는 날은 너무 외로워. 세이의 영상이 없는
인생은 상상할 수 없어. 앞으로도 응원할게.'

여성팬들의 열렬한 응원이 많았다. 세이의 SNS 계정에도 비
슷한 메시지가 넘쳤다.

세이는 풋 하고 웃었다.

"불건전해."

"뭐가?" 니시얀이 물었다.

"인기를 끌고 싶다는 것 자체가 불건전한 거야."

"그건 너무해. 누구나 인기를 끌고 싶은 건 당연하잖아." 니

시얀이 천진난만하게 웃으며 말했다.

"그건 바람직한 생각이 아니야."

"기쁘지 않아? 그런 댓글도 받고 다들 좋아하니까…."

"전혀. 난 그런 걸 보면 오히려 그런 사람들을 미워해주고 싶어."

"미워해주고 싶다니?"

"그래. 예를 들면 나를 좋아한다고 말하는 팬 몇 명을 갑자기 페이스북이나 인스타그램 같은 SNS에서 차단해버린다든가…."

"아니, 대체 왜 그런 짓을…? 그 팬들은 자기들이 차단된 걸 알면 엄청 충격받을 거야. 당황해서 자기가 무슨 잘못을 했나 생각할 거라고!" 니시얀이 세이를 타일렀다.

"인간은 호의를 가진 타인에게 이유 없이 일방적으로 배신당하면 얼마나 절망할까? 넌 그런 걸 상상해본 적 없어?" 세이가 니시얀에게 반문했다.

"갑작스럽게 타인에게 어둠을 드러내면 상대는 무척 놀라겠지. 그러니까 그런 어둠은 절대 드러내지 마." 니시얀이 세이에게 말했다.

"어둠이라고?"

"어둠이지. 물론 원래부터 어둠의 캐릭터로 인기를 끄는 녀석도 있겠지만 세이에게는 어울리지 않아. 다른 데서 그런 말 하지마. 세이 같은 타입이 그런 말을 하면 개그로 받아들이지 않고 진짜라고 생각할 거야. 농담처럼 들리지 않으니까."

세이는 여전히 납득하기 힘들다는 표정으로 발밑에 깔린 낙엽을 쳐다보았다.

나뭇가지가 흔들리는 소리와 흐르는 강물 소리만 들리는 적막함이 이어지자, 이윽고 니시얀이 자리를 박차고 일어나 나뭇가지에 널어놓은 옷가지를 확인하며 말했다.

"자! 이제 출발하자. 꽤 시간을 소비했고 해가 떨어지면 큰일이야."

"그러네."

소타는 마른 옷가지를 가방에 넣으면서 준비를 마쳤다.

니시얀이 카호를 보며 물었다. "'우는 아이의 숲'은 얼마나 남았어?"

카호는 일어나서 원피스의 엉덩이 부분을 살짝 털었다. 그리고 나무들이 우거진 곳을 보며 말했다.

"여기서부터라면 아마 해가 질 즈음에 동굴에 도착할 거야."

"안 돼! 그러면 큰일이잖아. 어두워지기 전에 카호는 집에 돌아가야 하잖아." 니시얀이 놀라서 말했다.

"왜?" 카호는 고개를 갸우뚱하며 말했다.

"왜라니, 그야… 부모님이 걱정하시잖아. 딸이 행방불명되었다고 경찰에 신고하면 우리는 유괴범으로 몰릴 거고, '중고생 유튜버, 소녀를 납치했다가 체포'라는 제목으로 뉴스나 신문에 기사가 나면 우린 다 끝장이야!"

카호는 마치 떨어지는 낙엽처럼 허무한 미소를 지으며 말했다.

"괜찮아. 걱정하지 않을 거야."

"그게 무슨 소리야? 아무리 그래도 밤인데 집에 돌아오지 않으면 걱정하시겠지. 우리는 허락받고 왔으니까 괜찮지만."

소타는 마음이 아팠다.

자신도 편지 한 장 남기고 허락도 없이 가출한 것이나 마찬가지였다. 어젯밤에는 일단 전화로 무사하다는 것을 전했지만 어머니가 무슨 행동을 취할지는 알 수 없었다.

"돌아가고 싶지 않아. 집이 더 지옥이니까." 카호가 말했다.

"무슨 이유라도 있어?"

"…아빠가 때려."

갑작스런 무거운 고백에 소타는 당황했다. 니시얀과 시선을 교환하고 그녀를 쳐다보았다.

"학대당하고 있는 거야?" 니시얀이 조심스레 물었다.

"…엄마가 바람을 피워서 집을 나간 이후 아빠가 술을 마시면서 날 때리기 시작했어."

카호의 아버지는 "너도 그년처럼 창녀가 될 거잖아! 여자 따윈 믿을 수 없어!"라고 말하며 폭력을 휘두른다고 했다.

"너무해. 자기 자식에게 그런…"

소타는 얼굴을 찡그렸다.

니시얀도 한마디 거들었다.

"최악이야. 자기 딸을 여자로 보고, 적대적인 성별로 간주하면서 증오를 퍼붓는 것은 잘못이야."

카호는 마치 한 송이 꺾인 꽃처럼 공허한 표정으로 고개를 숙였다.

"하지만 엄마가 아빠를 배신한 건 사실이고⋯. 내가 맞아도 어쩔 수 없다고 생각해."

그녀의 아버지는 도쿄에서 흔히 볼 수 있는 세련된 패션도 혐오한다고 했다. "남자를 유혹하는 노출이 심한 차림은 안 돼. 아버지가 허락한 옷만 입어."라고 명령했다고 한다.

그녀가 시대를 역행하는 듯한 흰색 원피스를 입고 있는 이유를 알 수 있었다.

"잘못은 네 아버지에게 있어."

니시얀이 말하자 카호는 공허한 미소를 지으며 말했다.

"엄마처럼 되지 않도록 나를 바르게 키우겠대. 아빠의 허락이 없으면 난 아무것도 할 수 없어."

그녀의 이야기를 듣고 소타는 문득 떠오른 생각을 말했다.

"혹시 카호가 만화를 잘 모른다는 게⋯."

"응. 아빠에게 금지당했어. 소녀 만화를 보고 있었는데 내용을 본 아빠가 화냈어. 불결하다고. 그런 걸 읽으면 외도하는 여자가 될 거래."

"최악이야. 물론 소녀 만화 중에 선정적인 작품도 종종 있긴 하지만."

"…언젠가 아무와도 스스럼없이 즐겁게 지내고 싶어."

마치 별똥별에 소원을 비는 듯한 카호의 말에 소타는 가슴이 아팠다.

"집에 있으면 고통스러울 뿐이니까 오직 숲이 도피처였어."

그렇구나, 그래서 숲을 잘 아는구나.

"어느 날 비가 많이 왔을 때 비를 피할 곳을 찾다가 동굴을 발견했어. 그때부터 동굴 주변에서 시간을 보내게 되었어."

"안으로 들어가 본 적은 없어?" 니시얀이 물었다.

"있어. 흥미가 있었으니까. 이리저리 헤매다가 반대편으로 나왔는데 거기가 '우는 아이의 숲'인 걸 눈치챘어."

"무섭지는 않았어?"

카호는 천천히 고개를 저었다.

"난 집이 더 무서우니까."

혼자 있는 숲보다 집이 더 지옥이라니… 도대체 집에서 어떤 절망과 고독을 느낀 걸까.

새들이 지저귀는 소리가 커졌다. 싸늘한 분위기를 깨듯 카호가 웃으며 말했다.

"그러니까 집에 갈 필요도 없어. '우는 아이의 숲'까지는 내가 안내해 줄게."

16

폐허가 된 채 어둠에 휩싸인 공장 안.

노조미는 녹슨 파이프 더미 뒤에 숨어서 숨을 죽이고 있다.

손목에 있는 청테이프는 유리 조각으로 끊어냈다. 이제 양 손목은 자유다. 하지만 상대는 흉기를 가지고 있고, 증오와 살의에 가득찬 세 명의 남자이다. 마주치면 살아날 가능성은 극히 낮다.

녹슨 철과 땀 냄새가 섞여 불쾌했다. 바람 소리마저 날카롭게 들렸다.

사자의 코털을 건드리고 말았다. 노조미는 자신이 쫓던 상대가 진범이라는 확신과 함께 위기감에 심장이 터질 것 같았다.

탈출에 성공하면 상황을 역전할 수 있을 것이다. 절대 여기서 죽어서는 안 된다.

몇 개의 유리 파편을 무기로 쓰기 위해 주머니에 넣었다.

노조미는 파이프 더미 뒤에서 고개를 살짝 내밀었다. 버려진 기자재가 보일 뿐이다. 사람 그림자는 없었다.

술래잡기 상황이 되어버린 건가.

어느 편이 유리할까. 남자들이 포기할 때까지 숨어 있는 방법과 숨지 않고 나가는 방법.

남자들은 몇십 분 이상 노조미를 발견하지 못하면 그녀가 탈출해서 경찰에 신고했다고 생각하고 공장을 떠날 것이다. 공장에 경찰이 들이닥치면 자기들이 잡힐 것이기 때문이다.

하지만 계속 숨어있었는데 남자들이 끝까지 포기하지 않는다면? 노조미는 독 안에 든 쥐 꼴이 될 뿐이다.

움직이자! 적극적으로 탈출을 시도하자.

노조미는 그렇게 각오를 하고 탈출을 시도했다. 한 치 앞도 보이지 않는 어둠 속에서 발소리를 죽이며 걸어나갔다. 그래도 콘크리트 바닥과 모래 밟는 소리가 났다. 한 걸음 한 걸음 옮길 때마다 온몸이 긴장되었다.

쌓여있는 철판 더미 옆에 녹슨 드럼통이 몇 개 방치되어 있었다. 노조미는 등을 철판에 대고 주위를 살폈다. 안전한 것을 확인하고 앞으로 나아갔다.

출구는 과연 어딜까.

양손을 쓸 수 있는 지금이라면 철조망을 넘을 수 있다. 올바른 방향으로 가고 있기를 기도하면서 움직였다.

"찾았다!"

그때 소름끼치는 남자들의 목소리가 공장 안에 울려 퍼졌다. 노조미는 심장이 덜컥 내려앉는 것 같았다.

목소리는 노조미의 머리 위에서 들렸다. 위를 올려다보니 철제 계단 3층 정도에 남자 한 명이 있었다.

높은 위치에서 찾고 있었나. 실수했다.

노조미는 곧바로 짙은 어둠 속으로 내달렸다.

다행히 노조미를 발견한 남자가 있는 곳은 뛰어내릴 수 있는 높이가 아니었다. 동료들이 모이기 전에 도망쳐야 했다.

노조미는 눈앞에 컨테이너 박스로 만든 사무실이 있는 것을 발견하고, 그쪽을 향해 달렸다. 그리고 열려있는 문을 향해 몸을 던졌다. 이내 착지와 함께 고개를 숙였다.

노조미는 가슴을 움켜쥔 채 숨을 골랐다.

그때 발소리가 들려왔다.

"젠장!"

벽을 사이에 두고 내뱉는 남자 목소리.

노조미는 다시 심장이 쿵쾅거렸다. 숨이 다시 흐트러졌다.

노조미는 창문을 통해 조심스레 밖을 살폈다. 건조물도 기자재도 보이지 않았고, 공허한 어둠이 끝없이 펼쳐져 있는 것 같았다.

그런 가운데 검은 그림자가 나타났다. 왼손에 금속 방망이를 들고 있는 그림자.

'잡으면 뼈를 다 박살내주마!'

노조미한테 코를 맞았던 남자의 복수심 어린 선언이 귓가에 맴돌았다. 잡히면 고통으로 몸부림치다가 결국 살해당할 것이다.

노조미는 허리를 숙인 채 컨테이너 박스로 된 사무실 창문 밑으로 이동했다. 간이 의자와 알루미늄캔이 버려져 있었다.

그 창문을 열고 경계하면서 주위를 살폈다. 어둠 속에 그림자는 없었다. 다시 창문을 넘어 착지하고 좌우를 살폈다.

노조미는 잡초를 밟으며 건물 뒤로 향했다.

건물 너머에는 파란 천막으로 덮인 자재와 3미터 이상 높이의 벽이 있었다. 막다른 길이었다.

혀를 차고 벽을 따라 몇 걸음 이동했을 때였다. 갑자기 금속을 두들기는 듯한 소리가 울렸다. 기자재 뒤에 숨어 살짝 고개를 내밀어 보니, 저 멀리 남자 그림자가 보였다. 이쪽을 살펴보는 것 같았다.

노조미는 자기 쪽으로 오지 않기를 기도했다.

다행히 그림자는 잠시 움직이더니 발걸음을 돌렸다.

노조미는 한숨을 내쉬고 10초 정도 기다렸다가 일어났다. 건물 앞까지 이동한 후 코너에서 안전을 확인하고 다시 이동했다.

노조미는 거대한 파이프관 뒤에 숨어 상황을 살폈다.

그러자 고작 몇 미터 앞에서 조금 전 남자가 쇠파이프를 들고 다가오고 있었다.

노조미는 눈을 크게 뜨고 벽에 등을 기댄 채 심호흡을 했다.

반대 방향으로 도망칠까도 생각했다. 하지만 그래서는 결국 잡힐 것이다. 다시 막다른 길에 몰릴 뿐이다.

그렇다면 차라리….

반격이다.

결의를 다진 순간 온 노조미의 신경이 곤두섰다. 이마에서 땀방울이 떨어졌다.

상대는 흉기를 가지고 있다. 체구 차이도 있다. 따라서 정면에서 덤벼도 승산은 없다. 기습만이 답이다.

노조미는 실처럼 가늘어진 숨을 내쉬며 호흡을 안정시켰다. 왼팔을 굽혀 가슴 앞에 두고 왼쪽 주먹을 오른 손바닥으로 잡아 힘을 모았다.

고개를 내밀어 남자가 다가오는 쪽을 다시 살펴보고 싶은 충동을 느꼈다. 상대의 모습을 볼 수 없는 상황이 불안했다. 하지만 발휘할 수 있는 의지를 총동원해서 자제했다.

실패해서는 안 된다. 먼저 상대를 발견한 이점을 살려야 한다.

노조미는 결정적 순간을 기다렸다.

어둠 속에서 발소리가 점점 더 크게 들려왔다.

땀방울이 눈에 들어갔다. 눈을 깜빡여 시야를 확보했다.

그림자가 눈에 들어왔을 때 노조미는 온 힘을 모아 일격을 가했다. 팔꿈치가 남자의 얼굴에 직격타를 날린 것이 느껴졌다.

남자는 비명과 함께 쓰러졌다.

그러나 노조미가 남자 옆을 지나가려고 했을 때 정강이에 엄청난 충격이 느껴졌다.

"큭…"

노조미는 쓰러지고 말았다. 남자가 쓰러지면서 휘두른 쇠파이프에 맞은 것이다.

신음하면서 다리를 확인했다. 반사적인 행동이었다. 부러진 것은 아닐까…. 그 틈을 타 남자가 몸을 일으켰다.

"죽여주겠어!"

노조미도 일어나려고 했다. 하지만 머리에서 고통이 느껴졌다. 머리카락을 잡힌 것이다. 실수했다고 후회했을 때는 이미 늦었다. 노조미는 머리가 당겨져 자세가 흐트러지고 말았다. 앞으로 고꾸라질 것 같았다.

노조미는 한쪽 무릎을 꿇었다.

남자는 머리카락을 놓지 않았다.

"여기 있어! 이쪽이야!"

남자가 밤하늘 허공에 대고 큰소리로 외쳤다.

노조미는 한쪽 시야 끝에 쇠파이프가 올라가는 것이 보였다. 다시 머리카락이 잡아당겨졌다. 남자에게 뒤통수를 보여주는 무방비 상태가 된 것이다.

노조미는 젖먹던 힘까지 짜내 온 체중을 실어 남자의 배를 가격했다. 그러고는 남자와 같이 쓰러졌다.

노조미는 반격할 틈을 주지 않았다. 남자 위에 올라타서 남자의 턱을 오른 팔꿈치로 일격했다. 남자의 머리가 흔들리며 머리카락을 쥔 손에 힘이 풀렸다.

좋아.

노조미는 일어나 뒤를 돌아보았다. 그러자 눈앞에 다른 누군가가 있었다. 놀란 순간 또 다시 노조미의 얼굴에 충격이 가해졌다. 그 때문에 시야가 흔들리며 옆으로 쓰러졌다.

남자가 서 있었다. 오른쪽 주먹에 얼굴을 맞은 것이다.

노조미는 신음하며 상반신을 일으키려고 했다. 하지만 시야가 흔들리고 뼈가 없는 연체동물처럼 온몸에 힘이 들어가지 않았다.

뇌진탕이었다.

현기증이 났다.

이를 깨물자 어금니도 흔들거렸다.

"일을 번거롭게 만들고 있어!"

남자는 그렇게 내뱉고는 노조미에게 다가왔다. 그러고는 오른발을 들었다. 노조미의 눈앞에 신발 밑창이 보였다. 노조미는 양팔로 얼굴을 감쌌다.

그러나 그 다음 순간 배에 충격이 가해졌다. 크읏 하고 호흡이 막혔다. 위가 파열된 것 같았다.

자신의 팔로 시야를 가린 탓인지 무방비 상태로 구타당했다. 쓰디쓴 위액 맛이 혀에 퍼졌다. 노조미는 토하고 싶었다.

그때 바로 옆에 또 다른 남자가 나타났다. 왼손으로 코를 감싼 채 오른손에는 금속 방망이를 들고 있다.

"이 빌어먹을 년."

트렁크에서 나왔을 때 노조미가 얼굴을 걷어찼던 남자다. 목소리에 증오가 서려 있었다.

뒤에서도 소리가 났다. 노조미가 쓰러진 채 고개를 돌리자 조금 전 팔꿈치로 쳤던 남자가 일어났다. 맞은 곳을 확인하듯 턱을 감싸며 입가를 일그러뜨리고 있었다.

"절대 용서 못 해."

"잡아."

금속 방망이를 든 남자가 말했다.

"주제 파악 좀 하게 해주마."

노조미는 무의미하다고 생각하면서도 도망치려고 했다. 하지만 남자들이 더 빨랐다. 순식간에 붙잡혔다.

한 명이 그녀의 양팔을 잡고 땅에 눕혔다. 노조미는 양다리를 허우적대보았지만 다리도 남자들에게 붙들렸다.

노조미는 절망감을 느꼈다.

"그 버릇 없는 팔다리를 다시는 사용할 수 없게 해주지."

복수심에 불타는 남자가 금속 방망이로 바닥을 긁었다. 카랑카랑 하는 금속음이 귀에 거슬렸다. 공포를 자극하려는 수작임이 분명했다.

"오른팔부터다."

노조미의 양팔을 잡았던 남자가 왼팔을 놓고 오른팔만을 옆으로 당기고 땅에 눌렀다.

남자는 천천히 방망이를 들어 올렸다. 그리고 오른팔을 노려보고 있었다.

노조미는 무언가를 떠올리고 자유로워진 왼손을 주머니에

찔러 넣었다. 손끝에 고통이 느껴졌지만 무시하고 그것을 붙잡았다. 그러고는 몸을 비틀며 꺼내 오른팔을 잡고 있던 남자의 손등에 꽂아 넣었다.

유리 조각.

남자가 비명을 지르며 자신의 손등을 감쌌다. 이제 노조미는 오른팔도 자유로워졌다. 방망이를 들어 올렸던 남자가 당황했다.

노조미는 방망이가 떨어지기 전에 바닥을 짚고 일어나 양다리를 잡고 있던 남자의 얼굴을 유리 조각으로 찔렀다. 남자는 반사적으로 몸을 뒤로 뺐다. 이제 다시 해방된 두 다리로 얼굴을 걷어찼다.

남자가 엉덩방아를 찧으며 뒤로 넘어졌다.

"이 나쁜 년!"

당황한 남자가 정신을 차리고 방망이로 바닥을 내려쳤다. 하지만 딱히 조준하고 내려친 것이 아니었다. 노조미는 재빨리 몸을 비틀어 피했다. 방망이가 콘크리트 바닥을 때렸다.

노조미는 남자의 얼굴을 다시 한번 걷어찼다. 남자의 코피가 노조미의 손을 타고 흐르는 감촉이 느껴졌다. 그 틈을 타 노조미는 남자의 왼팔을 잡고 등 뒤로 비튼 다음 목에 유리 파편을 들이댔다.

"움직이지 마!"

남자가 신음을 냈다.

"방망이를 버려!"

남자의 귓가에 대고 그렇게 외치자, 남자가 이를 가는 소리가 들렸다. 여전히 오른손으로 금속 방망이를 올리려고 했다.

노조미는 유리 파편을 목에 더 가까이 들이댔다.

남자가 겁먹은 듯 소리를 냈다.

"빨리!"

생각할 시간을 주지 않기 위해 외쳤다.

그래도 남자는 노조미의 지시를 따르지 않았다. 그러던 사이 다른 두 명도 바닥에서 일어났다.

"움직이지 마!"

다시 명령했다. 이번에는 지금 막 자리에서 일어난 두 명에게.

두 명은 그대로 동작을 멈췄다. 자신을 노려보며 진심인지 아닌지를 살피고 있었다.

식은땀을 흘리는 노조미는 목이 바싹바싹 말랐다. 하지만 침을 삼키는 것을 참았다. 인질에게 긴장했다는 것을 들킬 수는 없었다.

노조미는 작게 숨을 내쉬었다.

자신은 정말 각오가 된 걸까. 두 남자가 인질이 된 한 남자를 무시하고 자신에게 덤벼들면 정말로 이 남자의 목을 유리 조각으로 그을 수 있을까. 그게 가능할 정도라면 남은 두 명은 전의를 상실할 것이다.

하지만 살해당할 위기에 처했다고 해도 그런 잔혹한 행위를 할 수 있을까. 조금이라도 주저하면 바로 덤빌 것이다. 순간의 판단이 사활을 가른다.

나머지 두 명이 진짜로 인질이 된 남자를 죽일 수 있다고 믿게 만들어야 한다.

노조미는 유리 조각에 힘을 주었다. 이제 조금만 더 들이밀면 피부가 찢어지고 피가 날 것이다.

"기, 기다려!"

인질이 된 남자가 당황하며 방망이를 바닥으로 던졌다.

"스마트폰을 꺼내!"

노조미가 남자의 귓가에 대고 외쳤다.

남자는 당황했다.

"천천히 꺼내!"

다시 명령하자 남자는 주저하면서도 오른손을 주머니에 찔러넣었다.

일종의 도박이었다. 상대가 주머니에 칼이라도 숨겨두었다면 반격할 수도 있었다. 하지만 이대로는 상황을 바꿀 수 없었다.

남자는 주머니 안을 뒤지더니 다시 팔을 꺼내들었다. 손에는 스마트폰이 들려 있었다.

"나에게 화면이 보이도록 켜."

남자는 순순히 따랐다. 당황스러움이 전해졌다.

"자, 이제 신고해."

"뭐?"

남자가 황당해하며 말했다.

"경찰에 신고하란 말이야!"

언제든지 충동적으로 유리 조각을 목에 찔러 넣을 수 있음을 보이듯이 일부러 신경질적으로 외쳤다. 그리고 실제로도 유리 조각을 피부 조직 안으로 약간 찔러 넣었다. 피부가 살짝 찢어져 피가 나왔다.

남자가 겁먹은 것이 느껴졌다. 두 눈으로 보지는 못해도 자신의 목에 흐르는 액체를 느끼고 있을 것이다.

영원히 지나가지 않을 것 같은 시간이 지나가고, 밤바람이 마치 사신의 숨결처럼 불어왔다.

그러자 남자는 포기한 듯 경찰에 신고를 했다.

17

나뭇가지 사이로 내리쬐는 햇살은 이미 사라졌고, 그 대신 석양의 붉은 광선이 눈을 찔렀다.

해가 기울어감에 따라 숲은 붉게 물들며 점차 어두워졌다. 시야도 점점 좁아졌다.

소타는 숨을 헐떡이며 니시얀과 카호의 뒤를 따랐다. 뒤에서 세이의 발소리가 들렸다.

방구석 폐인에게는 힘든 여행이었다.

휴식을 제안하려고 했을 때 카호의 목소리가 들렸다.

"저기야!"

소타는 팔로 땀을 닦으며 고개를 들었다. 그녀가 가리킨 곳에는 동굴 입구가 보였고, 어둠이 입을 벌린 채 기다리고 있었다. 입구 근처에는 이끼가 낀 바위가 있었다.

"오오, 역시 동굴은 모두에게 로망이 있지."

니시얀이 감동한 것처럼 소리를 질렀다.

소타는 숨을 고르며 동굴을 쳐다보았다. 한번 들어가면 다시는 나올 수 없을 것 같은 불안감이 느껴지는 반면, 흥분도 되었다. 니시얀이 흥분한 것을 이해할 수 있었다.

"신비롭고 모험심을 자극하네."

"그렇지?"

니시얀이 고개를 끄덕이고 카호에게 물었다.

"여기를 통과하면 '우는 아이의 숲'이 나온다고?'

"그래. 동굴이 좀 길지만."

"밤에 동굴을 통과하는 건 위험하니까 내일로 하자." 니시얀이 주위를 둘러보며 말했다. "그리고…, 텐트를 쳐야 하는데 어떻게 할까?"

세이가 고개를 갸우뚱하며 말했다. "왜? 뭐가 문제 있어?"

"아니, 여자아이도 있고 어떻게 할까 해서…." 니시얀이 고민스레 말했다. "세이 텐트가 크니까 거기서 남자 셋이서 잘까. 그리고 내 텐트에서 카호가 자기로 하고."

"…그럼 난 이걸 쓰기로 하지."

세이는 가방에서 간이 텐트와 함께 검은 무언가를 꺼냈다. 그것을 펼치자 침낭이 나왔다. 애벌레처럼 온몸을 덮는 타입이었다.

"괜찮겠어?"

니시얀이 미안하다는 듯 물었다.

"뭐가?"

"좁아서 불편하지 않겠어?"

"한 텐트에 셋이서 자는 게 더 비좁아."

"…생각해보니 그렇네. 고마워."

남자 셋이서 2인용 텐트를 세우고, 넷이서 땅에 LED 랜턴을 꽂았다. 그리고 랜턴을 가운데 둔 채 모두가 둘러 앉아 저녁

식사를 했다. 샌드위치나 도시락을 먹었다.

이야기를 주도하는 것은 여전히 니시얀이었다. 모험 액션 만화 타이틀 하나를 말하더니, 그 내용을 이야기하고 있다.

"…2권에서 주인공들이 들어간 동굴 장면이 대박이야. 정말 가슴이 콩닥콩닥 뛰었어."

소타도 그 만화를 읽어본 적이 있었다.

"세이도 한번 읽어 봐. 이건 인간의 유대감을 테마로 하고 있으니까 읽을 맛이 나."

니시얀이 그렇게 말하면서 스마트폰을 꺼내 그 만화를 보여 주었다. 다운로드한 전자책인 모양이었다.

하지만 세이는 손으로 그것을 받아들지 않은 채 그냥 멀리서 화면만 바라보았다.

"왜 그래?"

"…난 어머니가 허락한 올바른 책만 봐."

"만화 정도는 허락 없이도 괜찮잖아? 재미있어."

그래도 세이는 주저했다.

"부모의 감시 없이 모험 중이니까 신경 쓸 필요 없잖아." 니시얀이 스마트폰을 다시 들이밀었다.

세이는 마치 저주에 걸린 책이라도 보는 듯 주저하면서 마지못해 스마트폰을 건네받았다. 손가락으로 화면을 스크롤하며 페이지를 넘겼다. 그 와중에도 계속 무표정이었다.

"…안 돼. 어머니가 화내."

"뭐?"

"어머니의 화내는 소리가 들려. 읽을 수 없어."

니시얀은 스마트폰을 돌려받고 의아한 표정을 지었다.

"세이는 결벽증이 있네."

"결벽증?"

"만화도, 라이트노벨도 안 되고, 허락받은 책만 읽고 말이야. 그거 좀 이상하지 않아? 세이는 대체 어떤 가정에서 자란 거야?"

"…올바른 가정에서 자랐어."

"올바르다는 게 뭔데?"

"올바른 게 올바른 거야."

"무슨 뜻인지 모르겠는데….'

"뭐가?"

"보통 가족에 대해 물으면 사이가 좋다든가 엄격하다든가 가끔 싸운다든가 그런 식으로 대답하잖아? 그런데 올바른 가정이라고 답을 하니 무슨 뜻인지 잘 모르겠어서….'

"올바름을 지키면 훌륭한 인간이 될 수 있어. 사이가 좋건 나쁘건 그건 중요하지 않아."

"이 세상은 그런 추상적인 이야기만으로는 성립하지 않아. 세이의 부모님은 대체 어떤 사람들이야?"

세이는 갑자기 어둠을 집어삼킨 동굴 입구를 응시했다.

"아니, 말하기 싫으면 억지로 말하지 않아도 돼." 니시얀이 세이를 보며 말했다.

"올바름을 세상에 퍼뜨려야 한다. 그게 어머니의 입버릇이었어. 내가 계몽해야 한다고."

중얼거리듯 말한 세이의 목소리에는 감정이 실려 있지 않았다.

불꽃을 형상화한 LED 랜턴이 세이의 얼굴에 그림자를 드리웠다. 그 흔들림 탓인지 세이의 얼굴은 분명 무표정한데도 표정이 바뀐 것처럼 보였다. 잠시 침묵이 이어졌다.

이윽고 세이는 담담한 말투로 자신의 이야기를 시작했다.

어머니의 모습으로부터 배운 것은 '분노'뿐이었다. 예를 들어 초등학교 2학년 학예회 시간이었다. 수업이 끝난 직후 어머니와 함께 복도에 나오자마자 "꺄야"하는 여자아이의 비명이 들렸다.

장난치는 것을 좋아하는 남자아이가 여자아이의 스커트를 들추고 있었다.

주위 여자아이들이 불평하는 가운데 남자아이는 웃으면서 "흰색!"이라고 외치며 도망쳤다.

그때 뒤를 돌아보며 달려가던 남자아이가 복도 한가운데 서 있던 세이 어머니의 다리에 부딪혀 튕겨 나가듯 엉덩방아를 찧었다.

"아야야…."

남자아이는 엉덩이를 만지며 고개를 들었다. 내려다보는 어머니와 눈이 마주쳤다.

"아, 죄송해요."

겁먹은 목소리와 눈빛이었다.

어머니가 손을 뻗었다.

세이의 눈에는 어머니가 상냥하게 손을 내밀어 일으켜 세워 주려는 것으로 보였다. 하지만 어머니의 손은 남자아이의 손목을 억지로 잡아당겼다. 당장이라도 팔이 빠질 것 같은 힘이었다.

남자아이가 비명을 질렀다.

"아, 아파요, 아줌마…."

어머니는 남자아이를 억지로 일으켜 세웠다.

"그건 성범죄야!"

침 튀기면서 소리를 질렀다.

남자아이는 깜짝 놀라서 불안한 표정으로 어머니를 보았다. 무슨 영문인지 모르겠다는 표정이었다. 복도에서 아이들과 다른 어머니들이 멀리서 세이 어머니를 쳐다보고 있었다. 교실에서는 담임 교사가 무슨 일이냐며 달려왔다.

어머니는 담임 교사에게 화를 냈다.

"이 아이가 공공장소에서 성범죄를 저질렀어요!"

"성범죄라뇨…?"

"이 남자가!"

어머니는 남자아이를 '남자'라고 부르며 아이의 팔을 더욱 세게 잡아당겼다.

"그랬다니까! 여자아이의 스커트를 들추었어!"

"어, 어머님, 일단 폭력은 그만하시고요."

"당신은 대체 학생들을 어떻게 교육하고 있는 거야! 여자아이의 스커트를 들추었다니까!"

"네?"

"스커트를 들추었다고!"

"그 정도로 그렇게까지…."

그 말에 세이 어머니는 더욱 험악하게 인상을 썼다.

"그 정도라니! 교사라면 학생이 성범죄자로 자라기 전에 교정해 줘야지!"

옆에 있던 세이는 '성범죄자'라는 표현이 무슨 뜻인지는 몰랐지만 나쁜 사람이라는 것은 이해했다.

"물론 주의는 주겠지만, 일단 아직 어린 아이가 한 일이고 폭력은…."

그 말 속에는 먼저 세이 어머니를 진정시켜야 한다는 초조함이 담겨 있었다. 하지만 그 말이 오히려 어머니의 분노를 더 부추겼다.

"남자잖아! 당신 같이 윤리 의식이 낮은 사람이 나랑 동종업계에 있다니 믿을 수 없어!"

여교사는 그 말이 무슨 뜻인지 몰라 의아해하는 듯했다.

"착각하지 마세요. 나랑 동종업계에 있다고 해도 난 대학에서 아이들을 가르치고 있으니까."

대학교수인 세이 어머니는 가열차게 설교를 했다. 남자아이는 눈물과 콧물을 흘리며 엉엉 울었다.

세이는 그 자리에 있는 것이 불편했다. 마치 자신이 설교를 당하고 있는 것 같았기 때문이다.

유치원 때 어머니와 온천 여행을 갔을 때가 떠올랐다. 세이는 어머니와 함께 들어가지 못했다.

'남자가 여탕에 들어가는 건 잘못된 거야. 남자가 여탕에 있는 여자들을 쳐다보면 그 여자들은 기분 나쁠 테니까.'

의미는 이해하지 못했지만 자신의 존재 자체가 나쁜 것처럼 느껴졌던 것이 기억났다.

나중에 알게 된 사실이었지만 어머니는 가끔 여탕에 들어오는 남자아이를 쫓아내려고 하다가 그 아이의 어머니와 말싸움을 했다고 한다.

어머니는 책을 읽어줄 때마다 악인은 반드시 잡혀서 감옥에 들어가 고생한다고 말했다.

아마도 어느 날 '신데렐라'를 읽어주었을 때였을 것이다. 세이는 항상 소파에 앉아 테이블을 사이에 두고 마주 앉아 이야기를 들었다. 어머니가 침대에서 그림책을 읽어주었던 기억은 없다.

"신데렐라가 미인이라서 좋아하게 되다니…. 이런 게 바로 외모지상주의야. 귀여운 얼굴을 중시한다는 거야. 알겠니?"

세이는 고개를 저으며 물었다. "…귀여운 아이를 좋아하면 안 돼?"

"당연하지!"

어머니는 갑자기 소리를 질렀다.

"여성을 존중한다면 외모를 따지기 전에 그 내면을 봐야 하는 거야!"

외모보다 내면….

그래서 엄마는 아빠를 골랐고, 아빠는 엄마를 고른 것이겠지.

학예회 때 본 반 친구들의 어머니나 아버지는 두 사람보다 미인이고 멋있었다.

세이는 그런 말을 하려다가 겨우 참았다. 어머니가 다시 귀신처럼 변할 것 같았기 때문이다.

"누군가의 외모가 마음에 든다고 그 사람 집을 찾아다니는 건 스토커야. 너도 여자아이의 집을 찾아다니거나 하면 경찰에 잡혀서 감옥에 들어가는 거야. 알았지?"

세이는 조심스레 "응…."하고 작게 끄덕였다.

"'네'라고 대답해야지!"

어머니는 테이블을 쳤다. 커피잔이 몇 센티미터 튕겨 올라갔다가 떨어지는 것 같았다.

"내가 교육할 때는 자세를 바르게 해! 존경심을 가지고 내 말을 들으란 말이야!"

세이는 허리를 펴고 "네."하고 대답했다.

"좋아."

그렇게 대답하고서야 세이는 어머니가 책을 읽어주는 시간으로부터 '해방'되었다.

해방….

세이는 '해방'이란 단어를 만화에서 처음 접했다. 만화에서 알게 된 그 단어의 울림이 좋았다. 초등학생용 만화였는데 마녀에게 잡힌 남자아이가 동료 전사에 의해 구출되어 '해방'되는 내용이었다. 친구가 학교에서 보여주어서 재미있게 읽었던 만화였다.

하지만 세이 어머니 말씀에 따르면, 만화의 존재는 '악'이었다. 초등학교 5학년 때 친구가 빌려준 주간 소년 만화잡지를 읽고 있는 것을 어머니에게 들킨 적이 있었다.

"뭘 보는 거야!"

어머니는 엄청난 기세로 잡지를 빼앗았다.

"이런 저속한 것을!"

어머니는 내용을 하나하나 조사하듯 페이지를 넘겼다. 점차 표정이 굳어지더니 도중에 책 넘기는 것을 멈추었다. 만화를 노려보는 눈동자에는 혐오와 증오가 서려 있었다.

"이건 뭐야!"

어머니가 내민 페이지에는 복도에서 부딪친 중학생 남녀가 부둥켜안고 쓰러진 장면이 있었다. 스커트가 말려 올라가 여학생의 팬티가 드러나 보였다.

어머니는 잡지를 바닥에 던지고 짓밟았다.

"이런 저속하고 경멸스러운 걸 읽는 남자하고는 어울리지 마! 대화도 하지 마! 이런 만화가 범죄자를 만드는 거야!"

반 친구들을 '남자아이'가 아니라 '남자'로 부르는 것은 어머니뿐이었다.

"어째서…?"

"이런 걸 좋아하는 남자는 미래에 성범죄 가해자가 되는 거야!"

"무슨 소리야?"

"넌 내가 하는 말만 들으면 돼! 자, 손 내밀어!"

세이는 순순히 오른팔을 내밀었다.

"저속, 저속, 저속, 저속!"

어머니는 귀신 같은 표정을 지은 채 무슨 뜻인지 알 수 없는 단어를 연발하면서 그에 맞춰 철제 자로 손바닥이나 팔을 때렸다. 한 대, 두 대, 세 대, 네 대….

세이는 눈물을 흘리며 마음속으로 세었다.

스물다섯 대.

어머니는 그것을 '교화'라고 불렀다. 세이는 어머니의 기분을 맞추는 방법을 어릴 때부터 배웠다. 반에서 그런 만화를 읽는 친구를 보고 세이가 '기분 나쁘다'고 일축해버린 에피소드를 이야기하면, 어머니는 기뻐했다.

그리고 어머니를 기쁘게 해드리기 위해 어머니가 부도덕하다고 느낄 만한 것이나 불건전하다고 느낄 만한 것을 일부러 찾아내어 나쁘게 말하게 되었다.

어머니가 기뻐하는 모습을 보면 세이는 자신이 '윤리 의식'이 높은 사람이 된 것 같아 자랑스러웠다.

중학생이 되었을 때 세이에게 말을 걸어준 여자아이가 있었다. 반에서도 인기가 있었고, 남자애들 대다수가 좋아해서 화제가 된 아이였다. 그런 그녀가 웃으면서 세이에게 "평소에는 뭘 하며 지내?"하고 물었다.

세이는 여자아이와 어떻게 말을 해야 할지 몰라 당황했다.

어머니가 계속 말하던 외설적인 남자아이들을 흉내내서는 안 된다고 생각했다. 그렇다고 만화 속 캐릭터를 흉내내서도 안 되었다.

어른 흉내라면 괜찮을까? 하지만 어른 남성이 여성을 어떻게 대하는지 아직 배울 기회가 없었다. 어머니에 의해 세이는 TV를 보는 것도 '저속하고 외설적'이라는 이유로 금지당했기 때문이었다.

'윤리 의식'을 지키면서 여자아이를 대하는 방식은 대체 어떤 것일까?

결국 세이는 여자아이를 무시하게 되었다.

그렇게 하면 분명 더 이상 세이에게 말을 걸지 않을 것 같았는데, 그 여자아이는 자주 세이에게 말을 걸어왔다. 세이가 무뚝뚝하게 짧은 대답만 해도 일방적으로 화제를 꺼내며 말을 걸어왔다.

목적이 뭘까, 하고 의심도 했지만 신기하게도 불쾌하지는 않았고 휴일에 함께 카페에 가자는 제안까지 받았다. 그녀의 사복 차림은 어머니가 입에 침이 마르게 비난하는 '노출이 많고 선정적인 차림'이 아니고 프릴이 달린 흰 원피스였다.

하지만….

집 앞까지 따라온 그 아이가 어머니와 마주친 날이었다.

"불결해! 넌 대체 어떻게 행동하고 다니는 거야!"

어머니는 그 여자아이를 보자마자, 세이를 향해 날카롭게 소리 질렀다.

세이는 그 자리에서 어머니에게 '교화'를 당하고 비참한 기분을 느꼈다. 뭐가 나쁜 건지 이해할 수 없었다. 그 여자아이의 옷차림에 문제가 있다고 생각하지 않았기 때문이었다.

세이는 자신도 모르게 "왜…?"하고 어머니에게 말대답을 해 버렸다.

"말대답하지 마!"

어머니는 더 크게 화를 냈다.

"남자를 유혹하는 이런 옷을 입는 여자는 쓰레기야! 이런 여자가 여성의 위상을 깎아내리는 거야!"

어머니는 프릴 달린 흰 원피스도 비난했다.

결국 그날을 끝으로 그 여자아이는 세이에게 더 이상 말을 걸어오지 않았다.

이 체험을 통해 알게 된 사실은 이성과 사이좋게 지내면 '교화'를 당한다는 사실이었다.

세이는 '교화'를 당하지 않도록 행동하는 법을 배웠다. 고등학생이 되었을 때는 아예 말투마저 어머니가 좋아하는 식으로 바꾸었다.

세이는 담담한 말투로 어머니에 대한 이야기를 마쳤다.

니시얀과 소타는 세이가 왜 '윤리 의식'이라는 어려운 표현을 사용하는지 그제야 이해했다.

"엄청 독살스런 어머니잖아…." 니시얀이 중얼거렸다.

세이가 그를 쳐다보았다.

"그건 정신적인 학대잖아. 실제로 체벌도 했고." 니시얀이 이어서 말했다.

"…옳은 일을 하는 어머니야." 세이가 말했다.

"위험한 어머니야. 그게 정당하면 세상의 모든 아동학대도 정당화되겠어."

"왜지?"

"왜냐니, 그야 세상의 아동학대는 모두 훈육이라는 명목으로 행해지잖아. 음식을 흘렸다든지 벽에 낙서했다든지 약속을 어겼다든지 뒷정리를 안 했다든지 떼를 썼다든지 등등."

"난 이해를 못 하겠군."

"세이 어머니는 결국 카호의 아버지랑 똑같잖아. 복장을 이유로 사람을 평가하고, 마음에 들지 않는 만화를 금지시키고, 거역하면 체벌을 가하고…. 아이를 남자와 여자로 보고 증오했다는 건 성별 그 자체를 이유로 학대한 거야. 초등학생이나 유치원생 여자아이를 '여자'로 보는 아버지가 있다면 그건 문제가 심각한 거잖아?"

"…물론 그건 문제지. 어머니는 그런 사람을 절대 용서하지 않을 거야."

"그런데 남녀만 바뀐 거지 세이 어머니도 같다니까. 초등학생이나 유치원생 남자아이들을 '남자'로만 봤다면서…?"

세이는 인상을 쓰며 땅을 쳐다보았다.

옆에 있던 카호가 세이에게 손을 내밀었다.

"세이는 나랑 같네. 불쌍해…."

카호가 세이의 팔을 어루만졌다. 그것은 묘하게 어른스러운 동작이었다.

세이는 그녀가 만진 부분을 뚫어지게 쳐다보았다. 거기서 그녀의 감정이라도 읽어내려고 하는 것처럼.

"카호의 아버지도 심각하고, 세이 어머니도 그렇다니…. 두 사람의 이야기를 들으니 내 고민 따위는 별것 아닌 것처럼 느껴져." 소타가 자조하듯 말했다.

"소타도 뭔가 있어?" 니시얀이 물었다.

"아니, 배부른 고민일 것 같아서 말이야."

아하하, 하고 웃으며 둘러댔다.

"고민에 그런 게 어디 있어. 본인에게는 중요한 문제잖아."

니시얀은 진지한 말투로 그렇게 말하고 바로 농담하듯 덧붙였다.

"물론 사실은 억만장자인데 한 달 용돈을 다 못 쓴다 같은 고민을 말한다면 웃기지 말라고 하겠지만."

말은 그렇게 했지만 니시얀은 소타를 보면서 고백을 기다리는 듯한 눈빛을 하고 있다.

소타는 대충 넘어가면 방금 고백한 두 사람에게 실례인 것 같았다.

소타가 마음을 드러낼 각오를 한 것은 이곳이 LED 랜턴 불빛이 비추는 깊은 숲속 한가운데라는, 한여름 밤의 모험 중이라는 독특한 분위기 탓일지도 모른다.

소타는 어머니의 재혼 이야기를 고백했다. 새아버지는 폭력을 휘두르지도 않았고, 오히려 자신을 배려해 주었다. 마음을 열지 않는 것을 어머니가 혼내도 '아버지'는 재혼을 받아들일 수 없는 마음을 이해해서 강요하지 않았다.

그게 참을 수 없이 싫었다. 자신이 떼를 쓰는 고집쟁이 어린애가 된 것 같아 오히려 더 비참했다. 생각해보면 그것도 죄책감이었다.

상냥함이나 배려가 때로는 죄책감을 심어줄 수도 있었다.

"그렇구나…" 니시얀이 동정하듯 입을 열었다. "소타도 사연이 있었구나."

"…응, 그래서 말없이 집을 나온 거야."

"뭐? 허락받았다며?"

소타는 고개를 저었다.

"그렇구나. 그럼 어제 전화는 걱정해서 연락한 거였어?"

"응. 편지 한 장 남기고 나왔으니까. 니시얀한테 미안해…."

"왜 나한테 사과를 하는 거야?"

"폐를 끼칠 수도 있었잖아. 전화로 일단 말은 했지만, 만약 우리 어머니가 경찰에 신고하면 모처럼의 네 기획을 망치게 될 테니까."

니시얀이 착잡한 표정으로 말했다.

"…기획이 망가지는 건 물론 문제지만, 소타에게는 소타만의 갈등이 있었으니까 마음은 이해해. 어떻게든 될 거야."

소타는 나직한 목소리로 고맙다고 했다.

"일주일이나 이주일 이상 돌아가지 않으면 곤란하지만 내일 동굴을 통과하기만 하면 곧바로 '우는 아이의 숲'으로 갈 수 있으니까 괜찮을 거야. 수학여행이라고 생각하면 되지."

"…응. 좋은 영상이 되었으면 좋겠어." 세이가 니시얀을 보며 말했다.

"니시얀은 뭐 없어?"

"뭐?"

"고백할 거."

"아니, 나는…."

니시얀은 주위를 둘러보며 머리를 긁적였다.

"망했네. 나만 아무것도 없어. 혼자 평범한 집안이라서 죄책감이 드네."

죄책감…. 왜 불행하지 않다는 사실 때문에 죄책감을 느껴야 하는 걸까.

밤이 더욱 깊어지자, 내일을 대비해 잠을 청하기로 했다. 카호가 니시얀의 텐트를 쓰고, 세이는 침낭 속으로 들어갔다.

소타는 니시얀과 함께 세이가 가져온 커다란 텐트에 들어갔다. LED 랜턴을 끄자 빛이 완전히 사라졌다. 어둠 속에서 실없는 이야기를 하다 보니 눈꺼풀이 내려앉았다.

어느샌가 잠이 들었다.

18

꿈속에서 누군가의 비명을 들은 것 같았다. 그것이 현실이라고 눈치챈 것은 두 번째 비명이 들렸을 때였다.

소타는 텐트에서 일어나 어둠 속에서 좌우를 두리번거렸다. 유일하게 알아볼 수 있는 것은 옆에서 자고 있던 니시얀뿐이었다.

'방금 들린 비명은 뭐지?'

환청으로 느껴지지 않을 정도로 실감이 났다. 그 날카로운 비명은 대체…?

"일어나!"

소타는 니시얀을 흔들어 깨웠다.

"무슨 소리 못 들었어?"

니시얀은 쉽게 일어나지 않았다. 계속 흔들자 겨우 눈꺼풀을 문지르며 일어났다.

"뭐야, 무슨 일이야? 벌써 아침이야?"

"그게 아니고 지금 비명이 들렸어…"

"비명이라니?"

"카호 같았어…"

니시얀이 그제서야 눈을 크게 뜨고 정신을 차렸다.

"진짜야? 확인했어?"

"아니, 아직…"

"무슨 일이 생기면 큰일이잖아."

니시얀은 바로 텐트에서 튀어 나갔다. 소타도 그 뒤를 따랐다.

희미한 달빛이 나뭇가지 사이를 비추는 가운데 몇 미터 떨어진 위치에 그녀의 텐트가 있었다.

니시얀이 그 앞에 섰다.

"카호, 안에 있어?"

니시얀은 텐트 입구를 열지 않은 채 물었다. 나뭇가지가 흔들리면서 마치 망령의 울음소리 같은 밤바람이 불어 소리가 제대로 전해지지 않았다.

"괜찮아?"

불러봐도 대답이 없었다.

니시얀은 몇 번 불러보더니 고개를 뒤로 돌려 소타를 보았다. 마치 동의를 구하는 듯했다.

하지만 끄덕일 수는 없었다. 이유가 있다고는 해도 여자아이가 자는 곳을 들추어보는 것은 망설여졌다. 아무 일도 없었을 경우의 책임을 지고 싶지 않다는 비겁한 마음도 있었다.

니시얀은 결심했는지 "카호, 텐트를 열게!"하고 말하더니, 텐트 입구의 지퍼를 열었다.

니시얀은 텐트 안을 들여다보고 다시 고개를 뒤로 돌렸다.

"…없어."

"뭐?"

"없다고!"

혹시나 하는 마음에 소타도 텐트에 다가갔다. 니시얀 옆에
서서 고개를 텐트 안으로 들이밀었다.

텅 비어 있었다.

말려 올라간 모포만 덩그러니 놓여 있었다.

소타는 주위를 둘러보았다.

내일 가기로 한 동굴 속 어둠은 지금 달빛이 닿지 않아 마치
나락에 빠진 듯한 느낌일 것 같았다. 나무가 우거진 숲 안쪽도
온통 검은 그림자뿐이었다.

'이런 시각에 카호는 대체 어디로 갔을까. 동굴에 들어가지
는 않았을 텐데….'

소타가 니시얀과 함께 고개를 갸우뚱거리던 사이 이번에는
정말로 비명이 들렸다. 숲속 너머였다.

니시얀은 텐트로 돌아와 가방을 뒤지며 손전등을 찾았다.
그리고 망설임 없이 숲속으로 뛰어나갔다.

"기다려!"

소타는 허둥대며 뒤를 따랐다. 니시얀이 들고 있는 손전등이
만든 동그란 불빛이 어둠을 헤치며 멀어져 갔다.

니시얀은 카호의 이름을 부르며 숲속을 내달렸다. 소타도 소
리를 질렀다.

이내 그들의 소리가 정적 속으로 사라졌다.

손전등 불빛이 멈추고 소타는 니시얀을 따라잡았다. 니시얀은 손전등으로 주위를 비추고 있었다.

"여기서 들린 것 같았는데…."

빛이 강하니 주위의 어둠은 더 어둡게 느껴져 당장이라도 괴물이 튀어나올 것처럼 무서웠다.

소타는 집중해서 주변을 살폈다. 여기저기 귀도 기울여보았다. 하지만 카호의 모습은 어디에도 보이지 않았다.

답답해질 즈음 멀리서 "여기야!"하는 세이의 외침이 들렸다.

"저쪽이야!"

니시얀이 세이의 외침이 들린 쪽을 향해 발걸음을 돌렸다. 소타는 니시얀을 놓치지 않기 위해 힘껏 달렸다.

"위험해!"

니시얀이 갑자기 멈추는 바람에 소타는 하마터면 니시얀의 등에 부딪칠 뻔했다.

"왜, 왜 그래?"

니시얀이 말없이 발밑을 비추었다.

그런데 손전등 빛은 땅바닥을 비추는 것이 아니라, 나락과도 같은 어둠 속으로 빨려 내려갔다. 떨어지면 올라오기 힘든 절벽 같은 비탈면이었다.

정말로 위험한 순간이었다. 소타는 간이 콩알만 해졌다.

니시얀은 심호흡을 하고 비탈면 아래를 향해 외쳤다.

그러자 세이가 큰 소리로 대답하는 소리가 들렸다.

"카호가 여기 떨어져 있는 걸 발견했어! 그런데 올라갈 수가 없어!"

니시얀이 손전등으로 전후좌우를 비추었다. 아래쪽은 무성하게 자란 잡초지대뿐이었다. 순간 사람의 하반신이 보였다. 카호를 업은 세이였다.

"기다려. 어떻게든 할 테니까!" 니시얀이 그렇게 말하고 고개를 뒤로 돌렸다. "소타, 로프를 부탁해!"

"뭐?"

"내 가방에 있어. 가서 가져와 줘."

니시얀이 손전등을 내밀었다.

"불이 없으면 위험하잖아. 난 여기 그대로 있을 테니 걱정하지 마."

심부름꾼 같은 임무라도 위기의 순간에 도움이 될 수 있다는 생각에 소타는 기합이 들어갔다.

"알았어! 기다리고 있어!"

소타는 손전등을 바톤처럼 넘겨받고 텐트가 있는 쪽으로 달렸다. 5분 후에 텐트에 도착했다. 그리고 니시얀의 가방을 뒤졌다.

접이식 삽과 도시락, 그리고 둘둘 말려 있는 로프가 있었다.

'좋아.'

소타는 로프를 꺼내 텐트를 나왔다. 손전등을 이리저리 비추면서 다시 내달렸다.

숲속에서 니시얀의 목소리가 들려왔다. "걱정하지 마, 바로 구해줄게."하고 카호와 세이를 격려하고 있었다.

소타는 목소리가 나는 쪽으로 달렸다. 목소리가 크게 들리기 시작하자 다시 신중하게 천천히 걸었다. 자신까지 비탈면으로 떨어지면 안 되니까.

"가져왔어!"

로프를 건네자 니시얀이 엄지를 치켜 세웠다. 소타는 자랑스러운 마음으로 고개를 끄덕였다.

니시얀은 로프를 근처에 있는 나무 기둥에 묶었다. 두 번을 묶어 단단히 고정했다.

"자, 이걸 사용해!"

니시얀이 로프를 밑으로 던졌다. 로프는 뱀처럼 흔들거리며 어둠 속으로 빨려 들어갔다.

잘 보이도록 소타가 손전등으로 로프를 비추었다. 세이는 카호를 업은 채 로프를 잡았다.

그녀를 업고 올라올 수 있을까.

세이가 한 걸음 한걸음 발걸음을 앞으로 내디뎠다. 하지만 카호를 등에 업은 세이는 카호의 무게 때문에 몸을 비틀거렸다.

"조심해!" 니시얀이 걱정스럽게 외쳤다.

어둠에 둘러싸인 채 세이가 경사진 비탈면을 올라오기 시작했다. 1미터, 2미터, 3미터….

소타는 자신도 모르게 주먹을 꽉 쥐었다. 손에 흐르는 땀을 바지에 닦으면서.

세이가 점점 다가와 비탈면을 거의 올라왔을 때 갑자기 세이의 몸이 비틀기리며 흔들렸다.

"위험해…!"

니시얀은 순간적으로 세이와 카호를 끌어당기기 위해 로프를 강하게 거머쥐었다. 그리고는 줄다리기하듯 온몸으로 로프를 당겼다.

"소타, 도와줘!"

소타는 손전등 불빛과 니시얀을 번갈아 보았다.

"빨리! 로프가 풀리겠어!"

소타는 손전등을 바닥에 내던지고, 니시얀의 뒤에서 로프를 잡았다.

컥, 하는 목소리가 새어 나왔다.

소타는 등 뒤에서 나무에 묶어둔 로프가 풀린 것이 느껴졌다. 위기감이 머릿속을 스쳤다.

니시얀이 로프를 너무 허술하게 묶은 것이었다. 아마 산행이나 어업에 종사하는 사람들이 로프를 묶을 때 쓰는 특수한 매듭이 따로 있을 것이다.

하지만 소타는 온 힘을 다해 로프를 당겼다. 두 사람 분의 체중과의 힘겨루기였다. 만약 그 힘겨루기에서 지면 다 같이 떨어질 것이다.

소타는 절대로 질 수 없다는 마음으로 기합을 넣었다. 머리에서 흐르는 땀이 눈에 들어갔다.

눈을 깜빡여 땀을 튕겨냈다.

이윽고 비탈면 밑에서 숨소리가 들려왔다. 그리고는 어둠 속에서 세이가 나타났다.

세이가 올라온 순간 소타와 니시얀은 로프에서 손을 놓고 엉덩방아를 찧고 말았다.

그런데 흙바닥에 나자빠진 둘이 위를 올려다보니 세이만 서 있었다.

"카호는…?"

소타는 숨을 몰아쉬며 조심스레 물었다.

세이가 고개를 뒤로 돌리자, 그의 등 위에서 카호가 내려왔다.

'무사했구나. 다행이다.'

니시얀이 일어나 카호에게 괜찮은지 물었다. 그녀는 힘없이 고개를 끄덕였다. 하지만 몸이 떨리고 있었다.

소타도 일어나 그녀에게 다가갔다. 카호의 흰 원피스는 여기저기가 얼룩져 있었다. 무릎이나 팔에는 작은 찰과상이 있었다.

"무슨 일이 있었던 거야?"

카호는 고개를 숙인 채 중얼거리듯 말했다.

"그게…. 볼일을 보려고 숲속에 들어갔다가 어두워서 미끄러졌어…."

"그래, 비명 소리가 들려서 나가봤더니, 비탈면 밑에 카호가 떨어져 있더라고. 그래서 구해주려고 내려갔는데 나도 올라올 수가 없었어." 세이가 말했다.

"그랬구나…." 니시얀이 세이를 보며 말했다. "나이스!"

넷은 손전등을 들고 다시 텐트로 돌아왔다. 니시얀이 손수 건을 물에 적셔 카호에게 내밀었다.

역시 니시얀은 행동이 빠르다. 그래서 학교에서도 인기가 있는 것이겠지.

그녀는 손발에 묻은 흙을 닦았다. 하지만 원피스에 묻은 얼룩은 더 번질 뿐이었다.

어쨌든 무사해서 다행이었다.

소타는 주먹을 꾸욱 쥐었다.

…이번에는 구했다.

소타가 학교에 가지 않게 된 계기는 사실 중학교 2학년 때 왕따를 당하던 친구를 구해주지 못한 사건 때문이었다. 소타 는 그 자리에 있었음에도 용기가 없어 그 친구를 구해주지 못 했다.

"소타도 그 녀석들이랑 다를 바 없어."

나중에 친구가 했던 한 마디가 가슴을 찔렀다. 그날 이후 유일한 친구를 잃었다.

'그때 용기를 냈었다면….'

소타는 친구를 구하지 못한 죄책감에 학교에 갈 수 없었다.

그렇게 학교에 가지 않게 된 후 무언가 의지할 것을 찾다가 시작한 것이 유튜브였다.

오늘 이렇게 카호를 구했다는 사실이 그때의 죄책감을 조금이나마 씻어주었다.

"구하는 장면을 찍어둘 걸 그랬어."

마음에 여유가 생기자 소타는 카호가 무사하다는 사실에 안심하며 농담처럼 그렇게 말했다.

"그러네." 니시얀이 동조하듯 웃으며 말했다.

"세이의 인기가 하늘을 찔렀을 텐데…."

흥분이 가시지 않아 소타는 텐트에 누워도 잠이 오지 않았다. 결국 거의 새벽 4시쯤이 되어서야 잠들었다.

아침이 되어 소타는 텐트 밖으로 나왔다.

오늘은 드디어 동굴을 탐험한다.

나머지 세 명이 순서대로 일어나자, 다 같이 밥을 먹었고 출발 준비를 했다. 눈앞에 입을 벌리고 있는 동굴은 어두워서 안쪽이 전혀 보이지 않았다.

"동굴 안은 어때?" 소타가 카호에게 물었다.

카호가 대답하기 전에 니시얀이 끼어들었다.

"그건 직접 체험해 보자고."

니시얀은 가방에서 카메라를 꺼내 동굴을 촬영할 준비를 했다.

"생생한 반응이 최고야."

니시얀의 말대로였다. 영상을 찍어 공개할 계획이니, 실제 분위기가 잘 연출되어야 했다. 그리고 안전하게 통과하여 무사히 귀환할 수 있어야 했다.

니시얀이 선두에 서서 카메라로 촬영을 하면서 걸어 들어갔다. 동굴 안 바닥은 울퉁불퉁한 돌이 많아 발목을 삐끗하지 않도록 조심해야 했다.

판타지 게임이나 RPG 게임에 자주 등장하는 동굴이지만, 실제로 들어가 보니 바위 괴물의 내장에 빨려 들어가면 절대 탈출할 수 없을 것 같은 불안감에 휩싸였다.

입구에서 십몇 미터쯤 들어가자 동굴 안은 완전히 어둠에 휩싸였다.

습한 냉기가 퍼지며 소타의 몸을 둘러싸는 것 같았다. 여름인데도 싸늘했다.

뒤를 돌아보니, 입구 쪽으로 들어오던 빛은 이미 작은 점처럼 작아져 마치 지평선에서 얼굴을 내미는 아침 해 같았다.

"소타, 손전등을 부탁해."

니시얀의 목소리가 동굴 안에 울려서 안쪽까지 빨려 들어갔다.

"아, 응."

소타는 가방에서 손전등을 꺼내 앞을 비추었다. 빛에 비친 동굴 벽은 회색의 석회암으로, 동굴 전체가 용암이 부글부글

끓는 상태에서 굳어버리면서 생긴 것 같았다.

"우리는 '우는 아이의 숲'을 향해 동굴을 통과하고 있습니다." 니시얀이 그렇게 말하면서 걸었다.

"공기가 습한 데다가 보시는 대로 어둡습니다. 가장 안쪽에는 미라라도 안치되어 있을 것 같은 분위기입니다."

계속 걸어가자 점점 길이 좁아졌다. 일렬로 가지 않으면 통과할 수 없을 정도였다. 천장도 점프하면 머리가 닿을 정도로 낮아졌다.

폐소 공포증이 있는 사람의 심정을 이해할 수 있었다.

"잠시 동안은 계속 직진만 할 거야." 카호가 말했다.

"오케이."

니시얀이 가볍게 대답하고 계속 걸어나갔다. 소타는 그 뒤에서 손전등으로 앞을 비추었다.

정말로 계속 외길이 이어지고 있었다. 입구의 빛은 아예 느끼지 못하게 될 정도로 깊이 들어갔을 때 갑자기 동굴이 넓어지더니 갈림길이 나왔다. 눈앞에 펼쳐진 구멍은 두 개였다.

"오오옷!" 니시얀이 소리를 질렀다.

"이렇게 빨리 선택의 순간이 왔군요. 길을 잘못 들면 죽음의 함정이 기다리고 있을지도 모릅니다."

니시얀은 뒤를 돌아보며 카호에게 카메라를 향했다.

"안내해주시는 카호, 정답은…?"

"여기서는 오른쪽!"

"오케이!"

니시얀은 오른쪽 구멍으로 향했다.

머리를 숙여서 들어가야 하는 곳도 있었고, 두 사람이 나란히 통과할 수 있는 곳도 있었다. 하지만 빛이라고는 손전등 하나뿐이라 폐쇄된 공간의 압박감이 그대로 느껴졌다. 바위에 짓눌릴 것 같았다.

비린내 같은 냄새도 코를 찔렀다.

그러다가 다시 세 갈래로 갈라진 갈림길이 나왔다. 역시 카호의 안내로 바른길을 택해 그곳으로 향했다.

"앗!"

그때 니시얀이 소리를 치며 뒤를 돌아보았다.

"카호, 발밑을 조심해. 계단처럼 되어 있어."

소타가 반사적으로 손전등으로 바닥을 비추니, 지면 일부가 움푹 들어가 있다. 발을 잘못 디디면 접질릴 수도 있다.

"고마워."

카호는 발걸음을 주의해서 움푹 들어간 곳을 피하는 것 같았다.

그동안 소타는 카호가 동굴에 익숙하다는 말에 그녀를 걱정하지 않았다. 그런데 니시얀은 카호까지 챙겨주고 있었다. 소타는 눈치 없는 자신이 또다시 싫어졌다.

"역시 니시얀이네. 전혀 눈치 못 챘어."

소타는 니시얀의 등 뒤에서 말했다.

"아냐. 위험하니까 주의하라고 했을 뿐이야." 니시얀이 웃으면서 대답했다.

잠시 걷다가 니시얀이 갑자기 고개를 들더니 눈을 크게 떴다.

"위험해!"

"응?"

소타가 되묻는 순간 니시얀이 소타를 향해 뛰어들었다. 소타는 니시얀이 자기를 들이받는 바람에 바닥에 넘어지고 말았다. 등을 바닥에 부딪쳐 통증이 느껴졌다.

"아야야⋯. 무, 무슨 일이야?"

소타가 신음하면서 눈을 뜨자, 소타의 얼굴 옆으로 젖은 점토가 떨어지는 소리가 났다. 고개를 돌려 쳐다보니, 점토가 아니라 땅 위를 미끄러지듯 움직이고 있는 뱀이었다.

소타는 비명을 지르며 고개를 돌렸다.

니시얀이 몸을 일으키자, 소타는 그 뒤로 숨었다. 심장이 터질 것처럼 뛰었다.

발밑에는 뱀 몇 마리가 기어다니고 있었다. 뱀이 머리 위에서 떨어진 것이다.

"젠장!"

니시얀이 소리 질렀다. 그의 어깨에도 뱀이 붙어 있었다.

"니시얀!" 소타가 소리쳤다.

니시얀은 자신의 어깨에 손을 올리고 뱀의 머리를 잡았다.

그러더니 뱀을 잡아당겨 땅에 냅다 내려쳤다. 그 뱀의 머리를 세이가 짓밟았다. 불빛으로 비춰보니 뱀 머리가 터져서 피가 튀었다.

니시얀이 어깨를 감싸며 혀를 찼다.

"물렸어…."

세이는 발로 다른 뱀들을 밟았다.

"괘, 괜찮아?" 소타가 물었다.

"몰라. 엄청 아파."

"도…."

독이 있나…?

소타는 그렇게 말하려다가 겨우 참았다. 뱀에 물린 사람을 불안하게 하면 안 된다. 하지만 만약 독이 있는 뱀이었다면 방치해도 안 된다.

"큰일이네. 욱신거려."

"…이 뱀은 독이 없어. 괜찮아." 카호가 다가와 뱀의 시체를 보며 말했다.

"정말로?" 소타가 물었다.

"응, 나도 어릴 때 물린 적이 있어."

"그, 그렇구나…." 니시얀이 안도의 한숨을 쉬며 말했다. "진짜 다행이야. 난 큰일이 난 건가 싶어 초조했거든."

니시얀은 카메라를 들고 벽에서 꿈틀대고 있는 뱀을 촬영했다.

"생각지도 못한 사고였습니다. 구사일생입니다. 이런 위험한 곳에서 한시라도 빨리 빠져나가고 싶군요."

니시얀이 촬영을 하면서 다시 걷기 시작했다. 잠시 걷다가 소타는 그에게 다시 말을 걸었다.

"저기…. 고마워, 니시얀."

"뭐가?"

"독뱀이었을지도 모르는데 날 구해주려다가…."

소타는 니시얀의 용기가 부러웠다. 자신은 학교에서 친구를 구하지 못하고 못 본 척했었는데….

"왜 나를 위해서 그렇게까지…?"

니시얀이 멈춰서 뒤를 돌아보았다. 부끄럽다는 듯이 웃으며 머리를 긁적였다.

"거의 조건반사적인 행동이었어. 전혀 신경 쓰지 마. 난 소타를 동생처럼 생각하니까."

"동생?"

그 정도로 생각해줄 줄은 상상도 못 했다.

"사실은 소타가 처음으로 댓글을 달아주었을 때 나도 고민이 많았던 시기였거든. 그래서 너무 기뻤어, 난."

니시얀이 부끄러움을 감추듯 일부러 큰 소리로 "자, 출발하자!"하고 말하더니, 다시 앞으로 등을 돌렸다.

넷이서 동굴 안을 나아가다 보니, 다시 세 갈래 갈림길이 나왔다. 카호는 올바른 길이 가운데라고 했다.

"참고로 말이야…." 니시얀이 카호를 보며 물었다. "다른 길에는 뭐가 있어?"

"…오른쪽 길은 그냥 막힌 길이었어."

"카호도 가본 적 있어? 혹시 그 길로 가서 헤맸던 거야?"

"응. '우는 아이의 숲'에 몇 번 가보다 보니까, 거기에는 뭐가 있을까 하고 한번 가본 거야."

"왼쪽 길은?"

"거기로 가면 절벽으로 떨어져."

"절벽에 떨어진다고?"

"응. 길이 끊겨."

"절벽이 깊어?"

"응. 밑이 안 보였어."

"그거 참 무섭네."

니시얀 일행은 카호의 그런 이야기를 들으며 걸어나갔다.

그 후에도 갈림길이 몇 번 나왔다. 카호의 안내가 없었다면 무척 고생했을 것 같았다.

그때 어디선가 선선한 바람이 불어왔다. 손전등을 비출 필요도 없이 앞에서 한줄기 빛이 보였다.

"출구야!"

니시얀이 소리 지르며 빛을 향해 뛰어갔다. 출구까지는 바위로 된 언덕길이었다.

소타는 있는 힘껏 뛰어 바위 위로 올라갔다. 날이 흐려서 나뭇가지가 하늘을 가리지 않았음에도 햇살이 밝지 않았다. 그래도 이제 답답함을 느낄 수 없었다. 마치 물속에 있다가 수면 위로 올라온 기분이었다.

"드디어 우는 아이의 숲에 도착했습니다!"

나무들이 팔을 뻗어 하늘을 잡으려는 듯 나뭇가지에는 잎이 무성했고, 살랑살랑 바람에 흔들렸다. 매미가 시끄럽게 울고 있었다.

'우는 아이의 숲'이라는 별명을 지닐 정도의 불길함은 없었지만 요괴나 귀신이 나와도 이상하지 않을 분위기였다.

니시얀이 일행을 향해 카메라를 돌린 다음 말했다.

"다들 각오는 어때?"

소타가 허둥대면서도 엄지손가락을 치켜세웠다.

"우리가 찾으려는 시체에 점점 다가가고 있습니다. 반드시 찾아내겠습니다!"

"그래. 우린 그걸 찾기 위해 온 거지." 세이가 말했다.

니시얀이 만족스럽게 고개를 끄덕였다.

"오케이! 시체는 자작나무 세 그루가 심어진 곳에 묻혀 있다네요."

"자작나무?" 소타가 물었다.

"그래, 자작나무라는 건…."

니시얀이 스마트폰을 꺼내 자작나무를 검색해서 보여주었다.

"이렇게 생긴 나무야."

표시된 화면을 보니 앙상한 뼈다귀 같은 허연 색깔의 나무 사진이 있었다. 허연 나뭇가지 군데군데 검은 부분이 있어서 마치 얼룩무늬 같았다.

"이 나무를 찾으면 되는 거네."

"그래."

이제 넷이서 '우는 아이의 숲' 속을 걷기 시작했다. 울창한 숲속을 계속 지나다 보니 분위기가 바뀌었다. 흐린 하늘 탓인지 전체적으로 어두웠다. 비틀린 나뭇가지들이 서로 엉켜있어 마치 메두사의 머리 같았다. 바람이 흐느껴 우는 듯이 불고 있었다.

"역시…, 불길해."

소타는 숲을 둘러보며 말했다.

습도가 높은 탓인지 땀이 계속 났다. 허리 밑에도 긴 풀이 자라 있어 걷기도 힘들었다. 그래도 계속 자작나무 세 그루를 찾아다녔다.

몇 시간을 걸었을까.

드디어 소타가 발견했다. 갈색 나무들이 밀집해 있는 너머에 뼈다귀 같은 나무 세 그루가 눈에 띄었다.

"저, 저기!"

소타는 손가락으로 그곳을 가리켰다. 자작나무 세 그루가 나란히 서 있었다. 마치 땅 속으로 손을 뻗는 죽은 자의 백골처럼 보였다. 그 옆에는 쓰러진 나무들도 보였다.

니시얀이 흥분하며 카메라로 그곳을 비추었다.

"오옷!"

갑자기 세이가 니시얀을 밀치고 달려 나갔다.

"아, 왜 그래…?" 니시얀이 말했다.

세이는 대답도 하지 않은 채 계속 달려나가 자작나무 세 그루 바로 앞에 섰다. 그 모습이 마치 살아있는 제물을 바치는 의식이라도 할 것 같았다.

니시얀은 순간 당황했지만 그래도 세이를 촬영했다.

"드디어 도착했습니다. 세이도 흥분을 감추지 못하는 것 같습니다. 여기에 정말로 시체가 있을까요…?"

세이가 뒤를 돌아보며 말했다. "파보자!"

놀란 나머지 니시얀이 방송용 멘트도 잊고 말했다. "뭐? 지금 당장?"

"빨리 확인하고 싶어." 세이가 말했다.

"벌써 저녁이야."

"여기까지 왔는데 어떻게 기다려?"

세이는 가방을 내려놓고 거기서 접이식 삽을 꺼냈다. 그리고 강하게 땅에 내리꽂았다.

"야, 야!" 당황한 니시얀이 말했다. "아무런 멘트도 없이 시작하는 거야?"

세이는 말없이 삽을 휘둘렀다. 숲속은 짙은 안개 때문에 점차 우윳빛으로 뒤덮이고 있었다. 숲속에는 흙 파는 소리가 울려 퍼졌다.

나름 의욕을 가지고 여기까지 왔는데, 막상 시체가 있을지도 모른다는 장소를 눈앞에 두고 보니, 소타는 덜컥 겁이 났다. 비윤리적인 짓을 하고 있다는 기분도 들었다.

소타는 겁을 먹고 니시얀을 쳐다보았다.

"어떻게 할 거야?"

정말로 땅을 팔 거냐는 의도로 물었는데, 니시얀은 세이를 도와야 하냐는 질문으로 해석한 모양이다.

"…어, 어쩔 수 없지."

니시얀은 가볍게 중얼거리더니, 가방에서 접이식 삽을 두 개 꺼내 하나를 소타에게 내밀었다.

"자."

삽을 손에 쥐는 순간 자신도 공범이 된다. 함께 시체를 파내야 한다.

"왜 그래?"

니시얀이 삽을 다시 내밀었다.

소타는 심호흡을 하고 각오를 다진 다음 삽을 건네받았다. 니시얀은 카호에게 손전등과 카메라를 맡기고 자작나무 쪽으로 향했다.

세이는 담담하게 흙을 파내고 있었다.

소타는 여전히 주저했다. 죽은 자에 대한 모독처럼 느껴졌다. 애초에 정말로 시체가 묻혀 있기나 한 걸까? 시체가 묻혀 있다는 것은 그 시체를 거기에 묻은 범인이 있다는 것이다. 그 당연한 사실을 깨닫는 순간 온몸에 소름이 돋았다.

카호는 말없이 손전등과 카메라를 들고 있었다. 손전등 불빛이 만든 원 안에서 세이는 땀도 닦지 않고 계속 삽질을 하고 있었다. 니시야도 세이만큼의 속도는 아니었지만 작업을 계속했다.

소타도 가만히 서 있을 수만은 없었다.

소타는 각오를 다시 하고 흙에 삽을 꽂았다. 삽을 땅 속에 밀어 넣으니 끝부분이 깊게 들어갔다. 팔 힘만으로는 흙을 퍼 낼 수 없어 허리 힘을 이용했다. 상당한 무게가 삽에 실렸다.

셋은 흙을 파내서 옆으로 던졌다. 그것을 몇 번 반복하니 옆에 흙으로 된 작은 산이 생겼다. 잡초와 흙이 섞인 냄새가 코를 찔렀다.

흙을 파는 것은 상상 이상의 중노동이었다. 작업 속도가 가장 빠른 사람은 세이였다. 세이 옆에는 흙이 산더미처럼 쌓여 있었다.

그러던 중에 자작나무의 뿌리가 나타나기 시작했다. 마치 촉수처럼 꿈틀대는 것 같았다.

'잘못하면 나무가 쓰러지는 것 아닌가?'

소타는 불안해져서 뿌리를 피해 흙을 팠다. 작업을 하다 보니 어느새 해가 기울었다. 주변이 어둠에 휩싸였다.

안개가 더욱 짙어지더니 빗방울이 떨어지기 시작했다.

"비가…, 오네."

하늘을 향하던 고개를 내리자 니시얀도 작업을 중단하고 하늘을 올려다보고 있었다.

"더 심해질 것 같은데…"

"그러네." 니시얀이 동조하면서 세이를 보고 말했다. "저기, 오늘은 이쯤 하자."

"난 꼭 시체를 찾을 거야." 세이가 말했다.

"밤에 땅을 파는 건 위험할 수도 있어."

그래도 세이는 대답 없이 계속 땅을 팠다. 깊은 구덩이가 생겨나고 있었다.

세이는 이미 하반신까지가 깊은 구덩이 속에 묻혀 있다.

"저기, 철수하자. 비도 강해졌잖아."

날씨가 급격히 나빠졌다. 바람 때문에 옆에서 날아오는 빗방울이 얼음처럼 날카롭게 뺨을 때렸고, 얼굴은 금방 비에 흠뻑 젖어버렸다.

비가 내려 회색빛으로 물든 숲은 마치 풍경화를 잉크로 망쳐버린 느낌이었다.

니시얀이 다시 큰 소리로 중단하자고 외치자, 세이가 움직임을 멈추고 뒤를 돌아보았다.

"이제 얼마 안 남았어."

"다른 팀과 경쟁하는 것도 아니니까 서두를 필요 없잖아."

"…영상의 백미잖아? 다음날로 미루면 열기가 식어버려." 세이가 말했다.

니시얀은 한숨을 크게 내쉬고는 가방에서 LED 랜턴을 꺼내 켠 다음 비닐봉지로 그것을 감쌌다. 방수 대책일 것이다. 그리고 세이가 땅을 파고 있는 흙구덩이 옆에 내려놓았다.

"조금만 더 하는 거다."

니시얀은 어쩔 수 없다는 듯이 그렇게 말하고, 카호에게 우산을 건넨 다음 자신은 우비를 입었다.

소타도 니시얀을 따를 수밖에 없었다. 우비에 빗방울이 튀기는 소리는 마치 철판 위에 대량의 물감이 떨어지는 소리 같았다.

니시얀과 소타도 비를 맞으며 삽으로 흙을 파냈다. 땅 파는 실력은 세이보다 못했지만 흙구덩이의 깊이가 점점 깊어졌다.

"휴우…."

얼마 후 소타는 허리를 잡고 스트레칭을 했다. 그리고 기합을 넣고 다시 땅을 팠다. 계속 팠다.

세차게 내리는 비 때문에 쌓여있던 흙이 무너져 내렸다. 그래서 탁한 물이 흙구덩이 안에 불어나 점점 물웅덩이를 만들어갔다.

갑자기 번쩍하는 천둥번개에 숲이 하얗게 물들었고, 나무 한 그루 한 그루가 팔을 펼친 거대한 유령처럼 느껴졌다. 신이 분노의 철퇴를 내리는 굉음 같은 착각을 불러일으켰다.

소타는 몸을 움츠리고 움직임을 멈추었다. 번개가 칠 때마다 심장이 콩닥콩닥 뛰었다. 당장이라도 번개가 나무를 반쪽으로 갈라놓으며 숲을 불태워버릴 것 같았다.

흙구덩이에는 점점 빗물이 흘러들어가, 이제는 운동화도 절반 정도 물에 잠겼고, 양말까지 물이 스며들었다.

몇 시간을 더 팠을까.

시체 이야기가 거짓이나 착각이라면 완전히 헛수고가 된다. 하지만 정말로 이곳에서 시체가 나온다면….

소타는 두려움에 몸서리가 쳐졌다.

"미안." 니시얀이 지친 목소리로 숨을 거칠게 쉬며 말했다. "나, 좀 쉴게. 팔이 다 후들거려."

니시얀이 흙구덩이에서 빠져나왔다. 소타도 편승해서 같이 나왔다. 그리고 둘은 흙구덩이 밖에서 숨을 골랐다.

비바람이 거세지는 도중에도 세이만큼은 묵묵히 땅을 팠다. 마치 그곳에 시체를 묻기 위해 구멍을 파는 사람 같았다.

"…저기, 세이, 오늘은 그만하자."

니시얀이 말을 걸었다. 하지만 세차게 휘몰아치는 빗소리에 니시얀의 목소리가 잘 전달되지 않았다.

소타는 세이가 흙을 파는 모습을 잠시 쳐다보았다.

그때 기계처럼 삽을 다루던 세이가 갑자기 움직임을 멈추었다. 그러고는 멈춰 선 채로 흙구덩이 바닥을 노려보고 있었다.

"이제야 속이 후련해?"

니시얀이 웃으며 구멍으로 다가가 올라오라고 손을 내밀었다. 하지만 세이는 전혀 관심을 주지 않았다.

"왜 그래?"

세이는 조용히 고개를 돌려 니시얀을 올려다보았다. 그러더니 다시 발밑을 쳐다보았다. 마치 거기에 중요한 의미가 있다는 듯이.

소타도 니시얀 옆으로 가 흙구덩이 위에 서서 아래를 내려다보았다. 세이가 쳐다보는 것.

그것은….

흙 속에서 구원을 청하듯 하늘을 향해 내밀고 있는 인간의 손이었다.

19

천둥번개가 계속 번쩍여 나무 그림자가 나타났다가 사라지기를 반복하던 바로 그 때, 흙구덩이 밑에 있던 손이 모습을 드러냈다.

'설마 정말로 시체가…'

소타는 비에 흠뻑 젖은 세이와 시체의 손을 번갈아 보다가, 니시얀과 마주 보았다.

심장이 쿵쾅거리고 다리에 힘이 풀렸다. 정신을 차리자 소타는 손에서 피가 날 정도로 주먹을 세게 쥐고 있었다.

"믿을 수 없어…"

니시얀이 긴장된 목소리로 중얼거렸다.

"정말로 발견하다니…"

소타도 놀랍긴 마찬가지였다. 물론 진심으로 시체를 찾을 생각으로 여기까지 온 것이지만, 마음 한켠으로는 그냥 거짓이기를 바라기도 했었다.

아무도 움직이지 않는 가운데 제일 먼저 다시 움직이기 시작한 것은 니시얀이었다. 니시얀은 카호에게서 카메라를 가져와 흙구덩이 쪽으로 다시 돌아왔다. 그리고 비옷의 후드를 벗은 다음 자신의 얼굴을 촬영하며 말했다.

"드, 드디어 발견했습니다. 시체가…, 시체가 있었습니다."

목소리가 떨리는 것이 연기는 아니었다. 실제로 더 이상 말을 잇기 힘들었다.

니시얀은 말없이 시체의 팔을 클로즈업했다.

소타는 촬영에 방해되지 않을 타이밍을 맞춰 니시얀에게 물어보았다.

"이제 어쩌지?"

"음…."

니시얀은 촬영을 중단하고 숨을 내쉬었다.

"이거 계속 더 파면 안 되는 거잖아, 진짜."

"그래. 경찰관들에게 혼날지도 몰라."

"애들 장난으로 넘어갈 상황이 아니야."

그때 번개보다 한 박자 늦은 포효와 같은 천둥이 내리쳤다.

'그래. 이걸로 목적은 달성했으니까….'

그때 푸욱 하는 소리가 들렸다. 비가 오는 중에서도 그 소리는 잘 들렸다.

소타는 깜짝 놀라 다시 흙구덩이 아래를 쳐다보았다.

그 소리는 세이가 삽을 땅에 찔러 넣은 소리였다.

"어, 어이…." 니시얀이 당황해서 소리쳤다. "무슨 짓이야!"

세이는 뒤도 돌아보지 않고 흙을 더 파기 시작했다. 그리고 파낸 흙을 옆으로 밀쳐냈다.

소타는 세이가 마치 무덤을 파헤치고 있는 것 같은 두려움에 휩싸였다.

"이제 그만해!" 니시얀이 큰소리로 외쳤다.

분명히 들릴 텐데도 세이는 멈추지 않았다. 흙 속에서 시체를 완전히 파내려는 듯 움직임을 멈추지 않았다.

조금 뒤, 흙 속에 파묻혀 있던 상반신 일부가 드러나기 시작했다. 옷은 벌레 먹은 듯 너덜너덜했다.

"그만해, 제발 좀…. 큰일이야. 그러면 안 돼!"

니시얀은 흙구덩이 안으로 뛰어 들어가 그를 말리려고 하다가, 드러난 시체를 보고 겁을 먹었는지 더 이상 움직이지 않았다.

세이가 말없이 흙을 계속 파내자 상반신이 완전히 드러났다.

니시얀은 멍하니 그것을 쳐다보고 있었다. 하지만 잠시 뒤 중얼거리듯 말했다.

"뭔가…, 생각보다 오래되지 않았는데?"

소타는 깜짝 놀라서 니시얀을 쳐다보았다.

니시얀은 말실수를 했다는 듯 다시 입을 닫았다.

소타는 젖은 머리카락이 이마에 달라붙었고, 빗물이 눈물처럼 얼굴을 흘러내렸다.

"오래되지 않았다니? 그게 무슨 말이야?"

"아, 그게…."

"넌 어떤 시체인지 이미 알고 있었던 거야?"

니시얀이 고민하다가 고개를 끄덕였다.

"뭔데?"

계속 캐물으니 니시얀도 포기한 듯 탄식하며 말했다.

"우는 아이의 숲에 시체가 있다는 이야기 말이야…."

"응."

"…사실은 세이가 처음 꺼낸 이야기야."

"뭐라고?" 소타는 놀라서 소리쳤다. "무, 무슨 소리야?"

"세이가 갑자기 연락을 해와서 시체 찾기를 하자고 했어."

니시얀은 세이가 있는 쪽을 쳐다보며 말했다.

어둠 속에서는 그림자 하나가 열심히 움직이며 여전히 삽으로 흙을 파고 있었다.

"세이가 꼭 좀 부탁한다며 도와달라고 했어. 친척이 하는 술집에서 술 취한 남자가 무용담처럼 하는 말을 엿들었다고 했어."

"무용담이라니?"

"살인 말이야. 옛날에 사람을 죽이고 묻었다고 했대. 이미 공소시효가 지났다고 자랑스럽게 이야기했다는 거야. 자작나무 세 그루나 우는 아이의 숲 같은 단서가 될 만한 단어를 들어서 흥미가 생겼대."

너무 많이 알면 '생생한 반응'을 찍을 수 없을 거라는 말 때문에 소타는 여기까지 오는 동안 니시얀이 그 정보를 어디서 얻었는지 묻지도 않았다.

'설마 세이가 정보를 제공했었다니….'

"그랬구나…. 알려줬으면 좋았을 텐데…."

"나도 입막음을 당해서. 세이 입장에선 시체를 발견하는 영상을 찍고 싶었는데, 만약 그런 영상이 화제가 되어서 유명해지면, 자기가 술집에 있었던 걸 들키게 될 거고, 그러면 자기 입장이 곤란해질 거라고 생각했대. 그래서 내가 얻은 정보로 해 달라고 하더군. 사실은 그래서 콜라보를 하게 된 거야."

정보 제공자가 누구인지 감추었던 진짜 이유가 그것이었나? 니시얀은 세이와의 약속을 지킨 것이다.

"하지만 말이야…."

니시얀은 긴장한 듯 목젖이 상하로 움직였다.

"공소시효가 지날 정도로 옛날에 묻혀 있었다고 했는데, 그런 것 치고는 시체가 너무 멀쩡하잖아."

소타는 다시 흙구덩이 아래를 쳐다보았다. 그 순간 번개가 치는 바람에 흙 속에 묻힌 시체의 상반신이 온전하게 드러났다.

듣고 보니, 정말로 죽은 지 얼마 되지 않은 시체 같았다….

소타는 온몸에 소름이 쫙 돋았다.

세이가 갑자기 흙구덩이 아래에서 허리를 숙였다. 그러고는 맨손으로 흙을 파내기 시작했다.

호우가 쏟아지는 한밤중에 미친 듯이 손으로 시체를 파내는 그 모습은 정말 괴이했다.

"무서워…." 카호가 중얼거렸다.

세이의 집착이 무서웠다. 마치 시체에 미쳐버린 사람 같았다.

이윽고 흙 속에서 사람의 얼굴이 나왔다. 하지만 얼굴 형태는 아니었다. 점토로 빚은 얼굴 모형을 망가뜨리고 찢어놓은 것 같았다.

세이는 빗속에서 그 시체를 보고는 이윽고 일어났다. 그리고 그 무덤에서 기어 올라왔다.

카호가 두려운 듯 숨을 몰아쉬며 뒤로 물러섰다.

니시얀은 경직된 미소를 짓고 있었다.

소타는 침을 삼켰다. 그 소리가 천둥보다 더 크게 몸 안으로 울려퍼졌다.

"…어째서 그런 눈으로 날 보는 거지?" 비에 젖은 세이가 말했다.

"그렇게 원하던 시체를 발견했잖아." 니시얀이 말했다. "그건 대체…, 누구야?"

비에 맞아 흠뻑 젖었는데도 니시얀의 목소리는 말라붙어 있었다.

"누구냐니?"

"아, 아니, 누구냐는 질문은 이상하지. 모르는 사람에게 살해당한 모르는 사람일 테니까."

"아니야."

세이가 빗소리에 가려 잘 들리지 않을 정도의 작은 목소리로 말했다.

"…내 어머니야."

20

다시 천둥 번개가 숲을 내리꽂아 주위 일대가 하얗게 빛났다가 어두워졌다.

'시체가 세이의 어머니라고…? 대체 무슨 소리일까.'

흰 섬광이 반짝일 때마다 세이의 모습이 불길하게 나타났다 사라졌다를 반복했다.

"어머니라니…?"

소타는 그렇게 말하는 자신의 입이 경직되어 있는 것이 느껴졌다.

"무슨 뜻이야, 그게!" 니시얀도 세이에게 물었다.

"난…, …싫었어."

빗소리 때문에 세이의 말이 잘 들리지 않았다.

"뭐?"

니시얀이 큰 소리로 다시 물으면서 세이에게 다가갔다. 소타도 니시얀 뒤에서 조심스레 한 걸음을 내디뎠다.

"나는 어머니를 찾고 싶었던 거야…"

천둥번개가 치는 빗속에서도 이번에는 확실하게 들렸다.

"어머니라니…. 어제 이야기했던 그 어머니?" 소타가 떨리는 목소리로 물었다.

세이를 정신적으로, 육체적으로 학대했던 어머니의 시체가 왜 여기에 묻혀 있는 걸까.

"대체 뭐가 어떻게 된 거야, 세이!" 니시얀이 다시 물었다.

"아버지가 어머니를 여기 묻었다고 했어. 아버지가 술에 취했을 때 들었지. '우는 아이의 숲'이라는 이름도. 그렇게 해서 알게 된 이름을 듣고 조사했어."

"설마…."

니시얀이 뭔가 말을 하려다가 주저했다.

아마도 '아버지가 어머니를 죽인 거야?'라고 물으려고 했을 것이다. 하지만 차마 물어볼 수 없었다.

"산사태로 길이 끊어지기 전에는 집에서 차로 30분 정도면 갈 수 있으면서도 시체를 숨기기 좋은 장소였다고 했어."

…집에서 차로 30분?

"설마 세이는 치바에 살고 있는 거야?" 니시얀이 물었다.

"…그래."

세이는 치바에 살고 있던 것인가. 시체와 자신의 연관성을 숨기기 위해 일부러 도쿄에 산다고 거짓말을 했던 것이다. 생각해보면 처음 만났을 때 세이는 도쿄역에 익숙하지 않은 것을 숨겼고, 반대로 치바까지 가는 길은 모르는 척했다.

세이는 다시 뒤돌아 무덤을 내려다보았다. 바닥에 꽂아둔 삽에 가볍게 몸을 기댄 채 아래를 내려다보고 있는 그 모습은 마치 호러 영화에 나오는 도굴꾼 같았다.

"저기."

뒤에서 카호의 목소리가 들렸다. 비옷을 잡아당기는 느낌에 소타는 뒤를 돌아보았다.

젖은 머리가 이마에 달라붙은 그녀는 마치 괴물을 보고 있는 듯한 표정을 짓고 있었다. 눈썹이 경직되어 당장이라도 울 것 같았다. 우산은 바닥에 떨어져 있었다.

"나, 세이가 무서워…." 카호가 들릴 듯 말 듯 작은 목소리로 말했다.

"…응." 소타도 고개를 끄덕였다.

그녀의 마음은 충분히 이해할 수 있다. 누가 묻은 것인지도 모르는, 막연한 괴담 속에서 전해져온, 존재하지 않는 시체를 찾는 것인 줄만 알았다. 하지만 현실이었다. 게다가 시체는 세이의 어머니였다.

"세이는 위험해. 분명 큰일을 낼 거야."

카호의 목소리는 마치 불길한 예언을 하는 점쟁이 같았다.

"괘, 괜찮아. 세이는 성실하고 그리고…."

"날 덮치려고 했는데도?"

"뭐?"

소타는 카호의 말이 자신의 귀를 통과해 들어왔지만 곧바로 그 의미를 이해하지 못했다.

니시얀도 그녀의 말을 들었는지 뒤를 돌아보며 물었다.

"덮쳤다니…?"

"어젯밤."

'대체 무슨 소리인가.'

소타는 당황하며 물었다. "아니, 잠깐만, 어제 세이가 널 구해 준 거잖아?"

카호는 작게 고개를 저었다.

"자고 있었는데 세이가 갑자기 내 텐트 안으로 들어와서 덮치려고 했어. 그래서 저항하다가 숲으로 도망친 거야."

믿기 힘든 고백이었다. 지금 그 말을 또렷이 듣고 있는데도 반신반의할 수밖에 없었다. 하지만 카호가 거짓말을 할 이유가 없었다.

비 내리는 숲속의 어둠은 점점 짙어져 모든 것을 검은 그림자로 바꾸고 있었다.

"어째서 우리에게 도움을 구하지 않았지? 바로 옆 텐트에서 자고 있었으니까 소리를 질렀으면 들렸을 텐데…."

카호는 말하기 힘들다는 듯 고개를 돌렸다.

소타는 그녀의 반응을 보고 바로 알아차렸다.

한 패거리라고 생각한 것이다….

그녀 입장에서는 생판 남이나 다를 바 없는 세 명의 남자였기 때문에 도움을 구하려고 해도 정말로 자신을 도와줄지 알 수 없었을 것이다. 어쩌면 더 상황이 악화될 가능성도 있었다. 그래서 혼자 숲으로 도망친 것이다.

카호는 다시 흙구덩이 아래로 내려가 등을 보이고 있는 세이를 쳐다보았다. 지금 하고 있는 고백도 세이가 듣지 않을까 두려워하고 있었다.

세이는 검은 그림자가 되어 마치 비석처럼 움직임 없이 서 있었다.

"세이가 쫓아오는 바람에…, 발을 헛디뎠어. 그래도 비탈면 밑까지 쫓아왔어…."

"그건 구하려고 한 게…."

"아니야. 날 덮치려고 했어. 하지만 내가 비명을 질러서 두 사람이 왔을 때 세이가 '입 다물고 있어'라고 했어."

그래서 카호가 그렇게 두려워했었던 걸까? 로프로 카호를 구해줬을 때도 카호는 온몸을 떨고 있었다. 죽을 뻔했던 상황 때문이라고 짐작했었다. 세이가 덮쳤을 거라고는 상상도 못 했다.

"세이는 구해주는 척을 한 거야?"

"응. 날 업고 비탈면을 올라가려던 것처럼 연기했어."

니시얀이 고개를 절레절레 흔들었다.

"설마, 그럴 리가! 말도 안 돼! 세이가 설마 그런…."

세이를 믿고 싶은 마음은 이해할 수 있다. 하지만 세이는 정상인 걸까? 세이는 선정적인 것, 심지어 소년 만화까지도 악이라고 철저하게 배제하는 비정상적인 가정에서 자랐다.

어젯밤 세이의 이야기가 생각났다.

'불결해!'

'남자를 유혹하는 이런 옷을 입는 여자는 쓰레기야! 이런 여

자가 여성의 위상을 깎아내리는 거야!'

세이의 어머니가 지적했던 여자아이의 옷은 프릴이 달린 흰 원피스였다.

소타는 다시 카호를 보았다. 역시나 프릴이 달린 흰 원피스였다.

세이의 중학교 시절의 소녀를 떠올리게 만드는 카호가 나타났을 때, 오랜 시간 억눌러온 세이의 욕망이 폭발했다면…?

강에서 물놀이를 했을 때 세이는 카호의 몸, 아니 가슴에 손을 뻗으려고 했었다. 그것도 억눌러온 욕망이 분출되었던 게 아니었을까?

"다들!" 등을 보인 채 세이가 구덩이 아래에서 외쳤다. "흙을 파는 것 좀 도와줘."

아무 대답이 없자 세이가 뒤를 돌아보며 다시 말했다. 잿빛 빗속에서 세이는 마치 망령처럼 보였다.

"…왜 그래?" 세이가 짜증난다는 듯이 물었다.

소타는 니시얀과 마주 보았다.

니시얀이 입을 열었다. "아무래도 그건…, 좀 위험해."

"왜지? 우리는 시체를 찾으러 온 거잖아?"

"그건 그렇지만…, 시체를 파내는 건 좀….."

"파내지 않으면 온 의미가 없어."

"파내서 어쩔 건데? 아버지의 죄를 고발할 거야?"

"아버지의 죄?"

"어머니를 죽이고 묻은 거잖아."

"아니야."

"아버지가 묻었다고 니가 그랬잖아."

"아버지는 어머니의 시체를 숨겼을 뿐이야."

"뿐이라니…?"

"어머니는 내가 벌했어."

번개에 이은 요란한 천둥소리도 세이의 목소리를 지우지 못했다. 마치 오늘 만난 누군가가 오늘이 생일이라고 고백하는 말을 들었을 때처럼 세이의 입에서 흘러나온 말의 의미를 이해한 순간 등골이 서늘해졌다.

"우, 우리를 놀리는 거지?" 니시얀이 바싹 마른 목소리로 물었다. "영상의 재미를 위해서라든가…."

세이는 이상하다는 듯 고개를 갸우뚱했다.

"촬영하고 있지 않잖아?"

니시얀은 말문이 막혀 시선을 이리저리 돌렸다.

애초에 영상의 재미를 위해서 살인을 고백하는 것 자체가 황당한 짓이다. 만약 그런 짓을 한다면 엄청난 역풍을 맞을 것이고, 그런 짓을 하는 유튜버는 살아남기 힘들다.

니시얀이 떨리는 목소리로 말했다.

"어머니의 학대를 당해서, 그 학대를 견디지 못해서 궁지에 몰려서 네가…?"

세이는 말이 없었다.

"아니야? 그럼 혹시 정당방위 같은 그런 거였어…?" 니시얀이 물었다.

"저속한 책을 가지고 있었어."

"뭐?"

"남자의 상반신이 알몸으로 된 표지의 잡지였어. 그건 죄야. 성적인 가해라고. 올바른 어머니는 스스로 올바르지 않은 일을 했던 거라고."

'저속, 저속, 저속, 저속, 저속…!'

얼굴을 실제로 본 적은 없지만 세이의 어머니가 세이를 체벌할 때마다 되풀이했던 대사가 귀신 같은 표정과 함께 니시얀의 뇌리에 떠올랐다.

"그래서 내가 벌했어."

세이는 마치 자신의 행동이 정당하다고 믿는 것처럼 말했다. 극단적인 세뇌 교육이 어머니 자신에게 되돌아온 것이다.

"말도 안 돼…."

니시얀이 중얼거리는 소리가 빗소리에 묻혔다.

소타는 바로 옆에 서 있었기에 겨우 들을 수 있었다.

"자, 빨리 파내자."

세이가 흙구덩이에서 다시 올라와 삽을 마치 칼처럼 내밀면서 다가왔다.

그때 콰직 하고 젖은 흙덩이가 뭉개지는 소리가 났다. 마치 사람을 짓밟은 것 같은 소리였다.

소타는 뒷걸음질 쳤다. 니시얀과 카호도 마찬가지였다.

"…왜 도망치지?"

세이가 묻자 니시얀이 떨리는 목소리로 대답했다.

"딱히 도망친 건…."

"도망쳤잖아."

"아니, 그렇게 갑자기 살인을 고백하니까…."

"살인?"

"그렇잖아, 아무리 생각해도."

"…그렇군."

세이는 어딘지 이상했다. 미친 사람 같았다.

감정의 공감 능력이 결여된 것인지 자신의 언행이 남에게 어떻게 보이고 어떻게 받아들여지는지 판단하는 능력이 없는 것 같았다. 길고양이에게는 그렇게 헌신적이었는데….

그때 소타의 뇌리에 마치 섬광처럼 한 가지 생각이 스쳤다.

세이는 카호를 덮치면서 마치 자신이 카호를 구출하려고 한 것처럼 위장했다. 처음에는 그것이 단순히 범죄 행위를 숨기기 위해서 한 거짓말이라고 생각했다. 하지만 그런 의도라면 지금 이렇게 살인을 당당하게 고백하지 못할 것이다.

어쩌면 카호를 구했다고 한 것이 자신의 이미지 메이킹을 위해서였던 것이 아닐까.

길고양이 영상도 마찬가지였다면…?

당장 동물병원에 데려가지 않으면 틀림없이 고양이가 죽게 될 거라고 단언한 수의사가 있었다. 전문가가 그렇게 단언한 고양이를 평범한 고등학생이 간호해서 회복시키는 것은 여간 어려운 일이 아닐 것이다. 하지만 반대로 건강한 고양이를 쇠약하게 만드는 것은 쉬울 것이다.

간호하는 척하면서 먹이를 주지 않고 쇠약해져가는 영상을 매일 촬영한다. 그리고 그것을 최신 영상부터 거꾸로 업로드하는 것이다.

그렇게 하면 고양이를 간호해서 기적적으로 회복시킨 것처럼 보이게 만들 수 있다.

소타는 자신의 상상에 소름이 돋았다.

말도 안 되는 이야기이다. 바보 같은 망상이면 좋겠다 싶었다. 정말로 시간 순서를 조작해서 기적적으로 회복시킨 것처럼 보이게 했다면, 그 고양이는 어떻게 된 걸까. 그보다 더 무서운 일이 있을 수 있을까.

…순수한 것처럼 보여지게 만들어진 괴물.

세이는 비정상이다.

"빨리 도와줘."

세이가 삽으로 땅을 두들겼다. 진흙이 튀었다.

"시, 시체를 파내서 어쩌려고 그래?"

니시얀이 묻자 세이는 흙구덩이를 보며 말했다.

"…목을 벨 거야."

"뭐?"

잘못 들은 줄 알았다. 아니면 목을 벤다는 표현에 다른 의미가 있는 건가?

하지만 아니었다.

"그렇게 하지 않으면 어머니는 죽지 않아."

니시얀은 황당해하며 말했다. "무, 무슨 소리야? 이미 죽어 있잖아."

"…안 죽었어. 내가 올바른 행동을 하는지 계속 말을 걸고 있어. 뭘 하든지 어머니의 목소리가 들려. 닥치게 하려면 죽일 수밖에 없어."

'세이는 무슨 소리를 하는 거지? 어머니의 망령에 사로잡혀 있나…?'

"…대체 왜 우릴 끌어들인 거야?" 니시얀이 물었다.

"혼자서 처리하는 건 힘들잖아."

니시얀은 할 말을 잃었다. 소타는 완전히 겁을 먹어 다리가 떨려왔다. 진흙탕에 주저앉을 뻔했다.

믿을 수 없었다. 세이는 어머니 시체의 훼손을 돕게 하기 위해서 우리를 불렀단 말인가? 모든 게 끔찍한 악몽처럼 느껴졌다.

세이는 삽을 던지고 가방에서 실톱을 꺼냈다.

"위험해…." 니시얀이 세이를 바라보며 속삭이듯 말했다.

"소타는 카호를 데리고 도망쳐."

"뭐? 니시얀은?"

"세이를 막을게. 시간이라도 벌게."

"하지만…."

"위험하잖아. 말도 안 통해."

시체의 목을 벤다는 광기에 휩싸인 세이를 설득할 수 없다는 것은 소타 역시 이해했다.

"으, 응, 알았어." 소타는 결의를 다지며 대답했다.

세이가 흙탕물을 튕기며 다가왔다. 다시 번개가 치자 톱날이 번쩍였다.

"어서 가!"

세이에게 돌진하는 니시얀의 외침과 동시에 대포 소리 같은 천둥이 숲속에 울려퍼졌다.

소타는 뒤돌아 카호의 손을 잡았다.

"가자!"

둘은 폭우가 쏟아지는 새까만 숲속을 달렸다. 카호가 쥔 손 전등 빛이 흔들려 새까만 나무와 풀이 불길하게 흔들렸다. 발에는 질퍽한 진흙이 계속 튕겨 나갔다.

둘은 어둠 속을 한동안 달리다가 도중에 멈추었다. 그리고 숨을 고르며 주위를 둘러보았다.

어두운 나뭇가지에 둘러싸여 압박감과 공포로 숨을 쉬기 힘들었다. 나뭇가지들은 비를 맞아 축 늘어져 있었다. 몸에서는 열이 났다.

비바람에 흔들리는 잡초 소리에 심장이 다시 쿵쾅쿵쾅 뛰었다. 당장이라도 어디선가 세이가 실톱을 휘두르며 나타날 것 같았다.

"동굴은 어느 쪽이지?" 소타가 물었다.

카호가 당황한 표정으로 주위를 둘러보았다. 손전등으로도 주위를 비춰보았다.

"아마…, 저쪽일 거야."

그녀를 믿을 수밖에 없었다.

소타는 카호와 함께 숲속을 내달렸다. 도중에 몇 번 헤매면서도 필사적으로 계속 달렸다.

이윽고 동굴 입구에 도착했다. 어두운 숲 속은 여전히 칠흑 같았다.

'니시얀은 무사할까.'

걱정이 되어 뒤돌아봐도 어둠에 싸인 숲 속은 몇 미터 너머의 나무도 제대로 보이지 않았다.

"동굴을 통과하고 나면 휴대폰으로 어딘가에 도움을 구하자."

소타는 카호와 함께 동굴로 들어갔다. 동굴 안은 곰팡내가 진동했고 축축했다. 소타는 카호의 안내에 따라 앞으로 걸어나갔다. 안쪽으로 갈수록 빗소리는 작아졌다.

카호 덕분에 길을 헤매지 않았다.

걷다 보니 뒤에서 비명이 들렸다. 동굴에 메아리가 쳤다.

깜짝 놀라 소타가 뒤를 돌아보았다. 어둠을 노려보며 귀를 기울이자 다시 목소리가 들렸다. 분명 니시얀의 목소리였다.

'무사히 도망친 걸까?'

"니시얀과 합류하자!"

"괜찮을까?" 카호가 물었다.

"…함께 있는 편이 안심되잖아."

소타는 손전등을 받아들고 빛에 의지하며 왔던 길을 되돌아가기 시작했다.

세 갈래 갈림길에 다시 도착해 가운데 길로 가려고 하자, 카호가 소타의 팔을 잡아당겼다. 그러면서 작게 고개를 저었다.

"가지 말라고?"

"아니, 그게 아니고…."

카호는 왼쪽을 가리켰다.

"저쪽이야."

"하지만 우리는 여기서 왔잖아."

"목소리가 저쪽에서 들렸어."

"…정말이야?"

"응."

소타는 카호를 믿고 왼쪽 길로 향했다. 정말로 다시 니시얀의 목소리가 들렸다.

안쪽으로 계속 들어가자, 어느 순간 땅이 나락으로 떨어지는 것 같은 절벽이 나타났다. 불빛을 비추어도 절벽 아래 바닥이 보이지 않았다. 자갈돌을 발로 차보니, 어딘가에 부딪치면서 사라져버렸다.

소타는 손전등으로 앞을 비추었다. 거기에는 멀리뛰기 세계 기록 보유자라도 뛰어넘지 못할 절벽이 있었다.

저 너머에서 니시얀의 목소리가 들렸다. "소타? 소타 맞지?"

소타도 니시얀의 이름을 크게 불렀다. 저 멀리 손전등을 비추자 그곳에서 발걸음 소리가 들렸다.

니시얀은 손목시계에서 나오는 불빛에 의지한 채 헐떡거리면서 뛰어오고 있었다. 목에는 카메라를 걸고 있었다.

"소타!"

"니시얀!"

절벽을 사이에 두고 둘은 서로 마주 보았다.

"세이는⋯?"

"세이는⋯."

니시얀이 뒤를 돌아보았다. 그와 동시에 세이가 나타났다. 손에는 실톱을 쥐고 있었다. 비에 젖은 세이의 몸과 흉기에서 떨어지는 물방울은 핏방울을 연상시켰다.

"⋯어째서 나를 돕지 않지?"

세이가 니시얀에게 다가가자, 절벽을 등지고 서 있던 니시얀이 뒷걸음질치기 시작했다.

"위험해!"

소타가 반대편 절벽에서 소리쳤다.

니시얀이 흠칫 놀라며 고개를 돌려 뒤를 보았다. 그리고 절벽을 내려다본 다음 다시 세이를 쳐다보았다.

"시, 시체를 처리하다니…. 그런 걸 도와줄 수 없잖아."

"시체 찾기의 클라이맥스잖아? 카메라로 찍는 사람이 없으면 어떡해?"

"무슨 소리야? 그런 걸 영상으로 올릴 수는 없어."

"왜지?"

"왜냐니…. 당연하잖아."

"하지만 진짜 시체잖아. 얼마나 리얼하겠어?"

"진짜냐 가짜냐 그런 문제가 아니잖아."

"이건 니시얀의 영상과 달리 가짜가 아니라고."

"뭐? 무슨 소릴…?"

'세이가 갑자기 무슨 소리를 하는 거지?'

"아, 아, 물론 난 부자가 아니야. 부모가 부자일 뿐이지…."

그때 세이가 니시얀의 코앞까지 다가왔다. 니시얀은 더 이상 도망칠 곳이 없었다.

소타로서는 도와주러 갈 수 없는 현실이 안타까웠다.

'반대편 절벽에서 쳐다볼 수밖에 없다니….'

"이 봐. 넌 부모가 부자인 것도 아니잖아. 영상에 나오는 저택도 남의 집이지? 청소부 알바로 고용된 저택에서 멋대로 찍은 거잖아? 아니야?" 세이가 니시얀의 말을 반박했다.

그 말에 니시얀은 할 말을 잃은 듯했다.

갑작스런 이야기에 소타도 혼란스러웠다.

청소부 알바? 남의 저택? 거짓말?

'설마, 믿을 수 없어.'

"내 채널에 구독자 하나가 와서 댓글로 내게 알려주었지. 자기 부모님 집이 멋대로 니시얀의 유튜브 영상 속 무대로 쓰이고 있다면서, 진실을 알리고 사기꾼을 잡아달라고 말이야." 세이가 말했다.

니시얀은 절망한 듯 고개를 절레절레 흔들었다.

"영상에 나오는 친구들도 네가 알바한 돈으로 고용한 거지? 네가 이용한 친구 파견회사 이름도 찾아냈어."

'친구 파견회사…?'

그러고 보니, 이전에 인터넷 뉴스에서 본 적이 있었다. 인싸로 보이기 위해 친구 역할을 할 사람을 불러 분위기를 띄우거나 사진을 찍어주는 대행 서비스가 있다고. 화려한 영상이나 사진으로 구독자나 팔로워를 압도하고 싶은 인간이 있어서 그런 수요가 많다고 했다.

"난 니시얀을 고발하는 영상을 찍을 생각이야." 세이가 말했다.

소타는 아직까지 니시얀의 영상이 가짜라는 생각을 해본 적이 없었다.

'방송국 PD들은 제쳐두고라도 우리는 개인이니까 스스로를 속이는 건 좋지 않아.'

스스로를 속이고 있으면서 그때 그렇게 설교했던 건가.

니시얀이 반박했다. "네가 더…, 죄질이 나빠. 사람을, 어머니를 죽이고 시체의 목을 절단하려고 하잖아."

그렇다, 그 말대로다. 니시얀의 연출보다 세이의 행동이 더 나쁘다.

니시얀이 다시 물었다. "저기…, 왜 시체 찾기에 날 끌어들인 거지? 그런 고발 영상을 찍을 생각이라면 함께 시체 찾기를 할 필요도 없잖아."

세이는 아무렇지도 않게 대답했다. "믿고 있던 상대에게 배신당했다는 것을 알았을 때 네가 어떤 반응을 보일지 알고 싶었어."

세이는 타인의 감정을 이해하는 능력이 없기 때문에 그것을 이해하기 위해 주위 사람들을 실험하고 있는 것 같았다.

니시얀은 뒤를 돌아보았다. 절벽을 사이에 두고 소타와 눈이 마주쳤다. 당장이라도 울며 쓰러질 것 같은 표정이었다.

"소타, 거짓말해서 미안해. 학교 이야기도 전부 지어낸 이야기지만…. 하지만 난 정말 널 동생처럼 생각했어. 넌 나처럼 되지 마."

그때 갑자기 세이가 니시얀에게 다가갔다. 차르르 하고 모래를 밟는 소리가 울리며 니시얀이 그를 쳐다보았다.

"날 무시하지 마. 촬영을 도와."

세이의 목소리는 무덤덤했지만 완고한 명령의 울림이 있었다.

니시얀이 고개를 저었다.

"…그렇게 나오신단 말이지."

세이는 니시얀의 얼굴을 향해 실톱을 내밀었다.

"으아악."

니시얀이 반사적으로 몸을 트는 바람에 자세가 흐트러졌다.

'앗'하고 외치려 했을 때는 이미 늦었다. 니시얀은 비명을 지르며 절벽 아래로 떨어졌다.

소타는 망연자실한 채 그 모습을 지켜볼 수밖에 없었다. 눈앞에서 일어난 일을 도저히 믿을 수 없었다.

겨우 정신을 차리고 절벽 밑을 향해 큰소리로 외쳤다. 하지만 목소리는 어둠 속으로 빨려 들어갈 뿐이었다. 대답은 없었다.

니시얀이 죽었다.

세이 때문에 죽은 것이다.

소타는 절벽 밑과 세이를 번갈아 보았다. 그와 눈이 마주쳤다. 세이의 눈동자에는 감정이 없었고, 끝이 보이지 않는 저 절벽 밑처럼 깊은 어둠을 품고 있었다.

"…너희들은 안 도와줄 거야?"

소타는 고개를 저으며 뒷걸음질쳤다. 카호와 부딪치며 비로소 그녀의 존재를 떠올렸다.

"시, 싫어!"

소타는 그렇게 소리친 다음 카호의 손을 잡고 도망치기 시작했다.

중간중간 잘못된 길로 들어섰지만 그때마다 카호가 그쪽이 아니라고 외쳤고, 카호의 도움 아래 동굴 속을 내달렸다.

동굴을 빠져나온 뒤에도 둘은 뒤도 돌아보지 않은 채 숲속을 계속 달렸다.

21

폐허가 된 공장에서 노조미를 습격했던 남자는 출동한 경찰에 의해 현행범으로 체포되었다. 다른 두 명의 남자는 도망쳤다. 그렇지만 곧 그들도 체포될 것이다.

노조미는 취조를 담당한 관할 경찰서의 마지마에게 이야기를 들었다.

"배후가 누군지 불던가요?"

"아니."

마지마가 고개를 저었다.

"배후가 있었다는 걸 부정하고 있네."

노조미는 세 남자의 배후에 하세가와나 치요다의 부모가 있다고 확신했다. 그들을 자극한 결과 이렇게 역공을 당한 것이다.

"그럼 뭐라고 하던가요?"

마지마가 어이없다는 듯 웃으며 말했다.

"미인을 노리고 납치했는데, 생각지 못한 반격을 당해 화가 나서 혼을 내주려고 했다는군."

이번에는 노조미가 어이없어할 차례였다.

"믿으시는 건가요?"

"미인이라고 한 거 말인가?"

"성욕 때문에 벌어진 사건이라는 진술이요."

"…아니지."

"그렇죠? 그럼 이제는 제 이야기를 믿어 주실 건가요?"

"다른 두 명을 체포해서 자백을 받아내면 자네 말이 상부에도 먹힐 수 있을 거야."

"꼭 잡아 주세요. 미즈모토 유카 사건의 진범을 체포할 수 있을지도 몰라요."

노조미는 간절한 마음으로 고개를 숙였다.

노조미는 집으로 돌아와 컴퓨터를 켰다. 시체 찾기의 정보를 얻기 위해서였다.

그동안 인터넷에는 시체 찾기 관련 커뮤니티도 생겨났다. 사건이나 소동이 있으면 누군가 반드시 그에 대한 커뮤니티를 만든다. 저작권 소동이라면 의혹에 휩싸인 인물의 과거 작품을 전부 검증하는 사이트까지 만들어진다. 유명인이 얽힌 사건이면 등장인물의 관계도가 생성되고, 관계자의 가족 개인정보부터 SNS 계정까지 전부 파헤쳐진다.

시체 찾기 커뮤니티에는 아사누마 쇼고에 의해 살해된 피해자가 범행 시점 순서대로 나열되어 있었다. 각 피해자의 이름, 나이, 거주지 등의 상세한 정보도 정리되어 있었다. 보도를 통해 알려진 정보뿐만 아니라 피해자가 SNS에 남긴 글도 포함되어 있었다.

말 그대로 네티즌 수사대의 인해전술로, 경찰 뺨치는 정보

수집력이다. 참고할 겸 읽어보았다.

시체 찾기를 하는 사람들의 글이나 영상도 올라와 있었다. '시체 발견!'이라는 제목을 달아놨는데, 클릭을 해보면 동물 시체였다는 어그로(aggro : 관심을 끌고 분란을 일으키기 위하여 인터넷 게시판 따위에 자극적인 내용을 올리는 행위 – 옮긴이 주)성 낚시 영상이나, 묘지에 몰래 들어가 소란을 떠는 영상 등 다양한 영상이 있었다.

커피를 마시며 몇 시간 정도 커뮤니티를 살펴보다가 마지막에는 익명게시판도 살펴보았다. 게시글의 페이지수가 벌써 215까지 있었다.

딱히 볼 만한 글은 없었고, 다들 이번 사건을 그저 예능 프로그램처럼 즐기고 있을 뿐이었다.

하지만 멍하니 보다보니, 한 가지 신경 쓰이는 글을 발견했다.

'아사누마 쇼고의 추억의 장소는 '죽은 아이의 숲'이야.'

죽은 아이의 숲?

노조미는 '죽은 아이의 숲'을 포털 사이트에서 검색했다. 하지만 검색 결과로 나온 것은 '우는 아이의 숲'뿐이었다. 컴퓨터가 올바른 지명으로 변환한 결과였다. 치바현에 있는 어느 마을의 숲이었다.

노조미는 혹시나 하는 마음에 '죽은 아이의 숲'에 ''를 붙여서 검색했다. 이렇게 하면 죽은 아이의 숲과 일치하는 정보만 나온다.

2건….

검색 결과 나온 것은 고작 2건이었다. 사이트에 들어가 보니 도시 괴담을 다루는 기사가 있었다.

'우는 아이의 숲'은 제2차 세계대전 직후 '죽은 아이의 숲'이라고 불렸다고 한다. 아이를 버리는 부모가 많았기에 붙여진 이름이었다. 마을 사람들은 듣기 좋지 않다고 하여 '우는 아이의 숲'으로 이름을 바꾸었다.

'죽은 아이의 숲'이 아사누마 쇼고의 추억의 장소…?

커뮤니티에 글을 쓴 사람은 왜 '죽은 아이의 숲'이라는 지명을 쓴 걸까? 아사누마 쇼고와 전혀 관계가 없어 보이는데….

그래서 오히려 신빙성을 느꼈다. 물론 근거는 별로 없는 직감에 불과했다.

글을 쓴 사람을 찾아낼 방법은 없을까? 개인정보 공개청구를 해야 하나? 그렇게 되면 누군가에 대한 과격한 명예훼손이 아닌 이상 법원에서 허가해주지 않을 것이다.

생각에 거기에 다다른 순간, 작성 날짜 옆에 있는 IP주소가 보였다. 허위 사실 게재를 방지하기 위해 공개되어 있는 듯했다.

통상 IP주소만으로는 작성자를 찾아낼 수는 없다. 하지만 예외는 있다. 학교나 직장 등 전용 회선을 사용하는 장소의 컴퓨터에서 작성했을 경우이다. 대체로 IP주소를 살펴보면 어떤 장소인지 대략은 알 수 있게 되었다.

이 글도 마찬가지였다. 도쿄 내의 사립대학 내 컴퓨터의 IP주소였다.

노조미는 다음 날 아침 눈을 뜨자마자 행동에 나섰다. 전철로 도쿄에 있는 그 사립대학을 찾아갔다.

"이 대학의 어떤 학생이 작성한 글에 대해 수사를 하고 있습니다. 일이 복잡해지기 전에 이야기를 듣고 싶습니다."

경찰 신분을 드러내자 교직원은 당황했다. 현재 떠들썩한 시체 찾기에 대한 글이라고 밝혔다.

직원은 해당 사실을 알아보겠다면서 응접실을 나갔다.

글을 쓴 사람이 순박한 학생이기를 바라자. 만약 학생이 아닌 직원이나 교수라면 묵비권을 행사할 수도 있다.

대학 본부 응접실에서 시계를 확인하며 기다리고 있자 직원이 돌아왔다.

"확인해보니 해당 글은 컴퓨터 동아리실에 있는 컴퓨터에서 작성한 것으로 확인되었습니다. 동아리 멤버는 4명이고 출석한 3명은 작성하지 않았다고 하니 오늘 출석하지 않은 학생이 썼을 거라고 생각합니다."

노조미는 그 학생의 이름과 주소를 확보하고 대학을 나왔다. 목적지인 아파트까지는 전철로 한 정거장이었다.

거의 20, 30년은 되었을 법한 오래된 아파트에 도착해 203호 실 명패를 확인하고 초인종을 눌렀다. 1분 정도 기다리자 문이 열렸다. 나온 사람은 아주 연약해 보이는 청년이었다.

"아사누마 쇼고 사건을 수사 중인 오리카사입니다."

단도직입적으로 말을 꺼내자 청년은 눈동자가 크게 흔들렸다. 그 반응을 보니 제대로 찾아왔다고 확신했다.

"이야기를 좀 듣고 싶은데요…."

청년의 눈동자가 두려움에 흔들리고 있었다. 하지만 이윽고 긴장된 표정으로 작게 고개를 끄덕였다.

"잠시 실례해도 될까요?"

청년은 들어오라면서 문을 열었다.

노조미는 청년을 뒤따라 들어가 거실에서 탁자를 사이에 두고 앉았다. 젊은이다운 만화책 등은 전혀 없었고 어딘지 모르게 삭막한 분위기였다. 청년의 마음 상태를 대변하고 있는 듯했다.

그는 초조한 듯 주먹을 쥐었다 폈다를 반복하며 안절부절못하고 있었다.

"아사누마 쇼고의 시체 찾기에 관한 수사를 하고 있습니다. 그 과정에서 이것을 발견했습니다."

노조미는 종이 한 장을 탁자에 올려놓았다. 익명게시판에서 발견한 글을 인쇄한 것이었다.

청년은 종이를 보더니 시선을 허공으로 돌렸다. 엉터리로 쓴 글을 들켜서 두려워하는 반응이 아니었다.

"그저 주목을 받고 싶어서 쓴 건 아니지요?"

전부 알고 있다는 듯한 뉘앙스를 담아 질문하자, 청년은 더욱 두려워하는 듯했다.

"아사누마 쇼고의 추억의 장소는 '죽은 아이의 숲'이야."

노조미는 게시판 글을 낭독했다.

"상상으로 쓸 수 있는 내용이 아니죠."

"사, 상상입니다. 대충 아무렇게나 적은 겁니다."

"그럴듯한 정보는 셀 수 없이 많았지만 그것들은 전부 아사누마와 어떤 관계나 연결고리가 있었습니다. 하지만 죽은 아이의 숲은 다르죠. 완전히 뜬금없기에 더욱 사실이라는 생각을 했습니다."

청년은 말이 없었다. 탁자 위의 주먹만 계속 쳐다보고 있었다.

"왜 죽은 아이의 숲이었는지 이야기해주실 수 있나요?"

청년은 포기한 듯 고개를 끄덕였다. 그러고는 고개를 숙인 채 심호흡하고 천천히 고개를 들었다.

"…그 전에 제가 중학교 3학년 여름 방학에 있었던 이야기를 해드려야겠군요. 유튜버였던 저와 제 친구는 아사누마 쇼고와 시체 찾기를 했습니다."

22

대학생 후쿠모토 소타는 담담하게 이야기를 술회하기 시작했다.

그는 중학교 3학년 때 어머니의 재혼에 대한 반발심에 학교에 가지 않았다. 방구석에 틀어박혀 유튜브에 영상을 업로드하며 시간을 보냈다고 한다.

만족감이나 성취감과는 거리가 먼 삶이었다.

하지만 어느 날 동료 유튜버인 니시얀으로부터 '시체 찾기'를 하자는 제안을 받았다. 치바현에 있는 어느 장소에 시체가 숨겨져 있다는 정보를 얻었다며 여름 방학에 같이 찾으러 가자는 것이었다.

숨이 막힐 것 같은 집에서 탈출할 기회라고 생각해서 승낙했다. 니시얀이 한 명 더 데려온 사람은 세이라는 고등학생이었다.

여름 방학이 되어 셋이서 시체 찾기에 나섰다. 거기서 만난 소녀, 카호의 안내로 셋은 '우는 아이의 숲'으로 향했다. 동굴을 통과하여 시체가 묻혀있다는 장소인 자작나무 세 그루를 찾았다.

"우린 비가 내리는 중에 계속 흙을 팠습니다."

후쿠모토 소타는 방바닥을 바라보며 말했다.

"거기서…"

그가 주저하고 있음을 느꼈다.

"정말로 시체를 찾은 거군요?"

"…네."

"그건 어떤 시체였나요?"

"저는 그냥 이름 모를 누군가의 시체라고 믿었습니다. 하지만 실제로는 세이의 어머니였던 것입니다. 시체 찾기도 세이가 니시얀에게 제안했다고 합니다. 공소시효가 지난 살인범이 술에 취해 떠드는 것을 우연히 들었다는 거짓말도 했다죠. 지금 생각하면 살인죄에는 공소시효가 폐지됐는데 당시에는 그걸 잘 몰랐습니다."

엄밀히 말하면, 공소시효 진행 도중에 법이 개정되어 공소시효가 폐지된 케이스가 아니라, 공소시효가 완전히 지나버린 다음 법이 개정되어 공소시효가 폐지된 케이스는 형벌 법규의 소급입법금지 원칙 때문에 공소시효가 폐지되었음에도 살인행위를 처벌할 수 없다. 그래서 그런 경우라면 살인범이 술자리에서 자신의 살인행위를 무용담처럼 떠벌릴 가능성이 없는 것은 아니다.

"…어머니의 시체라고 하셨죠?" 노조미가 긴장하며 물었다.

"네. 그리고 어머니는 세이가 죽였다고 했습니다. 다만, 그 시체를 묻은 사람은 세이가 아니라 세이의 아버지라고 했습니다. 세이는 아버지가 '우는 아이의 숲'에 묻은 어머니의 시체를 찾으려고 했던 겁니다."

아사누마 쇼고의 어머니는 몇 년 전에 남편과 자식을 버리고 가출했다고 보도되었다. 그런데 설마 아사누마 쇼고에 의해 살해당했을 줄이야.

"카호와 저는 세이가 무서워서 도망쳤습니다. 하지만 저희를 도망치게 해준 니시얀은 동굴 안에 있는 절벽에 떨어져서…."

후쿠모토 소타는 아랫입술을 깨물었다.

"설마 살해당한 건가요?"

"절벽 아래로 떨어졌습니다. 세이가 휘두른 실톱을 피하려다가 균형을 잃었거든요…."

"경찰에는 신고했나요?"

후쿠모토 소타는 고개를 숙인 채 고개를 저었다.

"어째서죠?"

"…무서웠습니다."

그는 그 한마디를 통해 자신을 이해해달라고 애원하듯이 입을 다물었다.

"니시얀이 실종되면서 큰 소동이 있지는 않았나요?"

후쿠모토 소타는 긴장을 풀듯 한숨을 쉬었다.

"모르겠습니다. 누구에게도 시체 찾기에 관해 이야기하지 않았는지 적어도 저에게 경찰이 찾아오는 일은 없었습니다."

"그 후에는요?"

"계속해서 공포에 떨 수밖에 없었습니다."

소타는 갑자기 고개를 들었다.

"왜냐면! 세이가 그런 짓을 계속⋯."

"어떤 짓인데요?"

그는 두려움에 찬 표정으로 작게 고개를 끄덕였다.

"우는 아이의 숲에서 살아 나온 후 며칠이 지났을 때 세이가 영상을 업로드했습니다."

"시체 찾기 영상이요?"

"아닙니다. 그건 불가능합니다. 그 영상이 저장된 카메라는 니시얀과 같이 절벽 아래로 떨어졌으니까요."

"그럼 어떤 영상을?"

"⋯니시얀의 죄를 고발하고 폭로하는 영상이었습니다. 정말로 그렇게 할 줄은 몰랐습니다."

소타는 지금도 악몽에 사로잡혀 있는 듯 떨리는 목소리로 이야기했다.

시체 찾기에서 돌아온 지 일주일 후, 한 번도 들어가지 않았던 유튜브에 접속해서 니시얀의 채널을 확인했다.

소타는 그날 밤 있었던 일을 한여름 밤의 악몽이라고 믿고 싶었다. 악몽이라면 평소처럼 새로운 영상이 올라왔을 것이다. 니시얀은 그동안 영상 업로드를 3일 이상 미룬 적이 없었다.

하지만 최신 영상은 시체 찾기를 하기 전인 강가에서 노는 영상 그대로였다.

조심스레 세이의 채널을 확인했다.

그때 바로 전날 믿을 수 없는 영상이 하나 올라와 있었다.

'갑부인 척한 유튜버 니시얀의 거짓을 폭로한다.'

영상의 내용은 니시얀의 영상이 거짓에 기반한 것이라는 내용이었다. 청소부 아르바이트라는 직업을 이용해 남의 저택을 자기 집으로 위장해 영상의 무대로 사용했다. 청소부 일로 번 돈으로 '친구 파견회사'에서 '친구'를 고용해 '인싸'인 것처럼 위장했다.

탄산음료나 파티로 더럽힌 방은 원래 주인인 자산가 부부가 여행에서 돌아오기 전까지 다 청소했다. 그렇게 들키지 않도록 치밀하게 준비해 저택을 자신의 무대로 사용했다.

세이의 영상에 의해 니시얀의 민낯이 드러나자, 인터넷에서는 가열찬 분노와 조롱이 이어졌다.

'없어 보여.'

'이런 허세 뭐임?'

'꼭 그렇게까지 했어야 했냐?'

'무슨 지병이라도 있어?'

'유튜버의 어둠'

'관종 몬스터'

'멋대로 남의 집을 쓰는 건 범죄잖아.'

'알바 테러네, 이거.'

비난은 며칠간 계속 이어졌다. 니시얀이 전면에 나서 반박하지 않았기에, 물론 죽었으니 당연하지만, 소동은 점점 사그라

들었다. 다만 조회수를 올리기 위해 범죄행위를 저지른 유튜버로서의 악명만 영원히 남았다.

"저는 세이의 존재가 무서웠습니다. 그렇잖아요? 니시얀은 죽었는데…. 세이가 어머니를 죽였다고 고백했고, 그걸 알고 있는 우리는 살아남은 겁니다. 그런데 아무 일 없다는 듯 니시얀을 규탄하는 영상을 올렸으니…."

"세이의 채널은 남아 있나요?"

"아니요. 반년 전에 사라졌습니다."

"증거 인멸을 위해서 세이가 지운 것인가요?"

"아닙니다. 세이의 존재도 기억에서 잊혀질 즈음 인터넷 기사 속에서 그의 이름을 보았습니다. 세이라는 유튜버가 올린 영상이 거짓말이었다는 사실이 밝혀졌다는 내용이었습니다…."

"어떤 거짓말이었죠?"

"'도청 헌터' 시리즈였습니다. 기사의 내용에 따르면 세이는 여성들의 집에 도청기가 처음부터 설치되어 있지 않았는데도 자기가 가져온 장비를 통해 도청기를 발견한 것처럼 위장했다고 했습니다. 짐작 가는 사람이 있냐고 여성들에게 물어본 다음, 그녀가 지명하는 남자를 같이 만나러 가서 비난을 퍼부었던 겁니다. 그런 의심을 받으면 남녀는 더 이상 이전과는 같은 관계로 지낼 수 없게 되겠죠. 최악의 사기 영상이어서 니시얀 때보다 더 비난을 많이 받았고…."

"그야 그렇겠죠. 사기 짓으로 남의 인간관계를 파괴한 거니까요."

"그 결과 다른 영상도 검증에 들어가 결국 길고양이를 간호하는 영상도 거짓이었다는 것이 밝혀졌습니다."

세이가 건강한 고양이를 쇠약하게 만든 기록 영상을 거꾸로 업로드했다는 것이다. 마치 헌신적인 간호로 회복시킨 것처럼 보이기 위해서.

"충격적인 이야기군요."

인간은 자신이 저지른 죄나 부당한 행위를 감추기 위해 필요 이상으로 '착한 사람'인 척하려고 한다. 세이의 경우 고양이를 학대해놓고서 마치 고양이를 구하는 것처럼 하면서까지 동물에게 헌신적으로 사랑을 주는 모습을 연출하려고 했다.

왜 도덕적이고 올바른 주장만 하는 사람 중에는 도리어 죄를 많이 지은 악인이 있는 걸까. 왜 성직자가 어린아이를 성적으로 학대하고, 아동포르노 반대자가 미성년자를 강간하고, 인권을 수호하는 기자나 변호사가 인권을 무시하는 걸까.

자신이 행복하다고 유난히 어필하는 인간이 사실은 불행하거나 외로운 것처럼, 자신이 저지른 죄가 드러나는 것을 두려워하는 인간일수록 비슷한 행위를 소리 높여 비판하는 법이다. 세상 사람들은 설마 그렇게 주장하는 인간이 그런 죄를 지을 줄은 꿈에도 모를 테니까.

그렇기에 노조미의 선배 형사들은 종종 범죄행위나 부도덕한 행위를 규탄하는 인간을 제일 먼저 의심하라고 교육했다.

마약이나 폭력, 포르노를 이상할 정도로 비판하는 사람을 잘 지켜보면 진짜 실체가 드러나기도 한다.

이런 경우 여론은 '그토록 범죄 행위를 비판했던 사람이 왜?'라든지, '미라 도굴꾼이 왜 미라가 되었는가?'라며 이해하지 못하지만, 선후관계는 오히려 그 반대이다. 이미 그런 범죄를 저지른 인간이 죄책감에서 눈을 돌리기 위해 '올바른 일'을 한 것처럼 꾸민 것뿐이다.

"동물병원에 데려가야 한다고 비판했던 댓글이 작성되면 세이는 지극히 감정적으로 반응했습니다. 당시의 저는 세이가 화내는 것이 당연하다고 생각했는데, 지금 생각해보면 그것도 세이의 위험성이 드러난 것이었죠."

노조미는 말없이 고개를 끄덕였다.

정말로 착한 사람은 자신의 '선행'에 반론을 제기하는 것만으로 화내거나 공격적으로 행동하지 않는다. 필사적으로 착한 사람을 연기하고 있었기에 자신의 '선한 마음'이 부정당하게 되면 본성, 즉 자신의 악한 본 모습이 들킬지도 모른다는 불안과 공포로 인해 자신에게 반론하는 인간을 공격하고 없애버리려고 하는 것이다.

"어쨌든 그런 소동이 있고 나서 세이는 채널을 삭제했습니다. 세이의 채널은 남의 죄를 고발하는 영상이 많았기에 더 비판이 심했거든요. 그제야 저는 세이로부터 해방된 것 같았습니다. 저는 유튜버도 그만두고 계정도 삭제한 다음 제대로 학교를 다시 다니기 시작했습니다. 학교에 가지 않으면 여름날의 시체 찾기가 계속 떠오를 것 같았습니다…."

"과거로부터 해방되었다면서 왜 '우는 아이의 숲'을 인터넷에 올린 거죠?"

"얼마 전, '아사누마 쇼고'라는 연쇄살인범이 체포됐다는 뉴스를 TV로 보았기 때문입니다. 체포된 범인의 얼굴 사진을 보고 저는 심장이 멈출 뻔했습니다. 그 사람은 분명 '세이'였기 때문입니다. 대학에 와서 친구를 사귀고 공부하면서 평범하게 살고 있던 저는 그로 인해 다시 과거로 돌아갔습니다."

후쿠모토 소타는 두려움을 억누르듯 자신의 팔을 어루만졌다. 알고 보니, '세이'란 이름은 '아사누마 쇼고'가 유튜버로서 활동하는 이름이었던 것이다.

잠시 침묵이 이어졌다.

현관 쪽에서 소리가 나더니 문이 열렸다.

"소타, 문이 열려 있었어."

발걸음 소리와 함께 여성의 목소리가 들려왔다.

후쿠모토 소타가 허둥대며 일어났다.

"죄송합니다. 대학 친구입니다…. 이 사건에 대해서는 아무것도 몰라서…."

후쿠모토 소타가 그녀를 맞이하기 전에 그녀가 거실에 들어왔다. 그녀는 노조미와 눈이 마주치고 크게 당황했다.

"주민센터에서 사회 복지 문제로 지원할 것이 있는지 질문이 필요해서 방문했습니다. 오리카사라고 합니다."

노조미가 먼저 선수를 쳤다. 초인종도 안 울리고 들어오는 사이니까 그냥 친구는 아닐 거라고 짐작했다. 오해가 생겨서는 소타의 이야기를 더 듣기 힘들어진다.

"아, 그러시군요…." 그녀는 당황한 채 인사를 했다.

"대충 그런 거야." 소타가 양손을 모으며 말했다. "미안, 나중에 연락할게."

"으, 응…."

소타는 그녀를 현관까지 배웅하고 돌아왔다. 이마에 흐른 땀을 손수건으로 닦고 다시 탁자 앞에 앉았다.

"감사합니다. 잘 이야기해 주셔서…."

노조미는 고개를 끄덕이고 다시 본론으로 돌아왔다.

"아사누마 쇼고에 대해서인데요."

"…네. 사실 저는 세이가 뉴스에 나와서 놀란 것은 아닙니다. 세이라면 그럴 법도 하다고…. 세이와 며칠 같이 지내본 저는 그렇게 느꼈거든요."

후쿠모토 소타는 세이의 어머니에 대해 이야기했다.

세이는 만화나 소설, 드라마 등 선정적인 표현이 조금이라도 포함되어 있는 창작물과의 접촉을 어머니로부터 금지당해 몰래 읽는 것을 들켰을 때는 '저속!'이라는 소리를 들으며 체벌을 당했다. 이성과 사이좋게 지내는 것도 금지당했고, 흰 원피스를 입은 동급생과 같이 있었다는 것을 들켰을 때는 '남자를 유혹한 옷차림의 여자'로서 그녀도 비난의 대상이 되었다고 한다.

'제대로 된 윤리 의식과 젠더 의식을 교육하지 않으면 남자는 성범죄자가 된다.'

그것이 세이 어머니의 주장이었다. 그녀는 아들이 선정적인 것과 전혀 접촉하지 못하게끔 통제했다.

"아이에 대한 그런 세뇌 교육은 육체적인 학대처럼 쉽게 눈치챌 수가 없어요. 아이에게 어떤 죄의식이나 저주를 심어주어 건전한 성장이나 발육을 저해하는 방법이죠."

"처음에 저는 세이가 고결하고 멋지다고 생각했습니다. 그에 반해 저는 얼마나 저속한가, 하고 열등감을 느꼈죠…."

"중학생이었다면 아직 사춘기였을 테니까요. 하지만 오히려 그런 것을 완전히 기피하는 것이 불가능하고, 어떤 면에서는 불건전하다고 할 수도 있겠죠. 뭐든지 적당히 흥미를 가지고, 적절히 보고 배우지 않으면 중도(中道)를 알지 못해 어디서 멈춰야 할지 모르기 때문일 겁니다."

여성을 표적으로 삼는 엽기살인범의 과거를 더듬어 가다보면 결벽증인 부모에 의해 선정적인 것을 전부 악으로 여기고 금지당해서 오히려 여성관이 일그러졌다는 이야기를 가끔 듣게 된다. 성적인 매력을 지닌 여성을 단죄하기 위해 덮치거나, 선정적인 것을 피하다 보니 오히려 과도하게 여성을 미화하여 망상과 현실의 차이에 실망하고 범죄를 저지르기도 한다. 어머니와 비슷한 여성이나 어머니가 혐오했던 성적인 매력을 지닌 여성을 표적으로 하는 경우가 많다.

아사누마 쇼고의 과거를 듣고 가장 먼저 떠올린 것은 미국을 뒤흔들었던 연쇄 살인마 에드워드 게인이었다. 에드워드 게인의 어머니도 성행위에 혐오감을 가지고 있었다. 남편을 조롱하고 성행위는 자식을 낳기 위해 억지로 했다. 희망하던 여자아이는 태어나지 않았고, 두 번의 임신이 전부 남자아이였기에 상당히 실망했다고 한다. 선정적인 것을 혐오하는 어머니는 남자의 성기를 악의 상징으로 생각해서 남자아이에게 자신의 성기에 침을 뱉도록 강요했다.

어머니의 일그러진 교육으로 인해 에드워드 게인은 자신의 '남성성'을 부끄럽게 여기게 되었다. 선정적인 것에 면역이 없어서 상스런 농담을 듣는 것만으로도 얼굴이 빨개져 도망치기 일쑤였다.

이윽고 가족이 전부 사망한 후, 에드워드 게인은 점차 시체나 식인욕구에 광적인 집착을 보이게 되었다. 그는 무덤에서 어머니와 비슷한 중년 여성의 시체를 파내어 해체하고, 그 피부로 조끼를 만들어 입고, 인육으로 양말을 만들었다. 두개골로 그릇을 만들고 입술로는 자외선 차단제를 만들었다.

'남자라는 성'을 혐오하도록 교육받은 결과, 자신의 성기를 잘라낼 정도였다. 그 대신 여성의 시체를 해체하는 것에 성적 만족감을 느끼게 되었다. 시체의 유방으로 만든 조끼를 입으며 밤마다 농장을 배회했던 것도 '남성성'을 부정하도록 교육받았기 때문이다.

체포된 에드워드 게인의 집에서는 옷이나 식기, 가구로 가공된 15명의 여성 시체가 발견되었다. 시체 손괴뿐만 아니라 살인까지 저지른 에드워드 게인은 결국 재판에서 정신장애로 무죄를 선고받았다. 하지만 77세의 일기로 사망할 때까지 정신병원에서 지냈다.

에드워드 게인은 '양들의 침묵'이나 '사이코' 같은 저명한 작품 속에서 살인범의 모티브가 되었다.

"저는 이렇게 생각합니다." 후쿠모토 소타가 진지한 표정으로 말했다. "만화나 라이트노벨에서 인생의 소중한 것을 배웠다고는 말하기 힘들어도 그러한 것들이 중요한 커뮤니케이션 도구는 된다고요."

노조미는 고개를 끄덕이며 다음 말을 재촉했다.

"세이는 만화나 라이트노벨을 금지당해 반 친구들과 전혀 공감대를 형성하지 못했을 겁니다. 요즘에 웹툰을 보지 않는 아이는 손에 꼽을 정도잖아요? 공통된 화제가 없으면 대화에 낄 수도 없으니까 세이는 만화나 애니메이션, 라이트노벨 이야기를 하는 친구들을 어떤 시선으로 쳐다보았을까요. '윤리 의식'이 없는 인간이라고 무시했거나, 냉소적으로 바라보았을 거예요. 결국 인간관계를 구축하는 기회를 제대로 얻지 못하고 성장할 수밖에 없었을 겁니다."

후쿠모토 소타의 분석이 맞았는지 틀렸는지는 모른다. 하지만 아사누마 쇼고와 같은 세대를 산 사람들의 시각은 그리 다르지 않을 것이다. 왜냐면 학교생활을 하면서 누구나 소외되지 않기 위해 노력했을 테니까.

후쿠모토 소타가 나직이 말했다.

"…이것이 제가 체험한 내용 전부입니다."

23

하얀 햇살이 나무 사이로 비치는 '우는 아이의 숲'에 경찰관들이 모여 있다. 자작나무 세 그루 한가운데를 파내고 있다.

노조미가 후쿠모토 소타의 이름은 숨긴 채 마지마에게 정보를 제공한 결과다. 그를 설득하는 것도, 그가 경찰을 움직이게 하는 것도 힘들었다.

노조미는 경찰관들의 작업을 지켜보았다.

이윽고 경찰관들이 웅성거렸다. 노조미는 마지마와 함께 그쪽으로 다가갔다. 깊게 파낸 흙구덩이 속에서 사체 두 구가 나왔다. 백골의 사체 한 구와 묻은 지 얼마 안 된 듯한 부패된 사체였다.

백골의 사체는 암매장한지 오래되어 이미 관절 부위가 분리되어 있었다. 아사누마 쇼고 어머니의 시체였다. 후쿠모토 소타와 카호가 동굴에서 도망친 후, 아사누마는 그 둘을 쫓는 것을 포기하고 돌아와 혼자서 시체를 해체한 뒤 분리한 것이다. 그 광경을 상상하니 등골이 서늘해졌다.

마지마가 옆에서 한숨을 쉬었다. 그의 긴장감이 느껴졌다.

"나왔군요…."

노조미가 흙구덩이를 내려다보며 말했다.

아사누마 쇼고가 '시체 찾기'라는 게임 같은 말을 꺼낸 것은 집에서 발견된 만화나 게임, 영화의 영향이 아니었다. 분명 고등학생 때의 '추억'을 잊지 못했던 것이다.

과거가 현재를 만든다.

삶은 그런 것이다.

단편적으로 현재만을 살아가는 인간은 없다. 전부 인과관계가 있다. 본인이 눈치채지 못했을 뿐이지 지금의 선택에는 과거에 행해온 선택들이 직간접적으로 영향을 미치고 있다.

어머니의 교육이 아사누마 쇼고를 일그러뜨리고 살인을 하게 만들었다. 그리고 그 시체에 집착한 한여름의 시체 찾기.

그곳은 그에게 강렬한 추억의 장소인 걸까. 아니, 어쩌면 증오스런 존재를 영원히 묻어버릴 수 있는 장소일지도.

그렇기에 그는 자신에게 죄를 뒤집어씌운 3인조 중 한 명을 죽이고 그 시신을 같은 장소에 묻어버렸다.

'쇼고의 범행은 제 책임입니다. 제가 잘못한 것입니다. 여러분! 부디 용서해주세요.'

아사누마 쇼고의 아버지의 유서가 노조미의 뇌리에 스쳤다.

진실을 알게 된 지금이라면 이해할 수 있었다. 아사누마 쇼고가 처음으로 선을 넘은 것은 어머니를 살해한 것이다. 그때 아버지가 아들을 덮어주지 않았다면…, 아들을 지키기 위해 시체를 숨기지만 않았다면, 아사누마 쇼고는 갱생할 수도 있었을 것이다.

'제가 잘못한 것입니다.'

아버지를 자살로 몬 것은 죄책감이다. 아들을 여러 여성을 살해하는 살인마로 키워버린 죄책감….

"…이거 엄청나군." 마지마가 말했다. "시체 두 구는 바로 부검부터 하도록 하지."

그는 노조미의 어깨를 가볍게 두들기고, 나머지 경찰관들에게 지시를 내린 후 스마트폰으로 상사에게 보고를 올렸다.

정말로 시체가 나왔다는 것은 후쿠모토 소타의 이야기가 사실이라는 것을 의미한다. 한여름의 시체 찾기가 사실이라면, 이곳 동굴 안에 시체가 한 구 더 있을 것이다.

노조미는 마지마가 전화를 끊기를 기다렸다가 말을 걸었다.

"한 곳 더 조사해주셨으면 하는 곳이 있습니다."

"뭐가 또 남아 있나?"

"네. 사실 아사누마 쇼고가 어머니의 시체를 찾으러 여기까지 온 것은 그가 고등학생 때 친구들과 시체 찾기를 하면서입니다. 그는 그때 동굴에서 친구를 죽게 했다고 합니다."

"누구에게 들었나?"

노조미는 입을 굳게 다물었다. 마지마와 노조미는 말없이 서로의 눈을 쳐다보았다. 울창한 나뭇가지들이 흔들리는 소리가 들렸다.

마지마는 졌다는 듯이 한숨을 쉬었다.

"그래, 억지로 묻지는 않겠네. 일단은 말이야."

"감사합니다. 친구가 동굴 안에 있는 절벽에서 떨어졌다고 합니다. 아무도 발견하지 않았다면 지금도…."

경찰관들은 차량으로 산길을 달려서 '우는 아이의 숲'까지 곧바로 왔다. 그래서 거기로 통하는 동굴 안은 아직 가보지 못했다.

마지마가 지원을 요청했다. 노조미는 그들이 도착하기를 기다렸다가 함께 동굴 안으로 들어갔다. 갈림길을 확인하다 보니 아래쪽에 절벽이 있는 길을 찾았다.

동굴 탐험기술을 지닌 경찰관들이 로프를 이용해서 수직 하강했다. 헬멧에 장착된 라이트 불빛이 점점 작아지더니 시야에서 사라졌다.

그리고 1분 정도 정적이 흘렀다.

이윽고 마지마의 무전기에서 소리가 울렸다.

"소년으로 보이는 시체를 발견했습니다. 사후 몇 년은 지난 것 같습니다."

틀림없다. 니시얀의 사체이다. 그는 6년간 이 동굴 밑에서 잠들어 있던 것이다.

"젠장!" 마지마가 인상을 쓰며 고개를 저었다. "대체 시체가 얼마나 있는 거야…!"

"이곳은 아사누마 쇼고에게 특별한 장소였던 겁니다."

"피해 소년이 누구인지 알고 있나?"

"'니시얀'이라는 이름으로 활동한 유튜버라는 것 외에는 모르겠습니다."

"가족들에게 확인해야겠군."

시신의 처리에 관해서는 경찰에 맡긴 채 노조미는 동굴을 빠져나와 차로 마을에 돌아왔다.

이제는 후쿠모토 소타의 이야기에 나온 카호라는 소녀에게 이야기를 들어보고 싶었다.

노조미는 논밭이 펼쳐져 있는 시골 마을에 드문드문 존재하는 목조 건물을 찾아다니며 카호에 대해 물었다.

목에 수건을 걸친 할머니가 주름진 목을 갸우뚱거리며 말했다.

"카호…?"

"네. 18살쯤 되었을 텐데요."

"젊은 녀석들은 전부 마을을 나가버리니까 그런 젊은 애가 있는지 모르겠네…."

"이 마을 아이라는 것은 확인했습니다. 젊은이가 적다면 더 눈에 띄지 않을까요?"

할머니는 고개를 저으며 말했다. "…모르겠네."

노조미는 할머니에게 인사를 하고 집에서 나왔다. 포기하지 않고 다른 집을 방문해서 물어보았다.

그러자 다섯 번째로 방문한 곳에서 노인이 이야기해 주었다.

"몇 년 전에 저 맞은편 집에 살고 있었어."

"정말인가요? 근데 살고 있었다는 건…."

"언젠가 여름이 끝나갈 무렵에 홀연히 사라져버렸어."

"행방불명되었다는 말씀인가요?"

"글쎄, 그 후로 모습을 본 적이 없어. 숲에서 길을 잃고 죽었을지도 모르지."

"경찰에는 신고하지 않으셨나요?"

"원래 숲에 놀러 가서 며칠씩 돌아오지 않거나 해서 좀 특이한 구석이 있는 애였거든. 요즘 안 보이네, 싶었을 때가 벌써 애가 사라진 지 몇 개월 지났을 때였어."

"부모는 무엇을 하고 있었나요?"

"어머니는 오래전에 바람피우고 집을 나갔어. 아버지는 양육을 거의 포기했지. 평소에도 폭력을 휘둘렀어. 그래서 숲으로 도망쳤던 거겠지. 하긴 그 아버지도 작년에 알코올 중독으로 죽었지만 말이야…."

"카호가 행방불명된 것이 언제였는지 기억하시나요?"

"아니, 몇 년 전이었는지 모르겠어."

'언젠가 여름 끝자락'이라는 것은 시체 찾기를 했던 때가 아닐까.

후쿠모토 소타와 함께 아사누마 쇼고로부터 도망친 다음 마을에서 없어진 이후 카호에게는 무슨 일이 있었던 걸까.

그녀에게는 지옥이었을 고향 마을. 외지에서 온 연상의 소년 세 명이 어떻게 보였을까. 동굴로 가는 길을 안내해 주려다가 시체 찾기에 협력하게 되고 끔찍한 공포를 맛보았다.

그 후에는….

숲 속에서 발견된 사체 두 구 중 묻은 지 얼마 안 되어 부패된 사체는 카네다 히카루의 사체였다.

폐허가 된 공장에서 노조미를 놔두고 도망친 나머지 두 명의 남자도 체포되었다. 그들은 경찰의 취조를 버티지 못하고 카네다의 아버지 변호사가 시킨 짓이라고 자백했다. 경찰은 카네다 변호사도 취조하고 있다.

그리고 며칠 뒤, 하세가와와 치요다도 체포되었다. 여전히 피해자의 남편이 범인이라고 우기고 있다고 했다.

이전에 하세가와는 피해 여성인 미즈모토 유카가 남편에게 청부살인을 의뢰 받은 사람들에게 살해당할 뻔한 것을 자신들이 구해준 것이라고 말했다. 너무나 황당무계한 거짓말이라서 오히려 신빙성이 있었다.

그들이 아직도 그렇게 주장하고 있는 이상 노조미는 그들의 진술을 다시 확인할 필요성이 있다고 느꼈다.

노조미는 남편인 미즈모토 타쿠토를 다시 찾아갔다. 그의 집 거실에서 소파에 앉아 그를 마주 보았다.

"그 세 명의 남자들 중 한 명의 시체가 발견되었습니다. 아사누마 쇼고의 짓입니다. 남은 두 명은 임의동행으로 경찰에 체포되었습니다."

미즈모토는 이를 악물고 신음했다.

"아내를 죽인 것이 아사누마 쇼고가 아니라 정말로 그 녀석들이었군요…"

표정과 목소리에서 풍기는 분노와 후회는 연기일까 아닐까. 눈앞에서 관찰해도 정확히 판단할 수 없었다.

허를 찌르는 방법으로 반응을 볼 수밖에 없었다.

"…그들은 당신이 범인이라고 주장하고 있습니다."

"네?"

미즈모토가 인상을 쓰자 코 옆에 주름이 생겼다. 단도직입적으로 들어가니 얼굴에 바로 혐오감이 나타났다.

"당신이 누군가에게 아내를 살해해 달라고 의뢰했다고…"

"무슨 소리입니까, 그게."

"자기들은 살해당할 뻔한 여성을 구하고 안전한 곳까지 데려다 주고 나서 헤어졌다. 그 이후에 벌어진 일은 모른다는 것이 그들의 주장입니다."

"제가 킬러를 고용했다는 헛소리를 대체 어디에서…"

"두 사람이 말하길 아내 분이 자신들에게 그렇게 이야기했다고 합니다. 남편에게 고용된 킬러에게 살해당할 위기에 처했다고요."

미즈모토는 코웃음 치듯 숨을 내쉬며 황당한 듯 고개를 흔들었다.

"말도 안 돼요. 있을 수 없는 일입니다."

"…저도 그렇게 생각합니다. 하지만 말도 안 되기에 오히려 굳이 그런 거짓말을 할 필요가 있나 싶기도 합니다. 거짓말은 상대에게 그럴 듯하게 들여야 하는데, 일부러 그런 말도 안 되는 이야기를 지어낸다는 것은 이해하기 힘들죠."

그는 눈을 가늘게 떴다.

"그런 거군요…"

"무슨 말씀이시죠?"

"일전에 당신이 저를 방문했을 때의 태도 말입니다. 이상하다고 생각했습니다. 유족에 대한 태도 치고는 너무나 무례했죠… 저를 의심해서 떠보신 것 아닙니까?"

더 이상 숨길 필요가 없었다.

"저로서는 무시할 수 없는 이야기였으니까요."

"…정말로 제가 아내를 죽였다고 의심하십니까?"

미즈모토는 의아한 와중에도 분노가 섞인 눈빛으로 말했다.

"솔직히 아니라고 단정하기도 어렵군요."

"왜죠? 저는 아내를 사랑했습니다. 사이도 좋았고 싸움도 거의 하지 않았는데… 아내를 죽일 이유가 없지 않습니까?"

미즈모토 유카가 일을 하지 않는 것에 대해 그는 이렇게 말했다.

'그것이 결혼의 조건이었습니다. 남자는 밖에서 일하고 여자는 가정을 꾸린다는 생각이 있어서.'

그렇다면 가부장적이고 억압적인 가정환경이 아니었을까. 그것이 그와 이야기를 나눴을 때의 인상이었다.

노조미는 그때 받은 자신의 생각을 솔직히 털어놨다.

강한 반발을 예상했지만, 의외로 미즈모토는 당황한 모습이었다.

"오해하고 계시군요."

"오해요?"

"…남자가 밖에서 일하고 여자는 집을 지키고 가정을 유지한다는 건 제가 아니라 아내의 생각이었습니다."

노조미는 놀라서 할 말을 잃었고 눈을 깜빡거렸다. 그래서 미즈모토를 쳐다보면서 설명을 요구했다.

미즈모토는 추억에 잠긴 듯한 표정을 지었다. 그 눈동자에 죽은 아내의 모습이 보이는 듯한 느낌이 들었다.

"정확히 그렇게 말한 것은 아니지만요. 나는 가정을 지킬 테니 당신은 열심히 돈 벌어오라고 농담처럼 말했습니다. 아내는 결혼 전부터 전업주부가 되고 싶어 했으니까요. 밖에서 일하는 그녀의 친구들에게 질투 섞인 비판도 받았다고 하는데, 가정은 서로가 만족하면 그걸로 충분하다고 생각합니다. '맞벌이를 강요하지 않겠어. 그러니까 결혼해줘.' 이것이 제 프로포즈였습니다."

거짓말처럼 들리지 않았다.

사실이라면 선입견을 가진 쪽은 오히려 노조미 자신이었다.

생각해보면 그의 이야기에는 주어가 없었다. 노조미 멋대로 남편의 생각일 것이라고 오해했다.

자신이 남성 중심의 사회에서 남자들과 경쟁하면서 살아와 서인지 '평범한 전업주부'를 원하는 여성이 있을 줄은 상상도 못 했다. 마음 어디선가 지금 시대 여성이라면 전업주부를 원할 리가 없고, 전업주부로 만족하고 있는 이유는 사회가 여성의 사회 진출에 관용적이지 않기 때문이라고 생각했던 것은 아닐까.

그의 이야기를 듣고 납득이 갔다. 일전에 떠보기 위해 '시대 착오 아닌가요?'라고 도발했을 때 그는 화를 내며 반론했다. 그 때는 그것을 그의 가부장적인 성향 때문이라고 생각했다. 하지만 그게 아니었다. 무참하게 살해당한 아내의 사고방식을 노조미가 부정했기 때문에 화를 냈던 것이었다.

"그럼 아내분을 살해하기 위해 킬러를 고용했다는 것은···."

"절대 아닙니다!"

미즈모토가 단언했다.

24

경찰이 시체를 발견한 지 2주일이 지났다.

세간의 시체 찾기 열기는 급속하게 사그라들었다. 마치 윗사람이 해산을 명령한 것처럼 반발이나 불만의 목소리도 적지 않았다.

'결국 공권력이 다 해버리는 거네.'

'아사누마에게서 힌트라도 얻은 거 아냐?'

하지만 어차피 냄비는 쉽게 끓고 쉽게 식기 마련이다. 비판도 결국 수그러들어갔다.

경찰이 카네다의 시신에서 채취한 DNA는 미즈모토 유카의 손톱 사이에 있던 피부 조직과 일치했다. 그가 미즈모토 유카를 덮쳤을 때 유카가 손톱으로 찔렀을 것이라고 판단되었다. 이로서 남자 셋이 구해준 여성과 아무 일 없이 안전한 곳에서 헤어졌다는 주장은 거짓으로 확정되었다.

하지만 카네다 변호사는 살인범의 습격으로 패닉에 빠진 피해 여성이 카네다에게 살려달라고 애원하는 과정에서 카네다의 몸에 매달리느라 그렇게 되었을 것이라고 항변했다.

사실 그 주장대로 그것이 강간 중에 생긴 것이라고 단정 지을 물증이 아닌 것은 맞다. 그렇기에 하세가와와 치요다는 임의동행으로 조사를 받은 것이 고작이었다. 시체에 붙어 있던 금발의 DNA도 카네다와 일치했지만 그것도 강간살인죄의 증거로서는 약하다.

노조미 개인적으로는 확신이 있었다. 아사누마 쇼고는 여러 여성을 죽였다. 하지만 미즈모토 유카는 아니다.

그녀는 첫번째 습격을 받고 도망치는 과정에서 우연히 카네다 3인조를 만났다. 그리고 그들에게 속아 그들이 자신을 도와주는 것으로 착각했지만, 아파트로 끌려가 강간당한 뒤 살해당했다. 그리고 그들은 이것을 아사누마 쇼고의 범죄처럼 꾸몄지만, 이 사실에 분노한 아사누마 쇼고가 카네다를 죽인 것이다. 이것이 진상이다.

하지만….

아직 수수께끼는 남아 있다.

첫번째 습격은 누구였을까. 그리고 미즈모토 유카의 남편이 정말로 결백하다면, 어떻게 하세가와 일당의 입에서 그가 킬러를 고용했다는 황당무계한 소리가 나왔을까.

그 해답으로 이어지는 열쇠는 아사누마 쇼고가 쥐고 있지 않을까.

하지만 직접 대결하기에는 아직 카드가 부족하다. 그래, 딱 한 장만 더….

누가 그 카드를 가지고 있을까.

짐작 가는 부분이 있기는 했다.

'내 직감이 정확하다면 아마도 그녀가…'

노조미는 후쿠모토 소타의 아파트로 향했다. 하지만 바로 방문하지 않고 맞은편 카페에서 상황을 지켜보았다. 방문자가 온 것은 소타가 귀가하고 30분 후였다. 석양이 저물 즈음이었다.

타이밍을 재고 초인종을 눌렀다. 문을 연 것은 후쿠모토 소타였다.

그는 노조미의 얼굴을 보고는 놀랐다.

"잠시 이야기를 나눌 수 있을까요?"

후쿠모토 소타는 뒤를 돌아보더니 다시 노조미를 보았다. 표정에서 당혹감이 느껴졌다.

"오늘은 좀…."

노조미는 그의 얼굴을 보며 말했다. "…카호가 와 있어서인가요?"

후쿠모토 소타는 할 말을 잃었다. 그냥 떠본 것이었는데 정곡을 찌른 듯했다.

"그녀는 마을에 없었습니다. 어느 여름, 아마도 시체 찾기를 했던 여름에 자취를 감추었다고 합니다. 숲에서 죽었을 가능성도 생각해 봤지만 함께 살아남은 소녀를 당신이 그냥 두고 갔을 리 없죠. 그렇게 곰곰이 생각해 보니 지난번 방문했을 때 문을 열고 들어온 여성이 생각났습니다. 당신은 대학 친구라고 했지만 거짓말이었던 거죠."

후쿠모토 소타는 고개를 숙이고 자신의 발을 쳐다보았다.

"…죄송합니다."

"'우는 아이의 숲'에서 도망친 후 어떻게 된 건가요?"

후쿠모토 소타는 어깨를 늘어트리며 한숨을 쉬었다. 소타의 긴장감이 전해져 노조미도 몸이 경직되었다.

"카호가 아버지의 폭력 때문에 괴롭다고 하기에 혼자 마을에 남겨두고 헤어지는 것이 너무 냉정하다고 생각해서…. 함께 도망치자고 했습니다."

"과감한 행동을 하셨군요."

"아마 철없는 중학생이었기에 가능했을 겁니다. 지금 생각하면 유괴라고 해도 할 말이 없습니다. 그녀를 누가 돌볼 것인가 그런 현실을 생각했다면 불가능했을 겁니다."

"마을에서 데리고 나온 후에는요?"

"…그녀는 결국 아동 보호시설에 맡겨졌습니다. 신원불명의 가출 소녀로서 거기서 살게 되었습니다."

"그렇군요. 나이로 치면 사실은 지금 고등학생인가요?"

"네. 정체를 숨기고 싶어서 대학 친구라고 했습니다."

"그녀와 이야기할 수 있을까요?"

후쿠모토 소타는 체념한 듯 불안과 경계심이 섞인 표정을 지었다.

"그녀에게 폐가 되는 일을 할 생각은 없습니다. 시체 찾기를 같이 했던 동료로서 아사누마 쇼고에 대해 듣고 싶을 뿐입니다."

그는 주저하면서도 이윽고 고개를 끄덕이며 문을 열어주었다. 노조미는 그 뒤를 따라 안에 들어갔다. 안에는 당황한 표정의 카호가 서 있었다.

후쿠모토 소타는 카호에게 사정을 설명했다. 그녀는 걱정스러운 표정으로 방석에 앉아있었다.

노조미는 탁자를 사이에 두고 마주 앉았다. 후쿠모토 소타는 그녀의 보호자라도 되는 듯 옆에 같이 앉아있었다.

노조미는 다시 자기소개를 하고 단도직입적으로 물었다.

"아사누마 쇼고, 즉 세이라는 학생을 만났을 때 첫인상이 어땠나요?"

"멋지다고 생각했습니다."

아사누마 쇼고는 미소년 같은 단정한 얼굴로 주목을 받았다. 고등학생 때도 마찬가지였을 것이다.

"하지만 무서운 일이 일어나서…."

"무슨 일이었죠?"

"그가 절 덮쳤어요."

카호는 텐트에서 자던 중에 세이가 덮치는 바람에 도망쳤다고 고백했다.

"소타와 니시얀이 도와주어 텐트로 돌아왔을 때 그 사람이 속삭이듯 물었어요. '배신당했을 때 어떤 기분이었어?'하고요."

"기분을 확인하기 위해 덮쳤다는 듯한 뉘앙스네요." 후쿠모토 소타가 갑자기 끼어들었다. "앗! 그러고 보니 세이는 누군가가 자신을 무조건적으로 신뢰하거나 좋아하면, 그 사람을 배신해보고 싶다고 했습니다."

"배신해보고 싶다고요?"

"니시얀의 거짓을 규탄하는 영상을 올릴 거라고 선언했을 때도 마찬가지였습니다. '신뢰하는 상대에게 배신당했을 때 어떤 기분이 드는지 보고 싶다'고 했습니다."

카호는 겁먹은 표정으로 고개르 끄덕였다.

그것이 아사누마 쇼고의 행동 원리일까. 두 사람에게서 이야기를 듣고 드디어 부족했던 마지막 카드를 손에 넣은 기분이 들었다.

노조미는 카호를 보며 말했다.

"정말 힘드셨겠습니다. 만약 정신과 치료가 필요하시다면 신뢰할 수 있는 기관을 소개해드리겠습니다."

"감사합니다. 하지만 저보다 상담이 필요한 것은…"

카호는 살짝 소타를 보았다.

"소타일 거예요."

"아니, 저는 별로…"

후쿠모토 소타는 시선을 피했다.

"소타는 그 여름 이후 계속 자책하고 있어요. 말로 표현하지 않아도 알아요. 저에게도 절대 손가락 하나 대려고 하지 않고…"

"그건…!"

후쿠모토 소타가 말끝을 흐렸다.

"그런 일이 있었으니까 널 배려해서…."

"정말로 날 위해서야?"

"물론이지."

"두려워하고 있는 거 아냐? 계속 모든 일에 죄책감을 느끼고 있잖아."

노조미가 끼어들었다.

"그런가요?"

후쿠모토 소타는 머리 뒤를 긁으며 말했다.

"그 정도는 아닙니다. 세이나 카호의 이야기를 듣고 만화나 라이트노벨을 평범하게 즐기는 것에 왠지 거부감이 들어서."

그는 별일 아닌 것처럼 말했지만 괴로워 보였고 죄책감에 휩싸여 있다는 것을 알 수 있었다.

노조미는 후쿠모토 소타의 눈을 쳐다보며 말했다.

"무언가를 즐기는 것에 죄책감을 가질 필요는 없습니다. 누군가에게 죄책감을 심어주는 인간은 세상에 많습니다. 여성이라는 것, 남성이라는 것, 과격한 만화나 게임, 선정적인 콘텐츠를 좋아한다는 것 등 뭐든지 그렇습니다만 자신이 좋아하는 것에 죄책감을 느끼게 하는 사람과는 인연을 끊는 편이 좋습니다. 성실하고 진지한 사람일수록 그런 생각에 빠지기 쉽죠."

소타는 슬픈 눈빛으로 노조미를 쳐다보았다.

"저는…, 성실한 건가요?"

"마음에 담아두고 있다면 그렇겠지요. 좋아하는 것 때문에 죄책감을 느낀다면 자신을 혐오하고 자존감을 잃게 됩니다. 법에 저촉되지 않는다면 좋아하는 것을 자유롭게 즐겨도 됩니다. 당신은 세이처럼은 되지 마세요."

소타는 고민스런 표정을 지었다.

"…저는 용기가 없었습니다. 결국 아무도 구하지 못했어요. 저는 죄인일까요?"

불안에 짓눌린 표정과 목소리였다.

시체의 발견과 니시얀의 죽음을 신고하지 않은 것을 말하는 것일까. 평범한 중학생이 얼마나 큰 공포에 직면했을지 이해할 수 있었다.

"어릴 때 겁쟁이였다는 것을 처벌할 법은 세상에 없습니다."

노조미가 그렇게 말하고 일어나려 했을 때 그의 눈에서 눈물이 떨어지는 것이 보였다.

25

도쿄 교도소에서 면회가 허가되었다.

아무 말도 하지 않는 아사누마 쇼고에게 '추억의 장소'에서 어머니의 시체를 발견했다고 전했다.

물론 그 말을 전했을 때 결코 무시하지는 않을 거라는 확신은 있었다. 그리고 실제로 한바탕 소동이 일어났다.

노조미는 의자에 앉아 아크릴판으로 나누어진 면회실에서 기다렸다. 긴장감으로 무릎 위에 올려둔 주먹에 땀이 맺힐 때쯤 반대편 문이 열렸다. 교도소 직원과 함께 아사누마 쇼고가 나타났다.

단정하고 예리한 외모는 마치 얼음으로 된 칼날 같았다. 키도 큰 미남형이었다.

그는 노조미 앞에 앉았다.

교도소 직원도 아사누마 쇼고의 옆에 앉았다. 노조미는 변호사가 아니기에 감시가 붙는 것은 어쩔 수 없다.

노조미는 아사누마 쇼고의 얼굴을 쳐다보았다. 그의 눈동자는 깊은 동굴을 들여다보는 것처럼 어두워서 끝이 보이지 않았다.

무슨 말부터 해야 할까.

처음이자 마지막 대결이라고 생각하고 마음을 다잡았다.

"…어머니를 발견했다고?"

차가운 목소리였다.

"네." 노조미는 끄덕였다. "'우는 아이의 숲'이었죠."

아사누마 쇼고는 입을 살짝 삐죽거렸지만 딱히 아무 말도 하지 않았다. 그래서 노조미가 선수를 쳤다.

"당신이 고등학생 때 시체 찾기를 했다는 것을 알고 있습니다. 거기서 니시얀이라는 소년을 죽였다는 것도요."

"그거 대단하군."

"그저 우연이죠. 평소에는 신경도 쓰지 않는 인터넷 글을 우직하게 검증한 결과입니다."

"어떤 글이었지?"

"당신의 고등학생 시절 시체 찾기 동료, 라고 하면 아실까요?"

"…아, 그렇군."

그는 상황을 이해한 듯 고개를 끄덕였다.

"당신의 과거도 들었습니다. 어떤 가정에서 자랐는지도…"

아사누마 쇼고는 가볍게 턱을 들었다.

"…당신은 명백한 가해자입니다. 적어도 살해당한 여성들에게 있어서는요. 하지만 어릴 때의 당신은 아마도 피해자였을 겁니다."

"나는 가해자이면서 피해자인가."

"네, 당신의 어머니는 당신으로 하여금 선정적인 것을 철저

히 멀리하게 만들어 새하얀 종이학처럼 기르려고 했습니다. 그
래서 당신은 더러움이 있을 때 어떻게 지워야 하는지 몰라 범
행을 저지르게 된 것입니다. 사실은 지우거나 할 필요도 없고,
더러움조차 아닌데도 말이죠. 선정적인 것은 악이 아닙니다."

"정신 분석은 당신네들의 특기였지. 어머니는 이제 없어. 딱
히 흥미도 없고."

"…카네다를 어떻게 죽인 거죠?"

"'어떻게'냐니?"

아사누마 쇼고가 고개를 갸우뚱했다.

"'왜'가 아니라?"

"이유는 알고 있습니다. 그들이 당신의 범행을 따라 했기 때
문이죠. 당신 입장에선 그게 모욕이라고 생각했든 어쨌든 당신
은 그걸 용서하지 못했을 겁니다. 그보다 제가 알고 싶은 건 그
를 죽인 방법입니다."

"방법?"

그는 상대의 진의를 알 수 없을 때 자신의 카드를 숨기면서
떠보기 위해 동어반복을 하는 버릇이 있는 듯했다.

"경찰도 알 수 없었던 미즈모토 유카 살해의 진범들을 당신
은 어떻게 알아냈는지…?" 노조미가 물었다.

"어떻게 알아냈다고 생각하지?" 아사누마 쇼고는 도발적인
웃음을 지었다.

"…우연이겠지만 기혼 여성을 목표로 삼던 당신의 다음 목표

는 미즈모토 유카 씨였던 게 아닐까 생각합니다. 그래서 관찰하던 중에 녀석들이 선수를 친 게 아닐까요?"

아사누마 쇼고의 미소가 더 커졌다.

"50점이군."

반은 맞췄다는 건가. 아니, 반은 빗나갔다고 생각하는 것이 맞을 것이다.

노조미는 다시 한 번 추리를 해보았다. 맞는 부분은 어디며, 틀린 부분은 어딜까.

사실 노조미는 여전히 하세가와나 치요다가 주장했던 이야기가 완전히 엉터리라고 일축하지 못했다. 하지만 미즈모토 유카 남편에게 듣고 보니, 그는 적어도 아내 살해를 킬러에게 의뢰할 것 같지 않았다.

'어쩌면 진실은 이들 이야기를 종합해야 하는 거라면?'

혹시 연쇄살인범인 아사누마 쇼고가 먼저 눈독 들인 여성이, 우연히 청부살인을 의뢰받은 다른 살인범의 표적도 되었고, 또 우연히 도움을 청한 3인조도 그녀를 덮쳐서 살해했다…?

그런 불행한 우연이 세 번이나 연속될 수 있을까? 어쩌면 중간의 청부살인 이야기만 지어낸 이야기일 수도 있다.

"…미즈모토 유카를 공원에서 처음으로 덮친 게 당신이죠?"

그제서야 아사누마 쇼고의 미소가 사라졌다.

노조미는 진실을 맞추었다고 확신했다.

하지만 그는 동요하지 않았다. 오히려 정답을 맞췄다는 것에 만족하고 있는 듯했다.

"그래서 그녀는 당신에게 필사적으로 저항했고, 그 과정에서 3인조에게 도움을 청했죠. 당신이 그녀를 덮치는 바람에 그녀의 옷이 흐트러졌을지도 모릅니다. 취해 있던 그들 세 명은 그 모습을 보고 흥분했고, 그래서 그녀를 속여서 아파트로 데려가 덮쳤죠. 평소라면 절대 따라가지 않았을 텐데 살의를 가진 인간에게 공격을 당한 직후라 정신이 없어 그대로 따라가 버린 거겠죠…."

노조미는 아사누마 쇼고의 표정을 관찰했다.

"몇 점이죠?"

"…백 점이다."

하지만 노조미는 가볍게 고개를 저으며 말했다. "아직 만점은 아닙니다."

아사누마 쇼고는 의아하다는 듯이 쳐다보았다.

"당신이 거짓말을 한 이유를 아직 듣지 못했습니다."

"거짓말?"

"'나는 네 남편에게 살해를 의뢰받았다.'" 노조미가 말했다. "당신은 미즈모토 유카 씨를 살해하려고 했을 때 그렇게 말했죠? 기억납니까?"

아사누마 쇼고는 윗입술을 가볍게 핥았다.

"당신이 시체 찾기를 하던 여름에 덮쳤던 소녀에게 이렇게

속삭였다고 하더군요. '배신당했을 때 어떤 기분이었어?'하고
말이에요."

"…기억이 안 나는군."

"정말로요? 당신은 타인의 절망을 느끼지 못했던 겁니까?"

후쿠모토 소타의 이야기가 뇌리를 스쳤다.

아사누마 쇼고의 눈이 날카로워졌다. 마치 당장이라도 노조
미를 칼로 찌를 기세였다.

면회실에 숨 막힐 듯한 침묵이 흘렀다. 갑자기 산소가 줄어
든 것 같았다.

"어머니의 교육으로 어두운 감정을 자극하는 것을 철저히
배제당하며 자란 당신은 타인의 감정에 관심을 가졌죠. 그래
서 남을 궁지에 몰아넣고 그것을 체험해보고 싶었던 것 아닌가
요?"

아사누마 쇼고가 차가운 목소리로 대답했다. "정신과 의사
흉내는 관둬. 나에게 정답을 요구해도 소용없어."

"그렇다면 당신의 감정을 알려주시죠."

"…그저 돌이킬 수 없는 절망을 상대에게 안겨주고 싶었어.
사랑하고 믿었던 배우자가 자신에게 살의를 가지고 있다는 사
실에 놀라면서 살해당하는 절망을…. 남편은 설마 아내가 자
신을 원망하며 죽었을 거라고는 상상도 못 하겠지."

"모든 피해자에게 그렇게 했나요?"

"그래. 교살만큼 남편의 살의에 절망하는 표정을 관찰할 수

있는 살해법도 없지."

아사누마 쇼고의 감정 없는 눈빛에 등골이 서늘해졌다.

그가 피해 여성들을 죽일 때마다 한 말은 참으로 잔혹한 거 짓말이다. 아내는 남편을 증오하며 죽었을 테고, 남편도 오해를 풀 수 없는 상태로 증오를 받은 채 살게 된 것이다.

미즈모토 유카가 3인조의 속임수에 넘어가 남편을 찾지 않고 그들 3인조의 아파트로 따라간 것은 남편의 살인 의뢰를 믿어버린 탓이다. 남편을 믿고 싶은 마음과 의심. 아마도 두 감정 사이에 갈등은 있었을 것이다. 하지만 처음 보는 남자가 그런 거짓말을 하고 자신을 죽이려고 할 줄은 상상도 하지 못한 채 남편을 의심해버렸다.

그녀가 자신에게 일어난 사실을 있는 그대로 카네다 일당에게 전했었기 때문에 녀석들은 남편에게·아내 살해 동기가 있다고 주장하면서 그 죄를 남편에게 뒤집어씌우려고 했다.

하지만 남편은 결백했다.

아내를 사랑하고 있었다.

"난 전부 이야기할 거야. 지금까지는 묵비권을 행사했지만 이제는 말할 거야. 그렇게 하면 주목을 받겠지. 사람들은 내 이야기를 듣고 싶어 할 거야. 하지만 기사로 쓸 수 있는 미디어가 있을까? 유족이, 그것도 피해자의 남편이 괴로워할 진실을 쓸 수 있을까?"

아사누마 쇼고는 도발하듯 말했다.

여러 명의 기혼 여성을 무참하게 살해한 엽기살인범 아사누마 쇼고. 세간을 뒤흔든 그의 발언을 완전히 무시할 수 없을 것이다. 미디어가 가만히 있어도 분명 어딘가에서 그 이야기가 흘러나올 것이다.

그때 대체 얼마나 많은 사람들이 다시 상처를 입을까.

사랑하는 아내를 살해당한 남편들은 마치 자신도 살해당한 듯한 절망에 빠질 것이다.

복수….

문득 그런 단어가 노조미의 머릿속에 떠올랐다.

아사누마 쇼고는 스스로를 억압하고 괴롭힌 '어머니'라는 존재에게 복수하고 싶었던 것은 아닐까. 그리고 그것을 못 본 척한 '아버지'에게도 벌을 주려고 한 것이다.

아마도 본인은 자신의 마음속 저 깊은 곳에 자리잡은 증오를 눈치채지 못했을 것이다. 그에게 따져 물어도 인정하지도 않을 것이다.

"시간이 되었습니다."

옆에 있던 교도소 직원이 입을 열었다.

그 말에 면회실 안에는 자신과 쇼고 외에 또 다른 한 사람이 있다는 것을 깨달았다. 그동안 두 사람만 있다고 생각했었다. 오늘 이야기는 언제든지 새어나갈 수 있다.

쇼고를 마주 보고 있으니 그가 품은 악의가 안개처럼 노조미를 덮쳐왔다.

노조미는 한숨을 내쉬고 일어났다.

앞으로 3인조의 죄를 밝혀내 미즈모토 유카의 원통함을 풀 계획이었지만, 아사누마 쇼고의 고백이 앞으로 다른 유족들을 더 큰 고통에 빠뜨릴 것임을 쉽게 짐작할 수 있었다.

노조미는 미소 짓고 있는 아사누마 쇼고를 뒤로 한 채 교도소를 빠져나왔다.

구름 낀 하늘이 노조미를 맞이했다.

날씨는 언젠가 풀리겠지만 유족의 마음은 어떨까.

노조미는 우울한 기분으로 걷기 시작했다.

에필로그

아사누마 쇼고는 모든 진실을 미디어에 털어놨다. 피해자인 기혼여성들에 대해 얼마나 잔혹한 거짓말을 하고 그들을 죽였는지, 과거 어머니로부터 받은 '무균 교육'이 얼마나 자신의 여성관을 비뚤어지게 했는지에 대해서.

소타는 전철 안에서 스마트폰으로 아사누마 쇼고의 기사를 보았다.

애꿎은 일이다. 자기 자식에게 살해당한 어머니는 어떤 생각을 했을까. 아사누마 쇼고는 어머니의 '교육'을 연쇄살인의 동기라고 말하고 있다.

아사누마 쇼고의 고백으로 여론의 향배는 바뀌었다. 그의 범행이 그가 가지고 있던 만화나 게임, 영화의 산물이라는 논조는 사그라들고, 죽은 어머니의 교육 문제가 대서특필되었다.

창작물을 살해 동기로 제시하던 사회학자가 다시 등장하여 "이런 창작물에 노출된 환경에서 자란 인간이 전부 이런 범죄를 저지르는 것은 아니다"라며 자신의 기존 의견을 뒤집었다.

그야말로 범죄의 원흉이라는 취급을 당했던 만화나 게임의 팬들이 소리 높여 주장했던 말과 같은 소리였다.

아사누마 쇼고, 세이를 만들어낸 것은 무엇이었을까. 세이는 만화나 게임을 금지당했던 시기에 어머니를 죽였다.

하지만….

애초에 범죄자의 마음속 어둠이나 욕망을 일반인이 이해할
수 있는 것일까?

'어머니의 '무균 교육'으로 세이가 일그러졌다.'

소타는 계속 생각보았다.

그 여름에 소타는 세이를 만나 그 일그러진 인간성에 공포
를 느꼈다. 세이가 자란 가정 환경을 듣고 그것이 살인의 원인
이 되었다고 믿어 의심치 않는다. 실제로 지난날 만났던 여형
사도 악명 높은 다른 엽기살인범의 생애와의 공통점을 이야기
하며, 세이가 그렇게 된 이유를 납득한 것 같았다. 하지만 정말
로 그럴까.

'편견과 단정.'

결국 인간은 자신이 이해할 수 없는 범죄자에 대해 '알기 쉬
운 원인'을 찾으려고 하는 것은 아닐까. 소타는 사람들 마음속
에 있는 편견이 전부 까발려진 기분이 들었다.

폭력적인 게임이나 선정적인 만화가 원인이다.

엽기적인 영화를 좋아했었다.

육체적, 정신적 학대를 당했다.

집단 괴롭힘을 당했다.

사회 속에서 고립되어 고독했다.

강압적인 부모의 교육으로 억압받고 자랐다.

그럴듯한 이유라면 얼마든지 있다. 하지만 그것이 정말로 본

질이고 진실인 걸까.

범죄자들의 범행동기를 알기 위해 전문가는 범죄자들이 이전까지 살아온 삶을 조사한다. 그들의 취미를 조사하고 그들의 인간관계도 조사한다. 거기서 원인을 찾으려고 한다. 그 이유는 달리 범죄자들의 마음을 들여다볼 수 있는 방법이 없기 때문이다.

세이는 그것을 역이용한 게 아닐까.

스스로 어머니의 '무균 교육'이 엽기살인의 원인이라고 말하면서 책임을 어머니에게 전가한 것이다. 마치 만화나 게임의 영향으로 죄를 저질렀다고 가볍게 대답하는 것처럼.

그의 말에 신빙성은 있는 것일까? 본인이 그렇게 말했다고 해서 그것이 본질이나 진실의 근거가 되는 것은 아니다. 인간은 누구나 책임을 회피하기 위해 자기 이외의 무엇인가에게 죄를 떠넘기려고 한다.

만화나 게임의 영향을 받아.

친구가 하자고 해서.

유명한 사건을 모방하고 싶어서.

사회가 나쁘다. 가정환경이 나쁘다. 부모가 나쁘다.

범인이 주장하는 책임 전가를 그대로 믿는다면 범죄자의 본질에 결코 다가갈 수 없다.

생각해보면, 자신을 위해 책임 전가를 하는 방법도 세이의 경우는 특별할 수 있다. 세이는 마치…, 자신의 삶을 대대적으로 알림으로써 사람들을 도발하는 것 같다.

'내 마음을 읽어봐라. 너희들은 나의 무엇을 보고 날 이해하려는 것이냐? 그건 정말 맞는 걸까?'

더 나아가 보면 세이가 소장하고 있었다는 그럴듯한 만화나 게임, 영화도 혹시 그것들이 원인인 것처럼 보이게 하기 위해 일부러 소장하고 있던 것은 아닐까.

세이는 부모의 잘못된 교육으로 일그러진 가치관을 갖게 되어 살인을 저지른 '만들어진 괴물'인 걸까, 아니면 명확하게 자신의 '자유의지'로 피해자들을 노린 살인마일까.

누가 세이의 마음을 들여다볼 수 있을까? 들여다본들 그것이 진실이라고 단언할 수 있을까?

세이의 인격 형성이나 범행 동기로 이어질 수 있는 그럴듯한 소재라면 얼마든지 있다. 아니 오히려 너무 많다.

어머니의 무균 교육. 학대. 첫 살인. 한여름의 시체 찾기. 정의를 추구하며 악을 단죄하는 영상 제작. 소지했던 과격한 만화, 게임, 영화.

그 안에 세이가 살인마가 된 진짜 원인이 있을까. 아니면 그것들이 복합적으로 얽혀 살인마가 된 것일까. 아니면 살인마가 되었다는 표현 자체가 잘못된 것이고, 실제로는 처음부터 세이 스스로 명확한 자유의지를 갖고 살의를 품은 것일까.

공포스러운 한여름 시체 찾기를 겪은 인간 중 세이를 가장 가까이서 본 소타조차도 심연의 어둠에 둘러싸여 있는 세이를 제대로 파악할 수 없었다. 그러니 세이를 전혀 모르는 사람들이나 그냥 현재 상황에 단순히 흥미를 느낀 사람들이 이해할 수 있을 리가 없다.

'내가 더 세상을 단순하게 생각할 수 있다면 좋을 텐데.'

과거가 있기에 현재가 있다. 원인이 있기에 결과가 있다. 1+1은 반드시 2가 된다. 사람의 마음도 그와 같을까. 사람의 마음도 그와 마찬가지라고 생각할 수 있다면 좋을 텐데. 그랬다면 안심할 수 있었을 것이다.

그렇다면 우리는 세이의 과거나 생애, 취미에서 범행 동기를 발견하고, 그것에 책임을 전가하면서 안심할 수 있었을 것이다. 우리는 세이와 다르다고 위안하면서.

소타는 곰곰이 생각해보았다. 그 여름, 그 마지막 순간 세이는 물론 비정상이었다. 하지만 그 전까지의 세이와 자신이 그렇게 차이가 나는 인간이었을까. 물론 여러 부분에서 세이와 자신은 달랐다.

하지만….

일반인과 괴물. 경계선을 긋고 나눌 수 있을 정도의 차이가 그렇게 뚜렷한 것일까.

그렇기에 두렵다. 세이와 만나서 그 여름을 함께 보냈기에 세이의 어둠이 소타 자신의 마음에도 옮긴 것은 아닐까.

표면적으로 보이는 것들로 사람들을 분류할 수 없다.

소타는 그 사실을 깨달았다.

세상의 누구라도 세이가 될 수 있다.

모든 인간의 마음속에 숨어 있는 세이….

아마도 누구나 부정할 것이다. 인간은 누구나 자신의 마음속에 존재하는 가학성을 결코 인정하고 싶지 않기 때문이다.

하지만 본질은….

전철의 안내방송이 들리자 소타는 생각을 중단했다. 고개를 들고 창밖을 보았다. 파란 하늘의 햇볕이 내리쬐고 있다.

소타는 심호흡을 하고 자리에서 일어났다.

소타가 찾아간 곳은 도쿄 외곽에 있는 노인 요양시설이었다. 상당히 오래된 건물이었다.

입구에 서서 각오를 다지고 자동문을 통과했다. 흰색의 로비에는 소파가 있었고, 벽에는 안전난간이 설치되어 있었다.

계단 위에서 밝은 음악이 들려왔다.

접수대에 가서 여직원에게 말을 걸었다.

"저기, 오오츠카 씨를 부탁드립니다."

"혹시 후쿠모토 씨 맞으세요?"

"아, 네."

"오리카사 노조미 씨로부터 이야기는 들었습니다."

소타는 일전의 여형사에게 연락해서 니시얀의 가족에 대해 물었다. 그러자 이 노인 요양시설에 니시얀의 할머니가 있다고 알려주었다. 소타가 찾아갈 거라고 노조미가 미리 연락해둔 모양이었다.

'어째서 할머니일까? 부모님은 어떻게 된 거지?'

자세한 이야기는 알려주지 않았다.

여직원은 소타를 2층으로 안내해주었다. 계단을 올라가자 넓은 홀이 있었고, 교복을 입은 중학생 10명 정도가 연주를 하고 있었다. 근처 학교에서 자원봉사를 나온 모양이다.

의자나 휠체어에 앉은 노인들이 음악을 듣고 있었다.

"오오츠카 씨는 방에 계십니다."

소타는 연주를 보며 말했다. "오오츠카 씨는 여기서 음악 감상을 안 하시나요?"

"저도 권하기는 했는데 지금은 좀 우울해 하셔서…."

손자의 죽음….

경찰에게서 들은 모양이다.

상상하니 다시 겁이 났다. 니시얀의 죽음에는 자신에게도 적잖은 책임이 있다.

'어릴 때 겁쟁이였다는 것을 처벌할 법은 세상에 없습니다.'

노조미의 말이 뇌리에 되살아났다.

중학교 때 집단 따돌림에 빠진 친구를 구해주지 못한 것도, 그 여름 니시얀의 죽음도 전부 죄책감을 느끼고 있다. 그렇기에 그녀의 말이 많은 위로가 되었다. 하지만 동시에 책임의 무게도 느꼈다.

처벌받지 않았기에 앞으로 자신이 어떻게 살아야 하는지 항

상 고뇌해야 한다. 니시얀의 가족과 대면하지 않으면 살아갈
자격이 없다고 생각했다.

복도를 걸어가자 밝은 연주 소리가 점점 작아졌다.

소타는 방 앞에 서서 심호흡했다. 여직원이 노크를 하고 문
을 열었다.

"오오츠카 씨, 몸은 좀 어떠세요?"

여직원이 인사를 하며 들어갔다.

소타도 뒤를 따랐다. 백발의 할머니가 침대에서 몸을 일으켰
다.

문을 닫자 연주 소리가 들리지 않게 되었다. 고립된 방이라
는 인상이 강해져 더욱 고독감이 느껴졌다.

여직원이 할머니에게 사정을 설명했다. 할머니는 고개를 돌
려 소타를 보았다.

"츠카사의 친구라고?"

니시얀의 본명일 것이다.

"네."

소타가 고개를 끄덕이며 그녀에게 다가갔다.

"츠카사에게는 신세를 많이 졌습니다."

"그렇구나…."

침묵이 이어졌다.

여직원이 둘만 있을 수 있도록 방을 나가자, 소타는 조금씩
이야기를 시작했다. 참혹한 사건에 대해서는 뭉뚱그려 설명하

고, 니시얀과 여름에 모험을 가서 그를 구하지 못했다는 것을
고백했다.

"죄송합니다…."

소타는 고개를 숙이고 입술을 깨물었다.

"츠카사는 저를 동생처럼 생각한다고 하면서 잘 대해주었습
니다. 그런데 저는…."

조심스레 고개를 드니, 예상외로 할머니는 소타를 비난하는
눈빛이 아니었다. 오히려 따뜻한 표정이었다.

"저기…."

소타가 입을 열려고 했을 때 할머니는 과거를 추억하듯 창밖
을 보았다. 창밖에는 화사한 햇볕이 내리쬐고 있었다.

"…다시는 볼 수 없는 동생을 생각했나 보네."

슬픈 목소리가 바닥에 울렸다.

"다시 볼 수 없다니요…?"

할머니는 소타에게로 고개를 돌렸다. 그 눈에는 슬픔이 맺혀
있었다.

"츠카사에게는 3살 아래의 동생이 있었어. 하지만 츠카사가
중학생 때 사고로 죽고 말았지."

소타는 놀라서 탄식했다.

"일찍 부모를 잃고 내가 두 아이를 돌보았는데 어느 날 버려
진 빌딩에서 같이 놀다가 동생이 물탱크에 떨어졌대. 그런데 츠
카사가 말하길 구하려고 뛰어들고 싶었는데 막상 겁이 나서

뛰어들지 못했다는 거야. 그리고 동생은 물에 휩쓸려 가라앉았는데, 정신을 차리고 어른들을 부르러 갔지만 결국 죽고 말았지…"

소타는 갑자기 듣게 된 불행한 사고 이야기에 당황해서 가슴이 찢어지는 것 같았다. 니시얀은 그런 과거를 지닌 채 살았으면서도 밝게 행동했단 말인가.

"츠카사는 그것을 항상 신경 쓰면서 고민했었어. 자기 때문이라고."

용기가 나지 않아 동생을 구할 수 없었던 죄책감. 그렇기에 목숨을 걸고 소타와 카호를 세이로부터 구해주려고 했던 걸까.

'나는 너를 동생처럼 생각해.'

니시얀의 마지막 말이 귓가에 맴돌았다.

그가 자신의 목숨을 구해주었다는 사실이 새삼 느껴졌다.

지금은 알 수 있다. 니시얀이 불성실한 영상을 찍지 말라며 주의를 준 것은 거짓된 모습으로 고민하는 자신처럼 되지 말라는 자학적인 조언이었던 것이다.

정말로 소타를 생각해서 해준 말이었다.

소타는 주먹을 불끈 쥐었다.

그제야 니시얀이 과거에 대해 가지고 있던 죄책감을 뼈저리게 이해했다. 그것은 자신도 마찬가지였다.

할머니는 고개를 숙여 바닥을 바라보았다.

"…츠카사는 정말 착한 아이였어. 여기 비용도 내 연금만으로는 힘들다면서 일부분을 부담해주었어. 돈을 많이 벌고 있다면서."

그녀의 눈동자에 눈물이 고였다.

니시얀이 왜 조회수에 집착하고 자신을 속이면서까지 '셀럽 유튜버'로서 활동했는지 그 이유를 알 것 같았다.

세이가 영상으로 니시얀의 거짓을 폭로했을 때, 수많은 사람들이 물 만난 고기처럼 비난의 댓글을 썼다. 소동이 커지자 인터넷의 유명인들도 가세하여 비판을 쏟아부었고, 허세를 부린 니시얀의 인격을 모독하고 소동이 더 커지도록 선동했다.

이 세상 사람이 아닌 니시얀이 당시의 비난글을 보지 못한 것은 어떤 의미로는 다행이었을지도 모른다. 그 정도로 비난은 심각했다.

니시얀에게 죄가 있다면 허락 없이 남의 집을 이용한 것 정도일 것이다.

스스로를 속여 가며 유일한 가족인 할머니의 요양병원 비용을 벌었던 것은 돌을 맞을 만큼 큰 죄는 아니다.

"고맙구나." 할머니는 햇살보다 부드러운 목소리로 말했다. "너와 함께 해서 츠카사도 즐거웠을 거야."

소타는 어금니를 깨물었다. 힘을 주지 않으면 표정 관리를 못 하고 눈물이 쏟아질 것 같았다.

니시얀.

시간을 거슬러 올라가 자신을 위로해준 여형사의 말을 니시얀에게도 전하고 싶었다.

'어릴 때 겁쟁이였다는 것을 처벌할 법은 세상에 없습니다.'

니시얀도 그 말에 위로를 받을 수 있지 않을까.

"저야말로 감사했습니다. 이야기를 들을 수 있어 다행입니다."

소타는 여러 생각을 하며 요양 시설을 나왔다.

'한 인간의 과거는 자신이 짊어지고 살아가야 할 짐이다.'

니시얀뿐만이 아니다. 세이도 소타도 마찬가지이다. 모두가 과거와 현재를 짊어지고 살아간다. 그 과거가 법에 의해 심판할 수 없는 과거라 할지라도.

사람은 누구나 자신에게 끊임없이 자문해야 한다.

소타는 하늘을 올려다보며 스스로에게 물었다.

'내가 저지른 과거는 과연 용서받을 수 있는 것인가.'

올해 여름도 끝나가고 있었다.

옮긴이 최재호

일본 출판물 기획 및 번역가. 중앙대학교 일어일문학과를 졸업하고, 동대학
원에서 일본문화를 전공하였다. 센다이 도호쿠 대학에서 유학하였다. 번역
작으로 《형사의 눈빛》, 《루팡의 딸》, 《익명의 전화》, 《그 칼로는 죽일 수 없
어》, 《그 거울은 거짓말을 한다》 등이 있다.

CORPSE HUNT

시체 찾는 아이들

초판 2020년 11월 1일 1쇄
저자 시모무라 아쓰시
옮긴이 최재호
ISBN 979-11-90157-21-6 03830

출판사 도서출판 북플라자
주소 경기도 파주시 파주출판단지 문발동 638-5
홈페이지 www.bookplaza.co.kr